PETITE BIBLIOTHÈQUE-CHARPENTIER

LA CONFESSION

D'UN

ENFANT DU SIÈCLE

PARIS. — IMPRIMERIE E. CAPIOMONT ET V. RENAULT

6, rue des Poitevins, 6.

ALFRED DE MUSSET

LA CONFESSION

D'UN

ENFANT DU SIÈCLE

AVEC UN PORTRAIT DE L'AUTEUR
dessiné à la sanguine par EUGÈNE LAMI
fac-simile par M. Legenisel

ET UNE EAU-FORTE DE M. LALAUZE
d'après Bida

PARIS

G. CHARPENTIER, ÉDITEUR

13, RUE DE GRENELLE-SAINT-GERMAIN, 13

—

1879

LA CONFESSION

D'UN

ENFANT DU SIÈCLE

PREMIÈRE PARTIE

CHAPITRE PREMIER

Pour écrire l'histoire de sa vie, il faut d'abord avoir vécu : aussi n'est-ce pas la mienne que j'écris.

Ayant été atteint, jeune encore, d'une maladie morale abominable, je raconte ce qui m'est arrivé pendant trois ans. Si j'étais seul malade, je n'en dirais rien ; mais, comme il y en a beaucoup d'autres que moi qui souffrent du même mal, j'écris pour ceux-là, sans trop savoir s'ils y feront attention : car, dans le cas.où personne n'y prendrait garde, j'aurai encore retiré ce fruit de mes paroles,

de m'être mieux guéri moi-même, et, comm
le renard pris au piége, j'aurai rongé mo
pied captif.

CHAPITRE II

Pendant les guerres de l'Empire, tandi
que les maris et les frères étaient en Alle
magne, les mères inquiètes avaient mis a
monde une génération ardente, pâle, ner
veuse. Conçus entre deux batailles, élevé
dans les colléges au roulement des tambours
des milliers d'enfants se regardaient entr
eux d'un œil sombre, en essayant leur
muscles chétifs. De temps en temps leur
pères ensanglantés apparaissaient, les soule
vaient sur leurs poitrines chamarrées d'or
puis les posaient à terre et remontaient à
cheval.

Un seul homme était en vie alors en Eu
rope; le reste des êtres tâchait de se rem
plir les poumons de l'air qu'il avait respiré
Chaque année, la France faisait présent à
cet homme de trois cent mille jeunes gens;
c'était l'impôt payé à César, et, s'il n'avait ce

troupeau derrière lui, il ne pouvait suivre sa fortune. C'était l'escorte qu'il lui fallait pour qu'il pût traverser le monde, et s'en aller tomber dans une petite vallée d'une île déserte, sous un saule pleureur.

Jamais il n'y eut tant de nuits sans sommeil que du temps de cet homme ; jamais on ne vit se pencher sur les remparts des villes un tel peuple de mères désolées ; jamais il n'y eut un tel silence autour de ceux qui parlaient de mort. Et pourtant jamais il n'y eut tant de joie, tant de vie, tant de fanfares guerrières dans tous les cœurs. Jamais il n'y eut de soleils si purs que ceux qui séchèrent tout ce sang. On disait que Dieu les faisait pour cet homme, et on les appelait ses soleils d'Austerlitz. Mais il les faisait bien lui-même avec ses canons toujours tonnants, et qui ne laissaient des nuages qu'aux lendemains de ses batailles.

C'était l'air de ce ciel sans tache, où brillait tant de gloire, où resplendissait tant d'acier, que les enfants respiraient alors. Ils savaient bien qu'ils étaient destinés aux hécatombes ; mais ils croyaient Murat invulnérable, et on avait vu passer l'empereur sur un pont où sifflaient tant de balles, qu'on ne savait s'il pouvait mourir. Et quand même on aurait dû mourir, qu'était-ce que cela? La mort elle-même était si belle alors, si grande, si magnifique dans sa pourpre fumante! elle ressemblait si bien à l'espérance, elle fauchait de si verts épis, qu'elle en était comme devenue jeune, et qu'on ne croyait plus à la vieillesse. Tous les berceaux de France étaient des boucliers, tous les cercueils en étaient aussi; il n'y avait vraiment plus de vieillards, il n'y avait que des cadavres ou des demi-dieux.

Cependant l'immortel empereur était un jour sur une colline à regarder sept peuples s'égorger; comme il ne savait pas encore s'il serait le maître du monde ou seulement de la moitié, Azraël passa sur la route, il l'effleura du bout de l'aile, et le poussa dans l'Océan. Au bruit de sa chute, les puissances moribondes se redressèrent sur leurs lits de douleurs, et, avançant leurs pattes crochues, toutes les royales araignées découpèrent l'Europe, et de la pourpre de César se firent un habit d'Arlequin.

De même qu'un voyageur, tant qu'il est

sur le chemin, court nuit et jour par la pluie et par le soleil, sans s'apercevoir de ses veilles ni des dangers; mais, dès qu'il est arrivé au milieu de sa famille et qu'il s'asseoit devant le feu, il éprouve une lassitude sans bornes et peut à peine se traîner à son lit : ainsi la France, veuve de César, sentit tout à coup sa blessure. Elle tomba en défaillance, et s'endormit d'un si profond sommeil, que ses vieux rois, la croyant morte, l'enveloppèrent d'un linceul blanc. La vieille armée en cheveux gris rentra épuisée de fatigue, et les foyers des châteaux déserts se rallumèrent tristement.

Alors ces hommes de l'Empire, qui avaient tant couru et tant égorgé, embrassèrent leurs femmes amaigries et parlèrent de leurs premières amours; ils se regardèrent dans les fontaines de leurs prairies natales, et ils s'y virent si vieux, si mutilés, qu'ils se souvinrent de leurs fils, afin qu'on leur fermât les yeux. Ils demandèrent où ils étaient, les enfants sortirent des colléges, et, ne voyant plus ni sabres, ni cuirasses, ni fantassins, ni cavaliers, ils demandèrent à leur tour où étaient leurs pères. Mais on leur répondit que la guerre était finie, que César était mort, et que les portraits de Wellington et de Blücher étaient suspendus dans les antichambres des consulats et des ambassades, avec ces deux mots au bas : *Salvatoribus mundi.*

Alors s'assit sur un monde en ruines une jeunesse soucieuse. Tous ces enfants étaient des gouttes d'un sang brûlant qui avait inondé la terre; ils étaient nés au sein de la guerre, pour la guerre. Ils avaient rêvé pendant quinze ans des neiges de Moscou et du soleil des Pyramides. Ils n'étaient pas sortis de leurs villes; mais on leur avait dit que, par chaque barrière de ces villes, on allait à une capitale d'Europe. Ils avaient dans la tête tout un monde; ils regardaient la terre, le ciel, les rues et les chemins : tout cela était vide, et les cloches de leurs paroisses résonnaient seules dans le lointain.

De pâles fantômes, couverts de robes noires, traversaient lentement les campagnes; d'autres frappaient aux portes des maisons, et, dès qu'on leur avait ouvert, ils tiraient de leurs poches de grands parchemins tout usés, avec lesquels ils chassaient les habitants. De tous côtés arrivaient des hommes encore tout tremblants de la peur qui leur avait pris à leur départ, vingt ans auparavant. Tous réclamaient, disputaient et criaient; on s'étonnait qu'une seule mort pût appeler tant de corbeaux.

Le roi de France était sur son trône, regardant çà et là s'il ne voyait pas une abeille dans ses tapisseries. Les uns lui tendaient leur chapeau, et il leur donnait de l'argent; les autres lui montraient un crucifix, et il le baisait; d'autres se contentaient de lui crier aux oreilles de grands noms retentissants, et il répondait à ceux-là d'aller dans sa grand'-salle, que les échos en étaient sonores; d'autres encore lui montraient leurs vieux manteaux, comme ils en avaient bien effacé les abeilles, et à ceux-là il donnait un habit neuf.

Les enfants regardaient tout cela, pensant toujours que l'ombre de César allait débarquer à Cannes et souffler sur ces larves; mais le silence continuait toujours, et l'on ne voyait flotter dans le ciel que la pâleur des lis. Quand les enfants parlaient de gloire, on leur disait : « Faites-vous prêtres! » quand ils parlaient d'ambition : « Faites-vous prêtres ! » d'espérance, d'amour, de force, de vie : « Faites-vous prêtres ! »

Cependant il monta à la tribune aux harangues un homme qui tenait à la main un contrat entre le roi et le peuple : il commença à dire que la gloire était une belle chose, et l'ambition de la guerre aussi ; mais qu'il y en avait une plus belle, qui s'appelait la liberté.

Les enfants relevèrent la tête et se souvinrent de leurs grands-pères, qui en avaient aussi parlé. Ils se souvinrent d'avoir rencontré, dans les coins obscurs de la maison paternelle, des bustes mystérieux avec de longs cheveux de marbre et une inscription romaine ; ils se souvinrent d'avoir vu le soir, à la veillée, leurs aïeules branler la tête et parler d'un fleuve de sang bien plus terrible encore que celui de l'empereur. Il y avait pour eux, dans ce mot de liberté, quelque chose qui leur faisait battre le cœur, à la fois comme un lointain et terrible souvenir et comme une chère espérance, plus lointaine encore.

Ils tressaillirent en l'entendant ; mais en rentrant au logis ils virent trois paniers qu'on portait à Clamart : c'étaient trois jeunes gens

qui avaient prononcé trop haut ce mot de
liberté.

Un étrange sourire leur passa sur les lèvres
à cette triste vue ; mais d'autres haran-
gueurs, montant à la tribune, commencèrent
à calculer publiquement ce que coûtait l'ambition, et que la gloire était bien chère ; ils
firent voir l'horreur de la guerre, et appe-
lèrent boucheries les hécatombes. Et ils parlèrent tant et si longtemps, que toutes les
illusions humaines, comme des arbres en
automne, tombaient feuille à feuille autour
d'eux, et que ceux qui les écoutaient pas-
saient leur main sur leur front, comme des
fiévreux qui s'éveillent.

Les uns disaient : « Ce qui a causé la chute
de l'empereur, c'est que le peuple n'en voulait plus ; » les autres : « Le peuple voulait le
roi ; non, la liberté ; non, la raison ; non, la
religion ; non, la constitution anglaise ; non,
l'absolutisme ; » un dernier ajouta : « Non,
rien de tout cela, mais le repos. »

Trois éléments partageaient donc la vie
qui s'offrait alors aux jeunes gens : derrière
eux un passé à jamais détruit, s'agitant encore sur ses ruines, avec tous les fossiles des

siècles de l'absolutisme; devant eux l'aurore
d'un immense horizon, les premières clartés
de l'avenir; et entre ces deux mondes...
quelque chose de semblable à l'Océan qui sépare le vieux continent de la jeune Amérique, je ne sais quoi de vague et de flottant,
une mer houleuse et pleine de naufrages,
traversée de temps en temps par quelque
blanche voile lointaine ou par quelque navire
soufflant une lourde vapeur; le siècle présent,
en un mot, qui sépare le passé de l'avenir,
qui n'est ni l'un ni l'autre et qui ressemble à
tous deux à la fois, et où l'on ne sait, à
chaque pas qu'on fait, si l'on marche sur une
semence ou sur un débris.

Voilà dans quel chaos il fallut choisir
alors; voilà ce qui se présentait à des enfants
pleins de force et d'audace, fils de l'Empire
et petits-fils de la Révolution.

Or, du passé ils n'en voulaient plus, car la
foi en rien ne se donne; l'avenir, ils l'aimaient, mais quoi! comme Pygmalion Gala-
tée : c'était pour eux comme une amante de
marbre, et ils attendaient qu'elle s'animât,
que le sang colorât ses veines.

Il leur restait donc le présent, l'esprit du

siècle, ange du crépuscule qui n'est ni la nuit ni le jour; ils le trouvèrent assis sur un sac de chaux plein d'ossements, serré dans le manteau des égoïstes, et grelottant d'un froid terrible. L'angoisse de la mort leur entra dans l'âme à la vue de ce spectre moitié momie et moitié fœtus; ils s'en approchèrent comme le voyageur à qui l'on montre à Strasbourg la fille d'un vieux comte de Saarwerden, embaumée dans sa parure de fiancée : ce squelette enfantin fait frémir, car ses mains fluettes et livides portent l'anneau des épousées, et sa tête tombe en poussière au milieu des fleurs d'oranger.

Comme, à l'approche d'une tempête, il passe dans les forêts un vent terrible qui fait frissonner tous les arbres, à quoi succède un profond silence : ainsi Napoléon avait tout ébranlé en passant sur le monde; les rois avaient senti vaciller leur couronne, et, portant leur main à leur tête, ils n'y avaient trouvé que leurs cheveux hérissés de terreur. Le pape avait fait trois cents lieues pour le bénir au nom de Dieu et lui poser son diadème : mais Napoléon le lui avait pris des mains. Ainsi tout avait tremblé dans cette forêt lugubre de la vieille Europe ; puis le silence avait succédé.

On dit que, lorsqu'on rencontre un chien furieux, si on a le courage de marcher gravement, sans se retourner, et d'une manière régulière, le chien se contente de vous suivre pendant un certain temps en grommelant entre ses dents ; tandis que, si on laisse échapper un geste de terreur, si on fait un pas trop vite, il se jette sur vous et vous dévore ; car, une fois la première morsure faite, il n'y a plus moyen de lui échapper.

Or, dans l'histoire européenne, il était arrivé souvent qu'un souverain eût fait ce geste de terreur et que son peuple l'eût dévoré ; mais, si un l'avait fait, tous ne l'avaient pas fait en même temps, c'est-à-dire qu'un roi avait disparu, mais non la majesté royale. Devant Napoléon, la majesté royale l'avait fait, ce geste qui perd tout, et non-seulement la majesté, mais la religion, mais la noblesse, mais toute puissance divine et humaine.

Napoléon mort, les puissances divines et humaines étaient bien rétablies de fait, mais la croyance en elles n'existait plus. Il y a un danger terrible à savoir ce qui est possible,

ar l'esprit va toujours plus loin. Autre chose
st de se dire : « Ceci pourrait être, » ou de se
lire : « Ceci a été ; » c'est la première morsure
lu chien.

Napoléon despote fut la dernière lueur de
a lampe du despotisme ; il détruisit et paro-
lia les rois, comme Voltaire les livres saints.
Et après lui on entendit un grand bruit : c'é-
ait la pierre de Sainte-Hélène qui venait de
omber sur l'ancien monde. Aussitôt parut
lans le ciel l'astre glacial de la raison, et ses
ayons, pareils à ceux de la froide déesse
les nuits, versant de la lumière sans cha-
eur, enveloppèrent le monde d'un suaire livide.

On avait bien vu jusqu'alors des gens qui
naïssaient les nobles, qui déclamaient contre
es prêtres, qui conspiraient contre les rois ;
on avait bien crié contre les abus et les pré-
ugés ; mais ce fut une grande nouveauté que
le voir le peuple en sourire. S'il passait un
noble, ou un prêtre, ou un souverain, les
paysans qui avaient fait la guerre commençaient à hocher la tête et à dire : « Ah ! celui-
à, nous l'avons vu en temps et lieu ; il avait
un autre visage. » Et, quand on parlait du

trône et de l'autel, ils répondaient : « Ce sont quatre ais de bois; nous les avons cloués et décloués. » Et quand on leur disait : « Peuple, tu es revenu des erreurs qui t'avaient égaré; tu as rappelé tes rois et tes prêtres, » ils répondaient : « Ce n'est pas nous, ce sont ces bavards-là. » Et quand on leur disait : « Peuple, oublie le passé, laboure et obéis, » ils se redressaient sur leurs siéges, et on entendait un sourd retentissement. C'était un sabre rouillé et ébréché qui avait remué dans un coin de la chaumière. Alors on ajoutait aussitôt : « Reste en repos du moins : si on ne te nuit pas, ne cherche pas à nuire. » Hélas! ils se contentaient de cela

Mais la jeunesse ne s'en contentait pas Il est certain qu'il y a dans l'homme deux puissances occultes qui combattent jusqu'à la mort : l'une, clairvoyante et froide, s'attache à la réalité, la calcule, la pèse, et juge le passé; l'autre a soif de l'avenir et s'élance vers l'inconnu. Quand la passion emporte l'homme, la raison le suit en pleurant et en l'avertissant du danger; mais, dès que l'homme s'est arrêté à la voix de la raison, dès qu'il s'est dit : « C'est vrai, je suis un fou; où al-

lais-je?» la passion lui crie : « Et moi, je
vais donc mourir? »

Un sentiment de malaise inexprimable
commença donc à fermenter dans tous les
jeunes cœurs. Condamnés au repos par les
souverains du monde, livrés aux cuistres de
toute espèce, à l'oisiveté et à l'ennui, les jeunes gens voyaient se retirer d'eux les vagues
écumantes contre lesquelles ils avaient préparé leurs bras. Tous ces gladiateurs frottés
d'huile se sentaient au fond de l'âme une misère insupportable. Les plus riches se firent
libertins; ceux d'une fortune médiocre prirent
un état, et se résignèrent soit à la robe, soit
à l'épée; les plus pauvres se jetèrent dans
l'enthousiasme à froid, dans les grands mots,
dans l'affreuse mer de l'action sans but.
Comme la faiblesse humaine cherche l'asso-
ciation et que les hommes sont troupeaux de
nature, la politique s'en mêla. On s'allait
battre avec les gardes du corps sur les mar-
ches de la chambre législative, on courait à
une pièce de théâtre où Talma portait une
perruque qui le faisait ressembler à César,
on se ruait à l'enterrement d'un député libé-
ral. Mais des membres des deux partis oppo-

sés, il n'en était pas un qui, en rentrant chez
lui, ne sentît amèrement le vide de son existence et la pauvreté de ses mains.

En même temps que la vie au dehors était
si pâle et si mesquine, la vie intérieure de la
société prenait un aspect sombre et silencieux;
l'hypocrisie la plus sévère régnait dans les
mœurs; les idées anglaises se joignant à la
dévotion, la gaieté même avait disparu. Peut-
être était-ce la Providence qui préparait déjà
ses voies nouvelles, peut-être était-ce l'ange
avant-coureur des sociétés futures qui semait
déjà dans le cœur des femmes les germes de
l'indépendance humaine, que quelque jour
elles réclameront. Mais il est certain que tout
d'un coup, chose inouïe, dans tous les salons
de Paris, les hommes passèrent d'un côté et
les femmes de l'autre; et ainsi, les unes vê-
tues de blanc comme des fiancées, les autres
vêtus de noir comme des orphelins, ils commencèrent à se mesurer des yeux.

Qu'on ne s'y trompe pas : ce vêtement noir
que portent les hommes de notre temps est
un symbole terrible; pour en venir là, il a
fallu que les armures tombassent pièce à
pièce et les broderies fleur à fleur. C'est la

raison humaine qui a renversé toutes les illusions; mais elle porte en elle-même le deuil, afin qu'on la console.

Les mœurs des étudiants et des artistes, ces mœurs si libres, si belles, si pleines de jeunesse, se ressentirent du changement universel. Les hommes, en se séparant des femmes, avaient chuchoté un mot qui blesse à mort : le mépris. Ils s'étaient jetés dans le vin et dans les courtisanes. Les étudiants et les artistes s'y jetèrent aussi : l'amour était traité comme la gloire et la religion; c'était une illusion ancienne. On allait donc aux mauvais lieux; la *grisette*, cette classe si rêveuse, si romanesque, et d'un amour si tendre et si doux, se vit abandonnée aux comptoirs des boutiques. Elle était pauvre, et on ne l'aimait plus; elle voulait avoir des robes et des chapeaux, elle se vendit. O misère! le jeune homme qui aurait dû l'aimer, qu'elle aurait aimé elle-même; celui qui la conduisait autrefois aux bois de Verrières et de Romainville, aux danses sur le gazon, aux soupers sous l'ombrage; celui qui venait causer le soir sous la lampe, au fond de la boutique, durant les longues veillées d'hiver : celui qui

partageait avec elle son morceau de pain
trempé de la sueur de son front, et son amour
sublime et pauvre; celui-là, ce même homme,
après l'avoir délaissée, la retrouvait quelque
soir d'orgie au fond du lupanar, pâle et plombée, à jamais perduc, avec la faim sur les
lèvres et la prostitution dans le cœur!

Or, vers ce temps-là, deux poëtes, les deux
plus beaux génies du siècle après Napoléon,
venaient de consacrer leur vie à rassembler
tous les éléments d'angoisse et de douleur
épars dans l'univers. Gœthe, le patriarche
d'une littérature nouvelle, après avoir peint
dans Werther la passion qui mène au suicide,
avait tracé dans son Faust la plus sombre
figure humaine qui eût jamais représenté le
mal et le malheur. Ses écrits commencèrent
alors à passer d'Allemagne en France. Du
fond de son cabinet d'étude, entouré de ta-
bleaux et de statues, riche, heureux et tranquille, il regardait venir à nous son œuvre
de ténèbres avec un sourire paternel. Byron
lui répondit par un cri de douleur qui fit tressaillir la Grèce, et suspendit Manfred sur les
abîmes, comme si le néant eût été le mot de
l'énigme hideuse dont il s'enveloppait.

Pardonnez-moi, ô grands poëtes, qui êtes maintenant un peu de cendre et qui reposez sous la terre! pardonnez-moi! vous êtes des demi-dieux, et je ne suis qu'un enfant qui souffre. Mais, en écrivant tout ceci, je ne puis m'empêcher de vous maudire. Que ne chantez-vous le parfum des fleurs, les voix de la nature, l'espérance et l'amour, la vigne et le soleil, l'azur et la beauté? Sans doute vous connaissiez la vie, et sans doute vous aviez souffert, et le monde croulait autour de vous, et vous pleuriez sur ses ruines, et vous désespériez; et vos maîtresses vous avaient trahis, vos amis calomniés, et vos compatriotes méconnus; et vous aviez le vide dans le cœur, la mort devant les yeux, et vous étiez des colosses de douleur. Mais dites-moi, vous, noble Goethe, n'y avait-il plus de voix consolatrice dans le murmure religieux de vos vieilles forêts d'Allemagne? Vous pour qui la belle poésie était la sœur de la science, ne pouvaient-elles à elles deux trouver dans l'immortelle nature une plante salutaire pour le cœur de leur favori? Vous qui étiez un panthéiste, un poëte antique de la Grèce, un amant des formes sacrées, ne pouviez-vous

mettre un peu de miel dans ces beaux vas
que vous saviez faire, vous qui n'aviez qu
sourire et à laisser les abeilles vous venir s
les lèvres ? Et toi, et toi, Byron, n'avais-tu p
près de Ravenne, sous tes orangers d'Itali
sous ton beau ciel vénitien, près de ta chè
Adriatique, n'avais-tu pas ta bien-aimé
O Dieu ! moi qui te parle, et qui ne suis qu'u
faible enfant, j'ai connu peut-être des mar
que tu n'as pas soufferts ; et cependant
crois à l'espérance, et cependant je bén
Dieu.

Quand les idées anglaises et allemand
passèrent ainsi sur nos têtes, ce fut comn
un dégoût morne et silencieux, suivi d'ur
convulsion terrible : car formuler des idé
générales, c'est changer le salpêtre en poudr
et la cervelle homérique du grand Gœthe ava
sucé, comme un alambic, toute la liqueur c
fruit défendu. Ceux qui ne le lurent pas alo
crurent n'en rien savoir. Pauvres créature
l'explosion les emporta comme des grains
poussière dans l'abîme du doute universel.

Ce fut comme une dénégation de tout
choses du ciel et de la terre, qu'on peut non
mer désenchantement, ou, si l'on veut, dés

pérance; comme si l'humanité en léthargie avait été crue morte par ceux qui lui tâtaient le pouls. De même que ce soldat à qui l'on demanda jadis : « A quoi crois-tu ? » et qui le premier répondit : « A moi ; » ainsi la jeunesse de France, entendant cette question, répondit la première : « A rien. »

Dès lors il se forma comme deux camps : d'une part, les esprits exaltés, souffrants, toutes les âmes expansives qui ont besoin de l'infini, plièrent la tête en pleurant ; ils s'enveloppèrent de rêves maladifs, et l'on ne vit plus que de frêles roseaux sur un océan d'amertume. D'une autre part, les hommes de chair restèrent debout, inflexibles, au milieu des jouissances positives, et il ne leur prit d'autre souci que de compter l'argent qu'ils avaient. Ce ne fut qu'un sanglot et un éclat de rire, l'un venant de l'âme, l'autre du corps.

Voici donc ce que disait l'âme :

« Hélas ! hélas ! la religion s'en va ; les nuages du ciel tombent en pluie ; nous n'avons plus ni espoir ni attente, pas deux petits morceaux de bois noir en croix devant lesquels tendre les mains. L'astre de l'avenir se lève à peine ; il ne peut sortir de l'horizon ;

il reste enveloppé de nuages, et, comme le soleil en hiver, son disque y apparaît d'un rouge
de sang, qu'il a gardé de 93. Il n'y a plus
d'amour, il n'y a plus de gloire. Quelle épaisse
nuit sur la terre! Et nous serons morts quand
il fera jour! »

Voici donc ce que disait le corps :

« L'homme est ici-bas pour se servir de ses
sens; il a plus ou moins de morceaux d'un
métal jaune ou blanc, avec quoi il a droit à
plus ou moins d'estime. Manger, boire et
dormir, c'est vivre. Quant aux liens qui
existent entre les hommes, l'amitié consiste
à prêter de l'argent; mais il est rare d'avoir
un ami qu'on puisse aimer assez pour cela.
La parenté sert aux héritages; l'amour est
un exercice du corps; la seule jouissance
intellectuelle est la vanité. »

Pareille à la peste asiatique exhalée des
vapeurs du Gange, l'affreuse *désespérance*
marchait à grands pas sur la terre. Déjà
Chateaubriand, prince de la poésie, envelop-
pant l'horrible idole de son manteau de
pèlerin, l'avait placée sur un autel de marbre,
au milieu des parfums des encensoirs sacrés.
Déjà, pleins d'une force désormais inutile,

les enfants du siècle roidissaient leurs mains
oisives et buvaient dans leur coupe stérile le
breuvage empoisonné. Déjà tout s'abîmait,
quand les chacals sortirent de terre. Une
littérature cadavéreuse et infecte, qui n'avait
que la forme, mais une forme hideuse, commença d'arroser d'un sang fétide tous les
monstres de la nature.

Qui osera jamais raconter ce qui se passait
alors dans les colléges? Les hommes dou-
taient de tout : les jeunes gens nièrent tout.
Les poëtes chantaient le désespoir : les jeunes
gens sortirent des écoles avec le front serein,
le visage frais et vermeil, et le blasphème à
la bouche. D'ailleurs, le caractère français,
qui de sa nature est gai et ouvert, prédomi-
nant toujours, les cerveaux se remplirent
aisément des idées anglaises et allemandes;
mais les cœurs, trop légers pour lutter et
pour souffrir, se flétrirent comme des fleurs
brisées. Ainsi le principe de mort descendit
froidement et sans secousse de la tête aux
entrailles. Au lieu d'avoir l'enthousiasme du
mal, nous n'eûmes que l'abnégation du bien ;
au lieu du désespoir, l'insensibilité. Des
enfants de quinze ans, assis nonchalamment

sous des arbrisseaux en fleur, tenaient p
passe-temps des propos qui auraient fait fr
mir d'horreur les bosquets immobiles
Versailles. La communion du Christ, l'hosti
ce symbole éternel de l'amour céleste, se
vait à cacheter des lettres; les enfants cr
chaient le pain de Dieu.

Heureux ceux qui échappèrent à ces temp
heureux ceux qui passèrent sur les abîm
en regardant le ciel ! Il y en eut sans dou
et ceux-là nous plaindront.

Il est malheureusement vrai qu'il y a dar
le blasphème une grande déperdition de for
qui soulage le cœur trop plein. Lorsqu'u
athée, tirant sa montre, donnait un qua
d'heure à Dieu pour le foudroyer, il est ce
tain que c'était un quart d'heure de colère
de jouissance atroce qu'il se procurait. C'éta
le paroxysme du désespoir, un appel san
nom à toutes les puissances célestes; c'éta
une pauvre et misérable créature se tordan
sous le pied qui l'écrase; c'était un grand c
de douleur. Et qui sait? aux yeux de celu
qui voit tout, c'était peut-être une prière.

Ainsi les jeunes gens trouvaient un emplo
de la force inactive dans l'affectation du dé

sespoir. Se railler de la gloire, de la religion, de l'amour, de tout au monde, est une grande consolation pour ceux qui ne savent que faire; ils se moquent par là d'eux-mêmes et se donnent raison tout en se faisant la leçon. Et puis il est doux de se croire malheureux, lorsqu'on n'est que vide et ennuyé. La débauche, en outre, première conclusion des principes de mort, est une terrible meule de pressoir lorsqu'il s'agit de s'énerver.

En sorte que les riches se disaient : « Il n'y a de vrai que la richesse, tout le reste est un rêve; jouissons et mourons. » Ceux d'une fortune médiocre se disaient : « Il n'y a de vrai que l'oubli, tout le reste est un rêve; oublions et mourons. « Et les pauvres disaient : « Il n'y a de vrai que le malheur, tout le reste est un rêve; blasphémons et mourons. »

Ceci est-il trop noir? est-ce exagéré? Qu'en pensez-vous? Suis-je un misanthrope? Qu'on me permette une réflexion.

En lisant l'histoire de la chute de l'empire romain, il est impossible de ne pas s'apercevoir du mal que les chrétiens, si admirables dans le désert, firent à l'État dès qu'ils eurent

la puissance. « Quand je pense, dit Montesquieu, à l'ignorance profonde dans laquell
le clergé grec plongea les laïques, je ne pui
m'empêcher de le comparer à ces Scythes don
parle Hérodote, qui crevaient les yeux à leur
esclaves, afin que rien ne pût les distraire e
les empêcher de battre leur lait. — Aucun
affaire d'État, aucune paix, aucune guerre
aucune trêve, aucune négociation, aucun ma
riage, ne se traitèrent que par le ministèr
des moines. On ne saurait croire quel mal i
en résulta. »

Montesquieu aurait pu ajouter : Le chris
tianisme perdit les empereurs, mais il sauv;
les peuples. Il ouvrit aux barbares les palai
de Constantinople, mais il ouvrit les porte
des chaumières aux anges consolateurs d
Christ. Il s'agissait bien des grands de l;
terre! et voilà qui est intéressant que le
derniers râlements d'un empire corrompu
jusqu'à la moelle des os, que le sombre gal
vanisme au moyen duquel s'agitait encore le
squelette de la tyrannie sur la tombe d'Héliogabale et de Caracalla! La belle chose à
conserver que la momie de Rome embaumée
des parfums de Néron, emmaillottée du lin-

seul de Tibère! Il s'agissait, messieurs les politiques, d'aller trouver les pauvres et de leur dire d'être en paix; il s'agissait de laisser les vers et les taupes ronger les monuments de honte, mais de tirer des flancs de la momie une vierge aussi belle que la mère du Rédempteur, l'espérance, amie des opprimés. Voilà ce que fit le christianisme; et maintenant, depuis tant d'années, qu'ont fait ceux qui l'ont détruit? Ils ont vu que le pauvre se laissait opprimer par le riche, le faible par le fort, par cette raison qu'ils se disaient : « Le riche et le fort m'opprimeront sur la terre; mais, quand ils voudront entrer au paradis, je serai à la porte et je les accuserai au tribunal de Dieu. » Ainsi, hélas! ils prenaient patience.

Les antagonistes du Christ ont donc dit au pauvre : « Tu prends patience jusqu'au jour de justice : il n'y a point de justice; tu attends la vie éternelle pour y réclamer ta vengeance : il n'y a point de vie éternelle; tu amasses tes larmes et celles de ta famille, les cris de tes enfants et les sanglots de ta femme, pour les porter aux pieds de Dieu à l'heure de ta mort : il n'y a point de Dieu. »

Alors il est certain que le pauvre a séc
ses larmes, qu'il a dit à sa femme de se tai
à ses enfants de venir avec lui, et qu'il s'e
redressé sur la glèbe avec la force d'un ta
reau. Il a dit au riche : « Toi qui m'opprime
tu n'es qu'un homme ; » et au prêtre : « T
qui m'as consolé, tu en as menti. » C'éta
justement là ce que voulaient les antag
nistes du Christ. Peut-être croyaient-ils fai
ainsi le bonheur des hommes, en envoyant
pauvre à la conquête de la liberté.

Mais, si le pauvre, ayant bien compris u
fois que les prêtres le trompent, que les rich
le dérobent, que tous les hommes ont l
mêmes droits, que tous les biens sont de
monde, et que sa misère est impie ; si
pauvre, croyant à lui et à ses deux bras pou
toute croyance, s'est dit un beau jour
« Guerre au riche ! à moi aussi la jouissanc
ici-bas, puisqu'il n'y en a pas d'autre ! à m
la terre, puisque le ciel est vide ! à moi et
tous, puisque tous sont égaux ! » ô raison
neurs sublimes qui l'avez mené là, que l
direz-vous s'il est vaincu ?

Sans doute vous êtes des philanthrope
sans doute vous avez raison pour l'avenir,

e jour viendra où vous serez bénis : mais pas
encore, en vérité, nous ne pouvons pas vous
bénir. Lorsqu'autrefois l'oppresseur disait :
« A moi la terre ! — A moi le ciel ! » répondait l'opprimé. A présent que répondra-t-il ?

Toute la maladie du siècle présent vient de
deux causes ; le peuple qui a passé par 93 et
par 1814 porte au cœur deux blessures. Tout
ce qui était n'est plus ; tout ce qui sera n'est
pas encore. Ne cherchez pas ailleurs le secret
de nos maux.

Voilà un homme dont la maison tombe en
ruine ; il l'a démolie pour en bâtir une autre.
Les décombres gisent sur son champ, et il
attend des pierres nouvelles pour son édifice
nouveau. Au moment où le voilà prêt à tailler
ses moellons et à faire son ciment, la pioche
en main, lês bras retroussés, on vient lui dire
que les pierres manquent, et lui conseiller de
reblanchir les vieilles pour en tirer parti. Que
voulez-vous qu'il fasse, lui qui ne veut point
de ruines pour faire un nid à sa couvée ? La
carrière est pourtant profonde, les instruments trop faibles pour en tirer les pierres.
« Attendez, lui dit-on, on les tirera peu à
peu ; espérez, travaillez, avancez, reculez. »

Que ne lui dit-on pas? Et pendant ce temps-
là cet homme, n'ayant plus sa vieille maison et pas encore sa maison nouvelle, ne
sait comment se défendre de la pluie, ni
comment préparer son repas du soir, ni où
travailler, ni où reposer, ni où vivre, ni où
mourir; et ses enfants sont nouveau-nés.

Ou je me trompe étrangement, ou nous
ressemblons à cet homme. O peuples des
siècles futurs! lorsque, par une chaude journée d'été, vous serez courbés sur vos charrues
dans les vertes campagnes de la patrie;
lorsque vous verrez, sous un soleil pur et
sans tache, la terre, votre mère féconde,
sourire dans sa robe matinale au travailleur,
son enfant bien-aimé; lorsque, essuyant sur
vos fronts tranquilles le saint baptême de la
sueur, vous promènerez vos regards sur
votre horizon immense, où il n'y aura pas
un épi plus haut que l'autre dans la moisson
humaine, mais seulement des bluets et des
marguerites au milieu des blés jaunissants;
ô hommes libres! quand alors vous remer-
cierez Dieu d'être nés pour cette récolte,
pensez à nous qui n'y serons plus, dites-vous
que nous avons acheté bien cher le repos dont

ous jouirez, plaignez-nous plus que tous
os pères : car nous avons beaucoup des
aaux qui les rendaient dignes de plainte, et
ous avons perdu ce qui les consolait.

CHAPITRE III

J'ai à raconter à quelle occasion je fus pris
abord de la maladie du siècle.
J'étais à table, à un grand souper, après
ae mascarade. Autour de moi mes amis
chement costumés, de tous côtés des jeunes
ns et des femmes, tous étincelants de beauté
de joie; à droite et à gauche, des mets
quis, des flacons, des lustres, des fleurs;
-dessus de ma tête un orchestre bruyant,
en face de moi ma maîtresse, créature
perbe que j'idolâtrais.
J'avais alors dix-neuf ans; je n'avais éprouvé
cun malheur ni aucune maladie; j'étais
un caractère à la fois hautain et ouvert,
éc toutes les espérances et un cœur débor-
nt. Les vapeurs du vin fermentaient dans
es veines: c'était un de ces moments d'i-

·vresse où tout ce qu'on voit, tout ce qu'
entend, vous parle de la bien-aimée. La natu
entière paraît alors comme une pierre pr
cieuse à mille facettes, sur laquelle est gra
le nom mystérieux. On embrasserait volo
tiers tous ceux qu'on voit sourire, et on
sent le frère de tout ce qui existe. Ma ma
tresse m'avait donné rendez-vous pour
nuit, et je portais lentement mon verre à m
lèvres en la regardant.

Comme je me retournais pour prendre u
assiette, ma fourchette tomba. Je me baiss
pour la ramasser, et, ne la trouvant pas d
bord, je soulevai la nappe pour voir où el
avait roulé. J'aperçus alors sous la table
pied de ma maîtresse qui était posé sur ce
d'un jeune homme assis à côté d'elle; leu
jambes étaient croisées et entrelacées,
ils les resserraient doucement de temps
temps.

Je me relevai parfaitement calme, dema
dai une autre fourchette et continuai à so
per. Ma maîtresse et son voisin étaient,
leur côté, très-tranquilles aussi, se parlant
peine et ne se regardant pas. Le jeune homm
avait les coudes sur la table, et plaisan

vec une autre femme qui lui montrait son collier et ses bracelets. Ma maîtresse était immobile, les yeux fixes et noyés de langueur. Je les observai tous deux tant que dura le repas, et je ne vis ni dans leurs gestes ni sur leurs visages rien qui pût les trahir. A la fin, lorsqu'on fut au dessert, je fis glisser ma serviette à terre, et, m'étant baissé de nouveau, je les retrouvai dans la même position, étroitement liés l'un à l'autre.

J'avais promis à ma maîtresse de la ramener ce soir-là chez elle. Elle était veuve, et par conséquent fort libre, au moyen d'un vieux parent qui l'accompagnait et lui servait de chaperon. Comme je traversais le péristyle, elle m'appela. « Allons, Octave, me dit-elle, partons, me voilà. » Je me mis à rire et sortis sans répondre. Au bout de quelques pas je m'assis sur une borne. Je ne sais à quoi je pensais; j'étais comme abruti et devenu sot par l'infidélité de cette femme dont je n'avais jamais été jaloux et sur laquelle je n'avais jamais conçu un soupçon. Ce que je venais de voir ne me laissant aucun doute, je demeurai comme étourdi d'un coup de massue, et ne me rappelle rien de ce qui s'opéra

en moi durant le temps que je restai sur cet
borne, sinon que, regardant machinaleme
le ciel et voyant une étoile filer, je salu
cette lueur fugitive, où les poëtes voient u
monde détruit, et lui ôtai gravement m
chapeau.

Je rentrai chez moi fort tranquillemen
n'éprouvant rien, ne sentant rien, et com
privé de réflexion. Je commençai à me dé
habiller, et me mis au lit; mais à peine eu
je posé la tête sur le chevet, que les espri
de la vengeance me saisirent avec une te
force, que je me redressai tout à coup cont
la muraille, comme si tous les muscles
mon corps fussent devenus de bois. Je de
cendis de mon lit en criant, les bras étendu
ne pouvant marcher que sur les talons, ta
les nerfs de mes orteils étaient crispés.
passai ainsi près d'une heure, complèteme
fou et roide comme un squelette. Ce fut
premier accès de colère que j'éprouvai.

L'homme que j'avais surpris auprès de
maîtresse était un de mes amis les plus i
times. J'allai chez lui le lendemain, acco
pagné d'un jeune avocat nommé Desgena
nous prîmes des pistolets, un autre témoi

et fûmes au bois de Vincennes. Pendant toute la route j'évitai de parler à mon adversaire et même de l'approcher : je résistai ainsi à l'envie que j'avais de le frapper ou de l'insulter, ces sortes de violences étant toujours hideuses et inutiles, du moment que la loi tolère le combat en règle. Mais je ne pus me défendre d'avoir les yeux fixés sur lui. C'était un de mes camarades d'enfance, et il y avait eu entre nous un échange perpétuel de services depuis nombre d'années. Il connaissait parfaitement mon amour pour ma maîtresse, et m'avait même plusieurs fois fait entendre clairement que ces sortes de liens étaient sacrés pour un ami, et qu'il serait incapable de chercher à me supplanter, quand même il aimerait la même femme que moi. Enfin j'avais toute sorte de confiance en lui, et je n'avais peut-être jamais serré la main d'une créature humaine plus cordialement que la sienne.

Je regardais curieusement, avidement, cet homme que j'avais entendu parler de l'amitié comme un héros de l'antiquité, et que je venais de voir caressant ma maîtresse. C'était la première fois de ma vie que je voyais un mons-

tre: je le toisais d'un œil hagard pour obse
ver comment il était fait. Lui que j'ava
connu à l'âge de dix ans, avec qui j'ava
vécu jour par jour dans la plus parfaite et
plus étroite amitié, il me semblait que je r
l'avais jamais vu. Je me servirai ici d'u
comparaison.

Il y a une pièce espagnole, connue de to
le monde, dans laquelle une statue de pier
vient souper chez un débauché, envoyée p
la justice céleste. Le débauché fait bonne co
tenance et s'efforce de paraître indifféren
mais la statue lui demande la main, et, d
qu'il la lui a donnée, l'homme se sent pr
d'un froid mortel et tombe en convulsion.

Or, toutes les fois que, durant ma vie,
m'est arrivé d'avoir cru pendant longtem
avec confiance, soit à un ami, soit à une ma
tresse, et de découvrir tout d'un coup q
j'étais trompé, je ne puis rendre l'effet q
cette découverte a produit sur moi qu'en
comparant à la poignée de main de la statu
C'est véritablement l'impression du marbr
comme si la réalité, dans toute sa mortel
froideur, me glaçait d'un baiser; c'est le to
cher de l'homme de pierre. Hélas! l'affreu

convive a frappé plus d'une fois à ma porte ;
plus d'une fois nous avons soupé ensemble.

Cependant, les arrangements faits, nous
nous mîmes en ligne, mon adversaire et moi,
avançant lentement l'un sur l'autre. Il tira le
premier et me blessa au bras droit. Je pris
aussitôt mon pistolet de l'autre main ; mais
je ne pus le soulever, la force me manquant,
et je tombai sur un genou.

Alors je vis mon ennemi s'avancer précipitamment, d'un air inquiet et le visage très-
pâle. Mes témoins accoururent en même
temps, voyant que j'étais blessé ; mais il les
écarta et me prit la main de mon bras malade. Il avait les dents serrées et ne pouvait
parler. Je vis son angoisse. Il souffrait du
plus affreux mal que l'homme puisse éprou-
ver. « Va-t'en ! lui criai-je, va-t'en t'essuyer
aux draps de *** ! » Il suffoquait, et moi aussi.

On me mit dans un fiacre, où je trouvai un
médecin. La blessure ne se trouva pas dangereuse, la balle n'ayant point touché les os ;
mais j'étais dans un tel état d'excitation, qu'il
fut impossible de me panser sur-le-champ.
Au moment où le fiacre partait, je vis à la
portière une main tremblante : c'était mon

adversaire qui revenait encore. Je secouai l
tête pour toute réponse; j'étais dans une tell
rage, que j'aurais vainement fait un effor
pour lui pardonner, tout en sentant bien qu
son repentir était sincère.

Arrivé chez moi, le sang qui coulait abon
damment de mon bras me soulagea beau
coup; car la faiblesse me délivra de ma co
lère, qui me faisait plus de mal que m
blessure. Je me couchai avec délices, et j
crois que je n'ai jamais rien bu de plus agréa
ble que le premier verre d'eau qu'on m
donna.

M'étant mis au lit, la fièvre me prit. Ce fu
alors que je commençai à verser des larmes
Ce que je ne pouvais concevoir, ce n'était pa
que ma maîtresse eût cessé de m'aimer, mai
c'était qu'elle m'eût trompé. Je ne compre
nais pas par quelle raison une femme qu
n'est forcée ni par le devoir ni par l'intérêt
peut mentir à un homme lorsqu'elle en aim
un autre. Je demandais vingt fois par jour
Desgenais comment cela était possible. « S
j'étais son mari, disais-je, ou si je la payais
je concevrais qu'elle me trompât; mais pour
quoi, si elle ne m'aimait plus, ne pas me l

dire? pourquoi me tromper? » Je ne concevais pas qu'on pût mentir en amour : j'étais
un enfant alors, et j'avoue qu'à présent je ne
le comprends pas encore. Toutes les fois que
je suis devenu amoureux d'une femme, je le
lui ai dit, et toutes les fois que j'ai cessé
d'aimer une femme, je le lui ai dit de même,
avec la même sincérité, ayant toujours pensé
que, sur ces sortes de choses, nous ne pouvons rien par notre volonté, et qu'il n'y a de
crime qu'au mensonge.

Desgenais, à tout ce que je disais, me répondait : « C'est une misérable; promettez-
moi de ne plus la voir. » Je le lui jurai solen-
nellement. Il me conseilla, en outre, de ne lui
point écrire, même pour lui faire des reproches, et, si elle m'écrivait, de ne pas répondre. Je lui promis tout cela, presque étonné
qu'il me le demandât, et indigné de ce qu'il
pouvait supposer le contraire.

Cependant la première chose que je fis, dès
que je pus me lever et sortir de ma chambre,
fut de courir chez ma maîtresse. Je la trouvai seule, assise sur une chaise, dans un coin
de sa chambre, le visage abattu et dans le
plus grand désordre. Je l'accablai des plus

violents reproches; j'étais ivre de désespoir.
Je criais à faire retentir toute la maison, et
en même temps les larmes me coupaient par
fois la parole si violemment, que je tombais
sur le lit pour leur donner un libre cours.
« Ah! infidèle! ah! malheureuse! lui disais-je
en pleurant, tu sais que j'en mourrai: cela te
fait-il plaisir? que t'ai-je fait? »

Elle se jeta à mon cou, me dit qu'elle avait
été séduite, entraînée; que mon rival l'avait
enivrée dans ce fatal souper, mais qu'elle
n'avait jamais été à lui, qu'elle s'était abandonnée à un moment d'oubli; qu'elle avait
commis une faute, mais non pas un crime;
enfin, qu'elle voyait bien tout le mal qu'elle
m'avait fait; mais que, si je ne lui pardon-
nais, elle en mourrait aussi. Tout ce que le
repentir sincère a de larmes, tout ce que la
douleur a d'éloquence, elle l'épuisa pour me
consoler; pâle et égarée, sa robe entr'ouverte,
ses cheveux épars sur ses épaules, à genoux
au milieu de la chambre, jamais je ne l'avais
vue si belle, et je frémissais d'horreur pendant que tous mes sens se soulevaient à ce
spectacle.

Je sortis brisé, n'y voyant plus et pouvant

peine me soutenir. Je ne voulais jamais la
voir; mais, au bout d'un quart d'heure, j'y
tournai. Je ne sais quelle force désespérée
y poussait; j'avais comme une sourde en-
e de la posséder encore une fois, de boire
r son corps magnifique toutes ces larmes
ères, et de nous tuer après tous les deux.
nfin, je l'abhorrais et je l'idolâtrais; je sen-
is que son amour était ma perte, mais que
re sans elle était impossible. Je montai
ez elle comme un éclair; je ne parlai à au-
n domestique; j'entrai tout droit, connais-
nt la maison, et je poussai la porte de sa
ambre.

Je la trouvai assise devant sa toilette, im-
bbile et couverte de pierreries. Sa femme
chambre la coiffait; elle tenait à la main
morceau de crêpe rouge qu'elle passait
èrement sur ses joues. Je crus faire un
ve : il me paraissait impossible que ce fût
cette femme que je venais de voir, il y avait
quart d'heure, noyée de douleur et éten-
e sur le carreau; je restai comme une sta-
e. Elle, entendant sa porte s'ouvrir, tourna
tête en souriant. « Est-ce vous? » dit-elle.
le allait au bal, et attendait mon rival, qui

devait l'y conduire. Elle me reconnut, ser
les lèvres et fronça le sourcil.

Je fis un pas pour sortir. Je regardai
nuque, lisse et parfumée, où ses cheve
étaient noués, et sur laquelle étincelait
peigne de diamant : cette nuque, siége de
force vitale, était plus noire que l'enfer ; de
tresses luisantes y étaient tordues, et
légers épis d'argent se balançaient au-dessu
Ses épaules et son cou, plus blanc que le la
en faisaient ressortir le duvet rude et abo
dant. Il y avait dans cette crinière retrouss
je ne sais quoi d'impudemment beau qui se
blait me railler du désordre où je l'avais y
un instant auparavant. J'avançai tout d'
coup et frappai cette nuque d'un revers
mon poing fermé. Ma maîtresse ne pous
pas un cri; elle tomba sur ses mains, apr
quoi je sortis précipitamment.

Rentré chez moi, la fièvre me reprit av
une telle violence, que je fus obligé de
remettre au lit. Ma blessure s'était rouver
et j'en souffrais beaucoup. Desgenais vint
voir; je lui racontai tout ce qui s'était pass
Il m'écouta dans un grand silence, puis
promena quelque temps par la cham

mme un homme irrésolu. Enfin il s'arrêta
vant moi et partit d'un éclat de rire.
Est-ce que c'est votre première maîtresse?
dit-il. — Non! lui dis-je, c'est la der-
ère. »

Vers le milieu de la nuit, comme je dor-
uis d'un sommeil agité, il me sembla dans
rêve entendre un profond soupir. J'ouvris
yeux et vis ma maîtresse debout près de
on lit, les bras croisés, pareille à un spectre.
ne pus retenir un cri d'épouvante, croyant
ine apparition sortie de mon cerveau ma-
e. Je me lançai hors du lit et m'enfuis à
itre bout de la chambre; mais elle vint à
i. « C'est moi, » dit-elle; et, me prenant à
is-le-corps, elle m'entraîna. « Que me
ix-tu? criai-je; lâche-moi! je suis capable
te tuer tout à l'heure!

— Eh bien, tue-moi! dit-elle. Je t'ai trahi,
t'ai menti : je suis infâme et misérable;
is je t'aime, et ne puis me passer de toi. »
e la regardai: qu'elle était belle! Tout son
ps frémissait; ses yeux, perdus d'amour,
andaient des torrents de volupté; sa gorge
it nue, ses lèvres brûlaient. Je la soulevai
is mes bras. « Soit! lui dis-je; mais devant

Dieu qui nous voit, par l'âme de mon pè
je te jure que je te tue tout à l'heure
moi aussi. » Je pris un couteau de table
était sur ma cheminée et le posai sous
reiller.

« Allons, Octave, me dit-elle en souri
et en m'embrassant, ne fais pas de fo
Viens, mon enfant! toutes ces horreurs
font mal; tu as la fièvre. Donne-moi ce c
teau. »

Je vis qu'elle voulait le prendre. «Écout
moi, lui dis-je alors: je ne sais qui vous ê
et quelle comédie vous jouez; mais, quan
moi, je ne la joue pas. Je vous ai aimée aut
qu'un homme peut aimer sur la terre,
pour mon malheur et ma mort, sachez que
vous aime encore éperdument. Vous ven
me dire que vous m'aimez aussi, je le ve
bien; mais, par tout ce qu'il y a de sacré
monde, si je suis votre amant ce soir, un aut
ne le sera pas demain. Devant Dieu, deva
Dieu, répétai-je, je ne vous reprendrai p
pour maîtresse, car je vous hais autant q
je vous aime. Devant Dieu, si vous voulez
moi, je vous tue demain matin. » En parla
ainsi, je me renversai dans un complet d

e. Elle jeta son manteau sur ses épaules et
rtit en courant.

Lorsque Desgenais sut cette histoire, il me
t : « Pourquoi n'avez-vous pas voulu d'elle ?
us êtes bien dégoûté : c'est une jolie
mme.

— Plaisantez-vous ? lui dis-je. Croyez-vous
'une pareille femme puisse être ma maî-
esse ? croyez-vous que je consente jamais à
rtager avec un autre ? songez-vous qu'elle-
ême avoue qu'un autre la possède, et
ulez-vous que j'oublie que je l'aime, afin
la posséder aussi ? Si ce sont là vos amours,
us me faites pitié. »

Desgenais me répondit qu'il n'aimait que
s filles, et qu'il n'y regardait pas de si près.
Mon cher Octave, ajouta-t-il, vous êtes bien
une ; vous voudriez avoir bien des choses,
de belles choses, mais qui n'existent pas.
us croyez à une singulière sorte d'amour,
ut-être en êtes-vous capable ; je le crois,
ais ne le souhaite pas pour vous. Vous aurez
autres maîtresses, mon ami, et vous regrette
z un jour à venir ce qui vous est arrivé cette
it. Quand cette femme est venue vous trou-
r, il est certain qu'elle vous aimait ; elle ne

vous aime peut-être pas à l'heure qu'il e
elle est peut-être dans les bras d'un autr
mais elle vous aimait cette nuit-là, da
cette chambre; et que vous importe le rest
Vous aviez là une belle nuit, et vous la r
gretterez, soyez-en sûr, car elle ne revien
plus. Une femme pardonne tout, excep
qu'on ne veuille pas d'elle. Il fallait que s
amour pour vous fût terrible, pour qu'e
vînt vous trouver, se sachant et s'avoua
coupable, se doutant peut-être qu'elle ser
refusée. Croyez-moi, vous regretterez u
nuit pareille, car c'est moi qui vous dis q
vous n'en aurez guère. »

Il y avait dans tout ce que disait Desg
nais un air de conviction si simple et
profond, une si désespérante tranquilli
d'expérience, que je frissonnais en l'écoutar
Pendant qu'il parlait, j'éprouvai une tent
tion violente d'aller encore chez ma ma
tresse, ou de lui écrire pour la faire veni
J'étais incapable de me lever : cela me sauv
de la honte de m'exposer de nouveau à
trouver ou attendant mon rival ou enfermé
avec lui. Mais j'avais toujours la facilité d
lui écrire; je me demandais malgré mo

ans le cas où je lui écrirais, si elle viendrait.

Lorsque Desgenais fut parti, je sentis une
agitation si affreuse, que je résolus d'y
mettre un terme, de quelque manière que ce
fût. Après une lutte terrible, l'horreur sur-
monta enfin l'amour. J'écrivis à ma maîtresse
que je ne la reverrais jamais, et que je la
priais de ne plus revenir, si elle ne voulait
s'exposer à être refusée à ma porte. Je sonnai violemment, j'ordonnai qu'on portât ma
lettre le plus vite possible. A peine mon domestique eut-il fermé la porte, que je le rap-
pelai. Il ne m'entendit pas; je n'osai le rappeler une seconde fois; et, mettant mes deux
mains sur mon visage, je demeurai enseveli
dans le plus profond désespoir.

CHAPITRE IV

Le lendemain, au lever du soleil, la première pensée qui me vint fut de me demander : « Que ferai-je à présent? »

Je n'avais point d'état, aucune occupation.

J'avais étudié la médecine et le droit, sa
pouvoir me décider à prendre l'une ou l'au
de ces deux carrières; j'avais travaillé s
mois chez un banquier avec une telle inexa
titude, que j'avais été obligé de donner r
démission à temps pour n'être pas re
voyé. J'avais fait de bonnes études, ma
superficielles, ayant une mémoire qui ve
de l'exercice et qui oublie aussi facileme
qu'elle apprend.

Mon seul trésor, après l'amour, était l'i
dépendance. Dès ma puberté, je lui ava
voué un culte farouche, et je l'avais po
ainsi dire consacrée dans mon cœur. C'éta
un certain jour que mon père, pensant dé
à mon avenir, m'avait parlé de plusieurs ca
rières, entre lesquelles il me laissait le choi
J'étais accoudé à ma fenêtre, et je regarda
un peuplier maigre et solitaire qui se balar
çait dans le jardin. Je réfléchissais à tou
ces états divers, et délibérais d'en prendr
un. Je les remuai tous dans ma tête l'u
après l'autre jusqu'au dernier; après quo
ne me sentant du goût pour aucun, je laissa
flotter mes pensées. Il me sembla tout à cou
que je sentais la terre se mouvoir, et que l

Bida del.   Ed.on Charpentier.   A.Lalauze sc.

CONFESSION D'UN ENFANT DU SIÈCLE.

orce sourde et invisible qui l'entraîne dans
l'espace se rendait saisissable à mes sens ; je
la voyais monter dans le ciel ; il me semblait
que j'étais comme sur un navire ; le peuplier que j'avais devant les yeux me paraissait comme un mât de vaisseau ; je me levai
en étendant les bras et m'écriai : « C'est bien
assez peu de chose d'être un passager d'un
jour sur ce navire flottant dans l'éther ; c'est
bien assez peu d'être un homme, un point
noir sur ce navire : je serai un homme, mais
non une espèce d'homme particulière ! »

Tel était le premier vœu qu'à l'âge de
quatorze ans j'avais prononcé en face de la
nature, et depuis ce temps je n'avais rien
essayé que par obéissance pour mon père,
mais sans pouvoir jamais vaincre ma répu-
gnance.

J'étais donc libre, non par paresse, mais
par volonté ; aimant d'ailleurs tout ce qu'a
fait Dieu, et bien peu de ce qu'a fait l'homme.
Je n'avais connu de la vie que l'amour, du
monde que ma maîtresse, et n'en voulais
avoir autre chose. Aussi, étant devenu
amoureux en sortant du collége, j'avais cru
sincèrement que c'était pour ma vie en-

tière, et toute autre pensée avait disparu

Mon existence était sédentaire. Je passais la journée chez ma maîtresse, mon grand plaisir était de l'emmener à la campagne durant les beaux jours de l'été, et de me coucher près d'elle dans les bois, sur l'herbe ou sur la mousse, le spectacle de la nature dans sa splendeur ayant toujours été pour moi le plus puissant des aphrodisiaques. En hiver, comme elle aimait le monde, nous courions les bals et les masques, en sorte que cette vie oisive ne cessait jamais; et, par la raison que je n'avais pensé qu'à elle tant qu'elle m'avait été fidèle, je me trouvai sans une pensée lorsqu'elle m'eut trahi.

Pour donner une idée de l'état où se trouvait alors mon esprit, je ne puis mieux le comparer qu'à un de ces appartements comme on en voit aujourd'hui, où se trouvent rassemblés et confondus des meubles de tous les temps et de tous les pays. Notre siècle n'a point de formes. Nous n'avons imprimé le cachet de notre temps ni à nos maisons, ni à nos jardins, ni à quoi que ce soit. On rencontre dans les rues des gens qui ont la barbe taillée comme du temps de Henri III, d'autres qui sont rasés, d'autres qui ont les cheveux arrangés comme ceux du portrait de Raphaël, d'autres comme du temps de Jésus-Christ. Aussi les appartements des riches sont des cabinets de curiosités : l'antique, le gothique, le goût de la Renaissance, celui de Louis XIII, tout est pêle-mêle. Enfin nous avons de tous les siècles, hors du nôtre, chose qui n'a jamais été vue à une autre époque : l'éclec- tisme est notre goût ; nous prenons tout ce que nous trouvons, ceci pour sa beauté, cela pour sa commodité, telle autre chose pour son antiquité, telle autre pour sa laideur même ; en sorte que nous ne vivons que de débris, comme si la fin du monde était proche.

Tel était mon esprit : j'avais beaucoup lu ; en outre, j'avais appris à peindre. Je savais par cœur une grande quantité de choses, mais rien par ordre, de façon que j'avais la tête à la fois vide et gonflée, comme une éponge Je devenais amoureux de tous les poëtes l'un après l'autre ; mais, étant d'une nature très-impressionnable, le dernier venu avait toujours le don de me dégoûter du reste. Je m'étais fait un grand magasin de ruines,

jusqu'à ce qu'enfin, n'ayant plus soif à force
de boire la nouveauté et l'inconnu, je m'étais
trouvé une ruine moi-même.

Cependant sur cette ruine il y avait quelque chose de bien jeune encore : c'était
l'espérance de mon cœur, qui n'était qu'un
enfant.

Cette espérance, que rien n'avait flétrie ni
corrompue, et que l'amour avait exaltée
jusqu'à l'excès, venait tout à coup de recevoir
une blessure mortelle. La perfidie de ma maîtresse l'avait frappée au plus haut de son vol,
et, lorsque j'y pensais, je me sentais dans
l'âme quelque chose qui défaillait convulsivement, comme un oiseau blessé qui ago-
nise.

La société, qui fait tant de mal, ressemble
à ce serpent des Indes dont la demeure est
la feuille d'une plante qui guérit sa morsure;
elle présente presque toujours le remède à
côté de la souffrance qu'elle a causée. Par
exemple, un homme qui a son existence réglée, les affaires au lever, les visites à telle
heure, le travail à telle autre, l'amour à telle
autre, peut perdre sans danger sa maîtresse.
Ses occupations et ses pensées sont comme

ces soldats impassibles rangés en bataille sur une même ligne : un coup de feu en emporte un ; les voisins se resserrent, et il n'y paraît pas.

Je n'avais pas cette ressource depuis que j'étais seul : la nature, ma mère chérie, me semblait au contraire plus vaste et plus vide que jamais. Si j'avais pu oublier entièrement ma maîtresse, j'aurais été sauvé. Que de gens à qui il n'en faut pas tant pour les guérir ! ceux-là sont incapables d'aimer une femme infidèle, et leur conduite, en pareil cas, est admirable de fermeté. Mais est-ce ainsi qu'on aime à dix-neuf ans, alors que, ne connaissant rien au monde, désirant tout, le jeune homme sent à la fois le germe de toutes les passions ? De quoi doute cet âge ? A droite, à gauche, là-bas, à l'horizon, partout quelque voix qui l'appelle. Tout est désir, tout est rêverie. Il n'y a réalité qui tienne lorsque le cœur est jeune ; il n'y a chêne si noueux et si dur dont il ne sorte une dryade : et, si on avait cent bras, on ne craindrait pas de les ouvrir dans le vide : on n'a qu'à y serrer sa maîtresse, et le vide est rempli.

Quant à moi, je ne concevais pas qu'on fît

autre chose que d'aimer ; et, lorsqu'on me
parlait d'une autre occupation, je ne répondais pas. Ma passion pour ma maîtresse avait
été comme sauvage, et toute ma vie en ressentait je ne sais quoi de monacal et de
farouche. Je n'en veux citer qu'un exemple.
Elle m'avait donné son portrait en miniature
dans un médaillon ; je le portais sur le cœur,
chose que font bien des hommes ; mais, ayant
trouvé un jour chez un marchand de curiosités une discipline de fer, au bout de laquelle
était une plaque hérissée de pointes, j'avais
fait attacher le médaillon sur la plaque et le
portais ainsi. Ces clous, qui m'entraient dans
la poitrine à chaque mouvement, me cau-
saient une volupté si étrange, que j'appuyais
quelquefois ma main pour les sentir plus profondément. Je sais bien que c'est de la folie ;
l'amour en fait bien d'autres.

Depuis que cette femme m'avait trahi,
j'avais ôté le cruel médaillon. Je ne puis dire
avec quelle tristesse j'en détachai la ceinture
de fer, et quel soupir poussa mon cœur lorsqu'il s'en trouva délivré ! « Ah ! pauvres
cicatrices, me dis-je, vous allez donc vous
effacer ? Ah ! ma blessure, ma chère bles-

ture, quel baume vais-je poser sur toi? »

J'avais beau haïr cette femme : elle était, pour ainsi dire, dans le sang de mes veines, je la maudissais, mais j'en rêvais. Que faire à cela? que faire à un rêve? quelle raison donner à des souvenirs de chair et de sang? Macbeth, ayant tué Duncan, dit que l'Océan ne laverait pas ses mains; il n'aurait pas lavé mes cicatrices. Je le dis à Desgenais : « Que voulez-vous? dès que je m'endors, sa tête est là sur l'oreiller. »

Je n'avais vécu que par cette femme : douter d'elle, c'était douter de tout; la maudire, tout renier, la perdre, tout détruire. Je ne sortais plus; le monde m'apparaissait comme peuplé de monstres, de bêtes fauves et de crocodiles. A tout ce qu'on me disait pour me distraire, je répondais : « Oui, c'est bien dit, et soyez certain que je n'en ferai rien. »

Je me mettais à la fenêtre et je me disais: « Elle va venir, j'en suis sûr; elle vient, elle tourne la rue : je la sens qui approche. Elle ne peut vivre sans moi, pas plus que moi sans elle. Que lui dirai-je? quel visage ferai-je? » Là-dessus ses perfidies me reve- naient. « Ah! qu'elle ne vienne pas! m'écriais-je; qu'elle n'approche pas! je suis capable de la tuer! »

Depuis ma dernière lettre, je n'en entendais plus parler. « Enfin, que fait-elle? me disais-je. Elle en aime un autre? aimons-en donc une autre aussi. Qui aimer? » Et, tout en cherchant, j'entendais comme une voix lointaine qui me criait : « Toi, une autre que moi! Deux êtres qui s'aiment, qui s'embrassent, et qui ne sont pas toi et moi! Est-ce que c'est possible? Est-ce que tu es fou? »

« Lâche! me disait Desgenais, quand oublierez-vous cette femme? Est-ce donc une si grande perte? Le beau plaisir d'être aimé d'elle! Prenez la première venue.

— Non, lui répondais-je, ce n'est pas une si grande perte. N'ai-je pas fait ce que je devais? ne l'ai-je pas chassée d'ici? Qu'avez-vous donc à dire? Le reste me regarde : les taureaux blessés dans le cirque sont libres d'aller se coucher dans un coin avec l'épée du matador dans l'épaule, et de finir en paix. Qu'est-ce que j'irai faire, dites-moi, là ou là? Qu'est-ce que c'est que vos premières venues? Vous me montrerez un ciel pur, des arbres et des maisons, des hommes qui parlent,

oivent, chantent, des femmes qui dansent
et des chevaux qui galopent : tout cela n'est
pas la vie, c'est le bruit de la vie. Allez, allez,
laissez-moi le repos. »

CHAPITRE V

Quand Desgenais vit que mon désespoir
était sans remède, que je ne voulais écouter
personne ni sortir de ma chambre, il prit la
chose au sérieux. Je le vis arriver un soir
avec un air de gravité ; il me parla de ma
maîtresse, et continua sur un ton de persi-
flage, disant des femmes tout le mal qu'il
pensait. Tandis qu'il parlait, je m'étais appuyé sur mon coude, et, me soulevant sur
mon lit, je l'écoutais attentivement.

C'était par une de ces sombres soirées où
le vent qui siffle ressemble aux plaintes d'un
mourant ; une pluie aiguë fouettait les vitres,
laissant par intervalles un silence de mort.
Toute la nature souffre par ces temps : les
arbres s'agitent avec douleur ou courbent
tristement la tête ; les oiseaux des champs se

serrent dans les buissons ; les rues des cités
sont vides. Ma blessure me faisait souffrir.
La veille encore, j'avais une maîtresse et un
ami : ma maîtresse m'avait trahi, mon ami
m'avait étendu dans un lit de douleur. Je ne
démêlais pas encore clairement ce qui se passait dans ma tête: il me semblait tantôt que
j'avais fait un rêve plein d'horreur, et que je
n'avais qu'à fermer les yeux pour me réveiller heureux le lendemain; tantôt c'était ma
vie entière qui me paraissait un songe ridicule et puéril, dont la fausseté venait de se
dévoiler. Desgenais était assis devant moi,
près de la lampe; il était ferme et sérieux,
avec un sourire perpétuel. C'était un homme
plein de cœur, mais sec comme la pierre
ponce. Une précoce expérience l'avait rendu
chauve avant l'âge; il connaissait la vie et
avait pleuré dans son temps; mais sa douleur portait cuirasse : il était matérialiste et
attendait la mort.

« Octave, me dit-il, d'après ce qui se passe
en vous, je vois que vous croyez à l'amour
tel que les romanciers et les poëtes le représentent; vous croyez, en un mot, à ce qui se
dit ici-bas et non à ce qui s'y fait. Cela vient

ce que vous ne raisonnez pas sainement peut vous mener à de très-grands mal. eurs.

« Les poëtes représentent l'amour comme les sculpteurs nous peignent la beauté, comme les musiciens créent la mélodie : c'est-à-dire que, doués d'une organisation nerveuse et exquise, ils rassemblent avec discernement et avec ardeur les éléments les plus purs de la vie, les lignes les plus belles de la matière et les voix les plus harmonieuses de la nature. Il y avait, dit-on, à Athènes, une grande quantité de belles filles : Praxitèle les dessina toutes l'une après l'autre ; après quoi, de toutes ces beautés diverses, qui chacune avaient leur défaut, il fit une beauté unique, sans défaut, et créa la Vénus. Le premier homme qui fit un instrument de musique, et qui donna à cet art ses règles et ses lois, avait écouté, longtemps auparavant, murmurer les roseaux et chanter les fauvettes. Ainsi les poëtes, qui connaissaient la vie, après avoir vu beaucoup d'amours plus ou moins passagers, après avoir senti profondément jusqu'à quel degré d'exaltation sublime la passion peut s'élever

par moments, retranchant de la nature humaine tous les éléments qui la dégrader
créèrent ces noms mystérieux qui passère
d'âge en âge sur les lèvres des homme
Daphnis et Chloé, Héro et Léandre, Pyram
et Thisbé.

« Vouloir chercher dans la vie réelle d
amours pareils à ceux-là, éternels et abs
lus, c'est la même chose que de chercher su
la place publique des femmes aussi belles qu
la Vénus, ou de vouloir que les rossigno
chantent les symphonies de Beethoven.

« La perfection n'existe pas : la comprendr
est le triomphe de l'intelligence humaine ; l
désirer pour la posséder est la plus dan
gereuse des folies. Ouvrez votre fenêtr
Octave ; ne voyez-vous pas l'infini ? ne sen
tez-vous pas que le ciel est sans bornes
votre raison ne vous le dit-elle pas ? Cepen
dant, concevez-vous l'infini ? vous faites-vou
quelque idée d'une chose sans fin, vous qu
êtes né d'hier et qui mourrez demain ? C
spectacle de l'immensité a, dans tous les pay
du monde, produit les plus grandes dé
mences. Les religions viennent de là ; c'es
pour posséder l'infini que Caton s'est coup

gorge, que les chrétiens se livraient aux
uns, les huguenots aux catholiques; tous
les peuples de la terre ont étendu les bras
vers cet espace immense, et ont voulu s'y
précipiter. L'insensé veut posséder le ciel;
le sage l'admire, s'agenouille et ne désire
pas.

« La perfection, ami, n'est pas plus faite
pour nous que l'immensité. Il faut ne la chercher en rien, ne la demander à rien, ni à
l'amour, ni à la beauté, ni au bonheur, ni à
la vertu; mais il faut l'aimer pour être ver-
tueux, beau et heureux autant que l'homme
peut l'être.

« Supposons que vous avez dans votre cabinet d'étude un tableau de Raphaël que vous
regardiez comme parfait; supposons qu'hier
soir, en le considérant de près, vous avez découvert dans un des personnages de ce tableau une faute grossière de dessin, un
membre cassé ou un muscle hors nature,
comme il s'en trouve un, dit-on, dans l'un
des bras du Gladiateur antique : vous éprou-
verez certainement un grand déplaisir, mais
vous ne jetterez cependant pas au feu votre
tableau; vous direz seulement qu'il n'est pas

parfait, mais qu'il y a des morceaux qui sor
dignes d'admiration.

« Il y a des femmes que leur bon natur
et la sincérité de leur cœur empêchent d'avo
deux amants à la fois. Vous avez cru qu
votre maîtresse était ainsi; cela vaudra
mieux en effet. Vous avez découvert qu'ell
vous trompait; cela vous oblige-t-il à la mé
priser, à la maltraiter, à croire enfin qu'ell
est digne de votre haine?

« Quand bien même votre maîtresse n
vous aurait jamais trompé, et quand ell
n'aimerait que vous à présent, songe
Octave, combien son amour serait enco
loin de la perfection, combien il serait hu
main, petit, restreint aux lois de l'hypocris
du monde; songez qu'un autre homme l
possédée avant vous, et même plus d'u
autre homme; que d'autres encore la poss
deront après vous.

« Faites cette réflexion : ce qui vous pouss
en ce moment au désespoir, c'est cette idé
de perfection que vous vous étiez faite s
votre maîtresse, et dont vous voyez qu'ell
est déchue. Mais, dès que vous comprendr
bien que cette idée première elle-même ét

humaine, petite et restreinte, vous verrez
que c'est bien peu de chose qu'un degré de
plus ou de moins sur cette grande échelle
pourrie de l'imperfection humaine.

« Vous conviendrez volontiers, n'est-ce
pas? que votre maîtresse a eu d'autres
hommes et qu'elle en aura d'autres, vous me
direz sans doute que peu vous importe de le
savoir, pourvu qu'elle vous aime, et qu'elle
n'ait que vous tant qu'elle vous aimera. Mais
moi je vous dis : Puisqu'elle a eu d'autres
hommes que vous, qu'importe donc que ce
soit hier ou il y a deux ans? Puisqu'elle aura
d'autres hommes, qu'importe que ce soit demain ou dans deux autres années? Puisqu'elle
ne doit vous aimer qu'un temps, et puisqu'elle vous aime, qu'importe donc que ce
soit pendant deux ans ou pendant une nuit?
Êtes-vous homme, Octave? Voyez-vous les
feuilles tomber des arbres, le soleil se lever
et se coucher? Entendez-vous vibrer l'horloge
de la vie à chaque battement de votre cœur?
Y a-t-il donc une si grande différence pour
vous entre un amour d'un an et un amour
d'une heure, insensé qui, par cette fenêtre
grande comme la main, pouvez voir l'infini?

« Vous appelez honnête la femme qui v
aime deux ans fidèlement; vous avez a
paremment un almanach fait exprès po
savoir combien de temps les baisers d
hommes mettent à sécher sur les lèvres d
femmes. Vous faites une grande différen
entre la femme qui se donne pour de l'arge
et celle qui se donne pour du plaisir, ent
celle qui se donne pour de l'orgueil et cel
qui se donne pour du dévouement. Parmi l
femmes que vous achetez, vous payez les un
plus cher que les autres; parmi celles q
vous recherchez pour le plaisir des se
vous vous abandonnez aux unes avec plus
confiance qu'aux autres; parmi celles q
vous avez par vanité, vous vous montrez pl
glorieux de celle-ci que de celle-là, et
celles à qui vous vous dévouez, il y en a
qui vous donnerez le tiers de votre cœur,
une autre le quart, à une autre la moiti
selon son éducation, ses mœurs, son no
sa naissance, sa beauté, son tempéramen
selon l'occasion, selon ce qu'on en dit, sel
l'heure qu'il est, selon ce que vous avez
à dîner.

« Vous avez des femmes, Octave, par

ison que vous êtes jeune, ardent, que votre
sage est ovale et régulier, que vos cheveux
nt peignés avec soin; mais, par cette rai-
n même, mon ami, vous ne savez pas ce
te c'est qu'une femme.

« La nature, avant tout, veut la reproduc-
on des êtres; partout, depuis le sommet
s montagnes jusqu'au fond de l'Océan, la
e a peur de mourir. Dieu, pour conserver
n ouvrage, a donc établi cette loi, que la
us grande jouissance de tous les êtres
vants fût l'acte de la génération. Le pal-
ier, envoyant à sa femelle sa poussière fé-
nde, frémit d'amour dans les vents embra-
s; le cerf en rut éventre sa biche qui lui
siste; la colombe palpite sous les ailes du
le comme une sensitive amoureuse; et
omme, tenant dans ses bras sa compagne,
sein de la toute-puissante nature, sent
ndir dans son cœur l'étincelle divine qui
créé.

« O mon ami! lorsque vous serrez dans
s bras nus une belle et robuste femme, si
volupté vous arrache des larmes, si vous
tez sangloter sur vos lèvres des serments
mour éternel, si l'infini vous descend dans

le cœur, ne craignez pas de vous livrer, fu[s]
siez-vous avec une courtisane.

« Mais ne confondez pas le vin avec l'i[-]
vresse ; ne croyez pas la coupe divine où vou[s]
buvez le breuvage divin ; ne vous étonn[é]
pas le soir de la trouver vide et brisée. C'es[t]
une femme, c'est un vase fragile, fait de ter[re]
par un potier.

« Remerciez Dieu de vous montrer le cie[l]
et parce que vous battez de l'aile ne vou[s]
croyez pas un oiseau. Les oiseaux eu[x]
mêmes ne peuvent franchir les nuages ; il [y]
a une sphère où ils manquent d'air, et l'a[-]
louette, qui s'élève en chantant dans le[s]
brouillards du matin, retombe quelquefo[is]
morte sur le sillon.

« Prenez de l'amour ce qu'un homme sob[re]
prend de vin, ne devenez pas un ivrogne. S[i]
votre maitresse est sincère et fidèle, aimez-[la]
pour cela : mais, si elle ne l'est pas, et qu'el[le]
soit jeune et belle, aimez-la parce qu'elle e[st]
jeune et belle ; et, si elle est agréable et sp[i]
rituelle, aimez-la encore ; et, si elle n'est rie[n]
de tout cela, mais qu'elle vous aime seule[-]
ment, aimez-la encore. On n'est pas aimé tou[s]
les soirs.

« Ne vous arrachez pas les cheveux et ne
…rlez pas de vous poignarder parce que
…us avez un rival. Vous dites que votre
…aîtresse vous trompe pour un autre; c'est
…tre orgueil qui en souffre : mais changez
…ulement les mots; dites-vous que c'est lui
…'elle trompe pour vous, et vous voilà glo-
…ux.

« Ne vous faites pas de règle de conduite, et
…dites pas que vous voulez être aimé exclu-
…ement à tout autre : car, en disant cela,
…mme vous êtes homme et inconstant vous-
…me, vous êtes forcé d'ajouter tacitement :
…utant que cela est possible. »

…Prenez le temps comme il vient, le vent
…mme il souffle, la femme comme elle est.
…s Espagnoles, les premières des femmes,
…nent fidèlement; leur cœur est sincère et
…lent, mais elles portent un stylet sur le
…ur. Les Italiennes sont lascives, mais elles
…erchent de larges épaules et prennent me-
…re de leur amant avec des aunes de tail-
…r. Les Anglaises sont exaltées et mélan-
…iques, mais elles sont froides et guindées.
…s Allemandes sont tendres et douces, mais
…les et monotones. Les Françaises sont spi-

rituelles, élégantes et voluptueuses, mais
elles mentent comme des démons.

« Avant tout, n'accusez pas les femme
d'être ce qu'elles sont; c'est nous qui le
avons faites ainsi, défaisant l'ouvrage de
nature en toute occasion.

« La nature, qui pense à tout, a fait
vierge pour être amante; mais à son pre
mier enfant ses cheveux tombent, son sei
se déforme, son corps porte une cicatrice;
femme est faite pour être mère. L'homm
s'en éloignerait peut-être alors, dégoûté pa
la beauté perdue; mais son enfant s'attach
à lui en pleurant. Voilà la famille, la loi h
maine; tout ce qui s'en écarte est monstrueu
Ce qui fait la vertu des campagnards, c'e
que leurs femmes sont des machines à en
fantement et à allaitement, comme ils son
eux, des machines à labourage. Ils n'ont
faux cheveux ni lait virginal; mais leu
amours n'ont pas la lèpre; ils ne s'ape
çoivent pas, dans leurs accouplements nai
qu'on a découvert l'Amérique. A défaut
sensualité, leurs femmes sont saines; ell
ont les mains calleuses, aussi leur cœur n
l'est-il pas.

« La civilisation fait le contraire de la nature. Dans nos villes et selon nos mœurs, la
vierge, faite pour courir au soleil, pour
admirer les lutteurs nus, comme à Lacédé-
mone, pour choisir, pour aimer, on l'enferme, on la verrouille ; cependant elle cache
un roman sous son crucifix ; pâle et oisive,
elle se corrompt devant son miroir, elle flé-
trit dans le silence des nuits cette beauté qui
l'étouffe et qui a besoin du grand air. Puis
tout d'un coup on la tire de là, ne sachant
rien, n'aimant rien, désirant tout ; une vieille
l'endoctrine, on lui chuchote un mot obscène
à l'oreille, et on la jette dans le lit d'un inconnu qui la viole. Voilà le mariage, c'est-à-
dire la famille civilisée. Et maintenant voilà
cette pauvre fille qui fait un enfant ; voilà ses
cheveux, son beau sein, son corps qui se flé-
trissent ; voilà qu'elle a perdu la beauté des
amantes, et elle n'a point aimé ! Voilà qu'elle a
conçu, voilà qu'elle a enfanté, et elle se demande pourquoi. On lui apporte un enfant, et
on lui dit : « Vous êtes mère. » Elle répond :
« Je ne suis pas mère ; qu'on donne cet enfant à une femme qui ait du lait : il n'y en
a pas dans mes mamelles ; » ce n'est pas

ainsi que le lait vient aux femmes. So
mari lui répond qu'elle a raison, que so
enfant le dégoûterait d'elle. On vient, b
la pare, on met une dentelle de Malines s
son lit ensanglanté ; on la soigne, on
guérit du mal de la maternité. Un mo
après, la voilà aux Tuileries, au bal,
l'Opéra ; son enfant est à Chaillot, à Auxerr
son mari au mauvais lieu. Dix jeunes ge
lui parlent d'amour, de dévouement, de sy
pathie, d'éternel embrassement, de tout
qu'elle a dans le cœur. Elle en prend u
l'attire sur sa poitrine ; il la déshonore,
retourne, et s'en va à la Bourse. Maintena
la voilà lancée, elle pleure une nuit, et trou
que les larmes lui rougissent les yeux. E
prend un consolateur, de la perte duquel
autre la console ; ainsi jusqu'à trente ans
plus. C'est alors que, blasée et gangrené
n'ayant plus rien d'humain, pas même
dégoût, elle rencontre un soir un bel adol
cent aux cheveux noirs, à l'œil ardent,
cœur palpitant d'espérance ; elle reconn
sa jeunesse, elle se souvient de ce qu'elle
souffert, et, lui rendant les leçons de sa v
elle lui apprend à ne jamais aimer.

« Voilà la femme telle que nous l'avons
faite; voilà nos maîtresses. Mais quoi! ce
sont des femmes, et il y a avec elles de bons
moments!

« Si vous êtes d'une trempe ferme, sûr de
vous-même et vraiment homme, voici donc
ce que je vous conseille : lancez-vous sans
crainte dans le torrent du monde; ayez des
courtisanes, des danseuses, des bourgeoises
et des marquises. Soyez constant et infidèle,
triste et joyeux, trompé ou respecté; mais
lâchez si vous êtes aimé, car, du moment
que vous le serez, que vous importe le reste?

« Si vous êtes un homme médiocre et ordinaire, je suis d'avis que vous cherchiez
quelque temps avant de vous décider, mais
que vous ne comptiez sur rien de ce que
vous aurez cru trouver dans votre maîtresse.

« Si vous êtes un homme faible, enclin à
vous laisser dominer et à prendre racine là
où vous voyez un peu de terre, faites-vous
une cuirasse qui résiste à tout; car, si vous
cédez à votre nature débile, là où vous aurez
pris racine, vous ne pousserez pas; vous
sécherez comme une plante oisive, et vous
n'aurez ni fleurs ni fruits. La séve de votre

vie passera dans une écorce étrangère,
toutes vos actions seront pâles comme la
feuille du saule; vous n'aurez pour vous
arroser que vos propres larmes, et pour
vous nourrir que votre propre cœur.

« Mais, si vous êtes d'une nature exaltée,
croyant à des rêves et voulant les réaliser,
je vous réponds alors tout net : « L'amour
n'existe pas. »

« Car j'abonde dans votre sens, et je vous
dis : Aimer, c'est se donner corps et âme,
ou, pour mieux dire, c'est faire un seul être
de deux; c'est se promener au soleil, en
plein vent, au milieu des blés et des prairies
avec un corps à quatre bras, à deux têtes et
à deux cœurs. L'amour, c'est la foi, c'est la
religion du bonheur terrestre; c'est un triangle lumineux placé à la voûte de ce temple
qu'on appelle le monde. Aimer, c'est marcher librement dans ce temple, et avoir à
son côté un être capable de comprendre
pourquoi une pensée, un mot, une fleur
font que vous vous arrêtez et que vous re-
levez la tête vers le triangle céleste. Exercer
les nobles facultés de l'homme est un grand
bien, voilà pourquoi le génie est une belle

chose; mais doubler ses facultés, presser un
cœur et une intelligence sur son intelligence et sur son cœur, c'est le bonheur
suprême. Dieu n'en a pas fait plus pour
l'homme; voilà pourquoi l'amour vaut mieux
que le génie. Or, dites-moi, est-ce là l'amour
de nos femmes? Non, non, il faut en con-
venir. Aimer, pour elles, c'est autre chose:
c'est sortir voilées, écrire avec mystère,
marcher en tremblant sur la pointe du pied,
comploter et railler, faire des yeux languissants, pousser de chastes soupirs dans une
robe empesée et guindée, puis tirer les verrous pour la jeter par-dessus sa tête, humi-
lier une rivale, tromper un mari, désoler
ses amants; aimer, pour nos femmes, c'est
jouer à mentir comme les enfants jouent à
se cacher : hideuse débauche du cœur, pire
que toute la lubricité romaine aux saturnales de Priape; parodie bâtarde du vice
lui-même aussi bien que de la vertu; comédie sourde et basse où tout se chuchote et
où travaille avec des regards obliques, où
tout est petit, élégant et difforme, comme
dans ces monstres de porcelaine qu'on apporte de Chine; dérision lamentable de ce

qu'il y a de beau et de laid, de divin et d'infernal au monde ; ombre sans corps, squelette de tout ce que Dieu a fait. »

Ainsi parlait Desgenais d'une voix mordante, au milieu du silence de la nuit.

CHAPITRE VI

Je fus le lendemain au bois de Boulogne avant dîner ; le temps était sombre. Arrivé à la porte Maillot, je laissai mon cheval aller où bon lui sembla, et, m'abandonnant à une rêverie profonde, je repassai peu à peu dans ma tête tout ce que m'avait dit Desgenais.

Comme je traversais une allée, je m'entendis appeler par mon nom. Je me retournai, et vis dans une voiture découverte une des amies intimes de ma maîtresse. Elle cria d'arrêter, et, me tendant la main d'un air amical, me demanda si je n'avais rien à faire, de venir dîner avec elle.

Cette femme, qui s'appelait madame Levasseur, était petite, grasse et très-blonde.

le m'avait toujours déplu, je ne sais pourquoi, nos relations n'ayant jamais rien eu
que d'agréable. Cependant je ne pus résister
à l'envie d'accepter son invitation ; je serrai
sa main en la remerciant : je sentais que
nous allions parler de ma maîtresse.

Elle me donna quelqu'un pour ramener
mon cheval ; je montai dans sa voiture, elle
était seule, et nous reprîmes aussitôt le
chemin de Paris. La pluie commençait à
tomber, on ferma la voiture ; ainsi enfermés
en tête-à-tête, nous demeurâmes d'abord
silencieux. Je la regardais avec une tristesse
inexprimable ; non-seulement elle était l'amie
de mon infidèle, mais elle était sa confidente. Souvent, durant les jours heureux,
elle avait été en tiers dans nos soirées. Avec
quelle impatience je l'avais supportée alors !
combien de fois j'avais compté les instants
qu'elle passait avec nous ! De là sans doute
mon aversion pour elle. J'avais beau savoir
qu'elle approuvait nos amours, qu'elle me
défendait même parfois auprès de ma maîtresse dans les jours de brouille, je ne pouvais, en faveur de toute son amitié, lui pardonner ses importunités. Malgré sa bonté et

les services qu'elle nous rendait, elle m
semblait laide, fatigante. Hélas! maint
nant que je la trouvais belle! Je regarda
ses mains, ses vêtements; chacun de se
gestes m'allait au cœur; tout le passé
était écrit. Elle me voyait, elle sentait c
que j'éprouvais auprès d'elle et que de sou
venirs m'oppressaient. Le chemin s'écoul
ainsi, moi la regardant, elle me souriant
Enfin, quand nous entrâmes à Paris, ell
me prit la main : « Eh bien? dit-elle. —
Eh bien, répondis-je en sanglotant, dites
le-lui, madame, si vous le voulez. » Et j
versai un torrent de larmes.

Mais lorsqu'après dîner nous fûmes au
coin du feu : « Mais enfin, dit-elle, tout
cette affaire est-elle irrévocable? n'y a-t-i
plus aucun moyen?

— Hélas! madame, lui répondis-je, il n'
a rien d'irrévocable que la douleur qui m
tuera. Mon histoire n'est pas longue à dire
je ne puis ni l'aimer, ni en aimer une autre
ni me passer d'aimer. »

Elle se renversa sur sa chaise à ces pa
roles, et je vis sur son visage les marques de
sa compassion. Longtemps elle parut réflé

air et se reporter sur elle-même, comme
sentant dans son cœur un écho. Ses yeux se
voilèrent, et elle restait enfermée comme
dans un souvenir. Elle me tendit la main,
je m'approchai d'elle. « Et moi, murmura-
t-elle, et moi aussi ! voilà ce que j'ai connu
en temps et lieu. » Une vive émotion l'arrêta.
De toutes les sœurs de l'amour, l'une des
plus belles est la pitié. Je tenais la main de
madame Levasseur ; elle était presque dans
mes bras ; elle commença à me dire tout
ce qu'elle put imaginer en faveur de ma
maîtresse, pour me plaindre autant que
pour l'excuser. Ma tristesse s'en accrut ; que
répondre ? Elle en vint à parler d'elle-même.
Il n'y avait pas longtemps, me dit-elle,
qu'un homme qui l'aimait l'avait quittée.
Il avait fait de grands sacrifices, sa fortune était compromise, aussi bien que l'honneur de son nom. De la part de son mari,
qu'elle connaissait pour vindicatif, il y avait
eu des menaces. Ce fut un récit mêlé de larmes, et qui m'intéressa au point que j'oubliai
mes douleurs en écoutant les siennes. On
l'avait mariée à contre-cœur, elle avait lutté
pendant longtemps ; mais elle ne regrettait

rien, sinon de n'être plus aimée. Je crus mêm
qu'elle s'accusait en quelque sorte, comm
n'ayant pas su conserver le cœur de so
amant, et ayant agi avec légèreté à son égard

Lorsqu'après avoir soulagé son cœur ell
demeura peu à peu comme muette et incer
taine : « Non, madame, lui dis-je, ce n'es
point le hasard qui m'a conduit aujourd'hu
au bois de Boulogne. Laissez-moi croire qu
les douleurs humaines sont des sœurs éga
rées, mais qu'un bon ange est quelque part
qui unit parfois à dessein ces faibles main
tremblantes tendues vers Dieu. Puisque-j
vous ai revue, et que vous m'avez appelé
ne vous repentez donc point d'avoir parlé
et, qui que ce soit qui vous écoute, ne vou
repentez jamais des larmes. Le secret qu
vous me confiez n'est qu'une larme tombé
de vos yeux, mais elle est restée sur mo
cœur. Permettez-moi de revenir, et souf
frons quelquefois ensemble. »

Une sympathie si vive s'empara de mo
en parlant ainsi, que, sans y réfléchir, j
l'embrassai ; il ne me vint pas à l'espri
qu'elle s'en pût trouver offensée, et elle n
parut même pas s'en apercevoir.

Un silence profond régnait dans l'hôtel
qu'habitait madame Levasseur. Quelque lo-
cataire y étant malade, on avait répandu
de la paille dans la rue, en sorte que les
voitures n'y faisaient aucun bruit. J'étais
près d'elle, la tenant dans mes bras, et m'a-
bandonnant à l'une des plus douces émo-
tions du cœur, le sentiment d'une douleur
partagée.

Notre entretien continua sur le ton de la
plus expansive amitié. Elle me disait ses
souffrances, je lui contais les miennes; et
entre ces deux douleurs qui se touchaient
je sentais s'élever je ne sais quelle douceur,
je ne sais quelle voix consolante, comme un
accord pur et céleste né du concert de deux
voix gémissantes. Cependant, durant toutes
ses larmes, comme je m'étais penché sur madame Levasseur, je ne voyais que son visage. Dans un moment de silence, m'étant
levé et éloigné quelque peu, je m'aperçus
que, pendant que nous parlions, elle avait
appuyé son pied assez haut sur le cham-
branle de la cheminée, en sorte que, sa robe
ayant glissé, sa jambe se trouvait entièrement découverte. Il me parut singulier que,

voyant ma confusion, elle ne se dérange
point, et je fis quelques pas en détourna
la tête pour lui donner le temps de s'ajuste
elle n'en fit rien. Revenant à la cheminé
j'y restai appuyé en silence, regardant l
désordre, dont l'apparence était trop réw
tante pour se supporter. Enfin, rencon
trant ses yeux, et voyant clairement qu'el
s'apercevait fort bien elle-même de ce q
en était, je me sentis frappé de la foudr
car je compris net que j'étais le jouet d'un
effronterie tellement monstrueuse que
douleur elle-même n'était pour elle qu'un
séduction des sens. Je pris mon chape
sans dire un mot : elle rabaissa lent
ment sa robe, et je sortis de la salle e
lui faisant un grand salut.

CHAPITRE VII

En rentrant chez moi, je trouvai au mil
de ma chambre une grande caisse de bo
Une de mes tantes était morte, et j'av
une part dans son héritage, qui n'était p

nsidérable. Cette caisse renfermait, entre
autres objets indifférents, une quantité de
ieux livres poudreux. Ne sachant que faire
rongé d'ennui, je pris le parti d'en lire
quelques-uns. C'étaient pour la plupart des
romans du siècle de Louis XV; ma tante,
rt dévote, en avait probablement hérité
le-même, et les avait conservés sans les
re; car c'étaient pour ainsi dire autant de
atéchismes de libertinage.

J'ai dans l'esprit une singulière propen-
on à réfléchir à tout ce qui m'arrive, même
ux moindres incidents, et à leur donner
ne sorte de raison conséquente et morale;
en fais en quelque sorte comme des grains
e chapelet, et je tâche malgré moi de les
attacher à un même fil.

Dussé-je paraître puéril en ceci, l'arrivée
e ces livres me frappa, dans la circonstance
ù je me trouvais. Je les dévorai avec une
mertume et une tristesse sans bornes, le
œur brisé et le sourire sur les lèvres. « Oui,
ous avez raison, leur disais-je, vous seuls
avez les secrets de la vie; vous seuls osez
ire que rien n'est vrai que la débauche,
hypocrisie et la corruption. Soyez mes

amis, jetez sur la plaie de mon âme vos poisons corrosifs; apprenez-moi à croire en vous. »

Pendant que je m'enfonçais ainsi dans les ténèbres, mes poëtes favoris et mes livres d'études restaient épars dans la poussière. Je les foulais aux pieds dans mes accès de colère : « Et vous, leur disais-je, rêveurs insensés qui n'apprenez qu'à souffrir, misérables arrangeurs de paroles, charlatans si vous saviez la vérité, niais si vous étiez de bonne foi, menteurs dans les deux cas, qui faites des contes de fées avec le cœur humain, je vous brûlerai tous jusqu'au dernier ! »

Au milieu de tout cela les larmes venaient à mon aide, et je m'apercevais qu'il n'y avait de vrai que ma douleur. « Eh bien, criai-je alors dans mon délire, dites-moi, bons et mauvais génies, conseillers du bien et du mal, dites-moi donc ce qu'il faut faire ! Choisissez donc un arbitre entre vous. »

Je saisis une vieille Bible qui était sur ma table, et l'ouvris au hasard. « Réponds-moi, toi, livre de Dieu, lui dis-je ; sachons un peu quel est ton avis. » Je tombais ur ces paroles de l'Ecclésiaste, chapitre IX :

« J'ai agité toutes ces choses dans mon
cœur, et je me suis mis en peine d'en trou-
er l'intelligence. Il y a des justes et des
ages, et leurs œuvres sont dans la main de
ieu ; néanmoins l'homme ne sait s'il est
igne d'amour ou de haine.

« Mais tout est réservé pour l'avenir et
emeure incertain, parce que tout arrive
galement au juste et à l'injuste, au bon et
u méchant, au pur et à l'impur, à celui qui
mmole des victimes et à celui qui méprise
is sacrifices. L'innocent est traité comme
: pécheur, et le parjure comme celui qui
are la vérité.

« C'est là ce qu'il y a de plus fâcheux dans
out ce qui se passe sous le soleil, que tout
rrive de même à tous. De là vient que les
œurs des enfants des hommes sont remplis
e malice et de mépris pendant leur vie, et
près cela ils seront mis entre les morts. »

Je demeurai stupéfait après avoir lu ces
aroles ; je ne croyais pas qu'un sentiment
areil existât dans la Bible. « Ainsi donc, lui
is-je, et toi aussi tu doutes, livre de l'espé-
ance. »

Que pensent donc les astronomes, lor-
qu'ils prédisent à point nommé, à l'heur-
dite, le passage d'une comète, le plus irré-
gulier des promeneurs célestes? Que pense-
donc les naturalistes, lorsqu'ils vous montrent à travers un microscope des animau-
dans une goutte d'eau? Croient-ils donc qu'il
inventent ce qu'ils aperçoivent, et que leu-
microscopes et leurs lunettes fassent la lo-
à la nature? Que pensa donc le premier lé-
gislateur des hommes, lorsque, cherchan-
quelle devait être la première pierre de l'é-
difice social, irrité sans doute par quelqu-
parleur importun, il frappa sur ses table-
d'airain, et sentit crier dans ses entraill-
la loi du talion? avait-il donc inventé la justice? Et celui qui le premier arracha de la
terre le fruit planté par son voisin, et qui le
mit sous son manteau, et qui s'enfuit en regardant çà et là, avait-il inventé la honte?
Et celui qui, ayant trouvé ce même voleur qui
l'avait dépouillé du produit de son travail,
lui pardonna le premier sa faute, et, au lieu
de lever la main sur lui, lui dit : » Assieds-toi
là et prends encore ceci; » lorsque, après avoir
ainsi rendu le bien pour le mal, il releva la

tête vers le ciel, et sentit son cœur tressaillir, et ses yeux se mouiller de larmes, et ses genoux fléchir jusqu'à terre, avait-il donc inventé la vertu? O Dieu! ô Dieu! voilà une femme qui parle d'amour, et qui me trompe; voilà un homme qui parle d'amitié, et qui me conseille de me distraire dans la débauche; voilà une autre femme qui pleure, et qui veut me consoler avec les muscles de son jarret; voilà une Bible qui parle de Dieu, et qui répond : « Peut-être: tout cela est indifférent. »

Je me précipitai vers ma fenêtre ouverte : « Est-ce donc vrai que tu es vide? criai-je en regardant un grand ciel pâle qui se déployait sur ma tête? Réponds, réponds! Avant que je meure, me mettras-tu autre chose qu'un rêve entre ces deux bras que voici? »

Un profond silence régnait sur la place que dominaient mes croisées. Comme je restais les bras étendus et les yeux perdus dans l'espace, une hirondelle poussa un cri plaintif; je la suivis du regard malgré moi; tandis qu'elle disparaissait comme une flèche à perte de vue, une fillette passa en chantant.

CHAPITRE VIII

Je ne voulais pourtant pas céder. Avant d'en venir à prendre réellement la vie par son côté plaisant, qui m'en paraissait le côté sinistre, j'avais résolu de tout essayer. Je restai ainsi fort longtemps en proie à des chagrins sans nombre et tourmenté de rêves terribles.

La grande raison qui m'empêchait de guérir, c'était ma jeunesse. Dans quelque lieu que je fusse, quelque occupation que je m'imposasse, je ne pouvais penser qu'aux femmes ; la vue d'une femme me faisait trembler. Que de fois je me suis relevé, la nuit, baigné de sueur, pour coller ma bouche sur mes murailles, me sentant prêt à suffoquer !

Il m'était arrivé un des plus grands bonheurs, et peut-être des plus rares, celui de donner à l'amour ma virginité. Mais il en résultait que toute idée de plaisir des sens s'unissait en moi à une idée d'amour ; c'était là ce qui me perdait. Car, ne pouvant m'em-

empêcher de penser continuellement aux femmes, je ne pouvais faire autre chose en même
temps que repasser jour et nuit dans ma
tête toutes ces idées de débauche, de fausses
amours et de trahisons féminines, dont j'é-
tais plein. Posséder une femme, pour moi,
c'était aimer; or je ne songeais qu'aux femmes, et je ne croyais plus à la possibilité
d'un véritable amour.

Toutes ces souffrances m'inspiraient comme
une sorte de rage; tantôt j'avais envie de
faire comme les moines, et de me meurtrir
pour vaincre mes sens; tantôt j'avais envie
d'aller dans la rue, dans la campagne, je ne
sais où, de me jeter aux pieds de la première femme que je rencontrerais, et de lui
jurer un amour éternel.

Dieu m'est témoin que je fis alors tout au
monde pour me distraire et pour me guérir. D'abord, toujours préoccupé de cette
idée involontaire que la société des hommes
était un repaire de vices et d'hypocrisie, où
tout ressemblait à ma maîtresse, je résolus
de m'en séparer et de m'isoler tout à fait.
Je repris d'anciennes études; je me jetai
dans l'histoire, dans les poëtes antiques,

dans l'anatomie. Il y avait dans la maison,
au quatrième étage, un vieil Allemand fort
instruit, qui vivait seul et retiré. Je le déter-
minai, non sans peine, à m'apprendre sa
langue, une fois à la besogne, ce pauvre
homme la prit à cœur. Mes distractions per-
pétuelles le désolaient. Que de fois, assis en
tête-à-tête avec moi, sous sa lampe enfumée,
il resta avec un étonnement patient, me regardant les mains croisées sur son livre,
tandis que, perdu dans mes rêves, je ne
m'apercevais ni de sa présence ni de sa
pitié ! « Mon bon monsieur, lui dis-je enfin,
voilà qui est inutile, mais vous êtes le meilleur des hommes. Quelle tâche vous entre-
prenez ! Il faut me laisser à ma destinée ;
nous n'y pouvons rien, ni vous ni moi. » Je
ne sais s'il comprit ce langage ; il me serra
les mains sans mot dire, et il ne fut plus
question de l'allemand.

Je sentis aussitôt que la solitude, loin de
me guérir, me perdait, et changeai complè-
tement de système. J'allai à la campagne et
me lançai au galop dans les bois, à la
chasse ; je faisais des armes jusqu'à perdre
haleine ; je me brisais de fatigue, et lorsque,

après une journée de sueur et de courses,
j'arrivais le soir à mon lit, sentant l'écurie
et la poudre, j'enfonçais ma tête dans l'o-
reiller, je me roulais dans mes couvertures,
et je criais : « Fantôme, fantôme! es-tu
là aussi? me quitteras-tu quelque nuit? »
Mais à quoi bon ces vains efforts? la solitude me renvoyait à la nature, et la nature
à l'amour. Lorsqu'à la rue de l'Observance
je me voyais entouré de cadavres, essuyant
mes mains sur mon tablier sanglant, pâle
au milieu des morts, suffoqué par l'odeur
de la putréfaction, je me détournais malgré
moi, je voyais flotter devant mes yeux des
moissons verdoyantes, des prairies embau-
mées, et la pensive harmonie du soir. « Non,
me disais-je, ce n'est pas la science qui me
consolera; j'aurai beau me plonger dans
cette nature morte, j'y mourrai moi-même
comme un noyé livide dans la peau d'un
agneau écorché. Je ne me guérirai pas de
ma jeunesse; allons vivre là où est la vie,
ou mourons du moins au soleil. » Je par-
tais, je prenais un cheval, je m'enfonçais
dans les promenades de Sèvres et de Cha-
ville; j'allais m'étendre sur un pré en fleur,

dans quelque vallée écartée. Hélas ! et tout
ces forêts, toutes ces prairies me criaient

« Que viens-tu chercher ? Nous somme
vertes, pauvre enfant, nous portons la cou
leur de l'espérance. »

Alors je rentrais dans la ville ; je me per
dais dans les rues obscures ; je regardais le
lumières de toutes ces croisées, tous ces nid
mystérieux des familles, les voitures pas
sant, les hommes se heurtant. Oh ! quelle soli
tude ! quelle triste fumée sur ces toits ! quelle
douleur dans ces rues tortueuses où tou
piétine, travaille et sue, où des milliers d'in
connus vont se touchant le coude ; cloaque
où les corps seuls sont en société, laissant
les âmes solitaires, et où il n'y a que les pro
stituées qui vous tendent la main au pas
sage ! « Corromps-toi, corromps-toi ! tu ne
souffriras plus ! » Voilà ce que les ville
crient à l'homme, ce qui est écrit sur le
murs avec du charbon, sur les pavés ave
de la boue, sur les visages avec du sang ex
travasé.

Et parfois, lorsque, assis à l'écart dans u
salon, j'assistais à une fête brillante, voyan
sauter toutes ces femmes roses, bleues

nches, avec leurs bras nus et leurs grap-
de cheveux, comme des chérubins ivres
lumière dans leurs sphères d'harmonie
de beauté : « Ah! quel jardin! me di-
je; quelles fleurs à cueillir, à respirer!
marguerites, marguerites! que dira
re dernier pétale à celui qui vous effeuil-
? « Un peu, un peu, et pas du tout. »
là la morale du monde, voilà la fin de
sourires. C'est sur ce triste abîme que
us promenez si légèrement toutes ces gazes
semées de fleurs; c'est sur cette vérité
euse que vous courez comme des biches
la pointe de vos petits pieds! »
Eh! mon Dieu, disait Desgenais, pour-
oi tout prendre au sérieux? C'est ce qui
s'est jamais vu. Vous plaignez-vous que
bouteilles se vident? Il y a des tonneaux
as les caves, et des caves sur les coteaux.
ites-moi un bon hameçon doré de douces
roles, avec une mouche à miel pour ap-
; et alerte! pêchez-moi dans le fleuve
ubli une jolie consolatrice, fraîche et glis-
te comme une anguille; il nous en res-
a encore, quand elle vous aura passé
tre les doigts. Aimez, aimez, vous en

mourez d'envie. Il faut que jeunesse
passe; et, si j'étais de vous, j'enlève
plutôt la reine de Portugal que de faire
l'anatomie. »

Tels étaient les conseils qu'il me fall
entendre à tout propos; et, quand l'he
arrivait, je prenais le chemin du logis
cœur gonflé, le manteau sur le visage
m'agenouillais sur le bord de mon lit,
pauvre cœur se soulageait. Quelles larm
quels vœux! quelles prières! Galilée fr
pait la terre en s'écriant : « Elle se me
pourtant! » Ainsi je me frappais le cœur

CHAPITRE IX

Tout à coup, au milieu du plus noir chi
grin, le désespoir, la jeunesse et le hasar
me firent commettre une action qui décib
de mon sort.

J'avais écrit à ma maîtresse que je ne vo
lais plus la revoir : je tenais en effet ma pa
role, mais je passais les nuits sous ses cr
sées, assis sur un banc à sa porte; je voyo

fenêtres éclairées, j'entendais le bruit de
un piano; parfois je l'apercevais comme
une ombre derrière ses rideaux entr'ouverts.
Une certaine nuit que j'étais sur ce banc,
plongé dans une affreuse tristesse, je vis
passer un ouvrier attardé qui chancelait. Il
balbutiait des mots sans suite, mêlés d'excla-
mations de joie; puis il s'interrompait pour
chanter. Il était pris de vin, et ses jambes
faiblies le conduisaient tantôt d'un côté du
ruisseau, tantôt de l'autre. Il vint tomber
sur le banc d'une autre maison en face de
moi. Là il se berça quelque temps sur ses
coudes, puis s'endormit profondément.

La rue était déserte; un vent sec balayait
la poussière; la lune, au milieu d'un ciel
sans nuages, éclairait la place où dormait
l'homme. Je me trouvais donc tête à tête
avec ce rustre, qui ne se doutait pas de ma
présence, et qui reposait sur cette pierre
plus délicieusement peut-être que dans son
li...

Malgré moi cet homme fit diversion à ma
douleur; je me levai pour lui céder la place,
mais je revins et me rassis. Je ne pouvais
quitter cette porte, où je n'aurais pas frappé

pour un empire; enfin, après m'être pro-
mené dans tous les sens, je m'arrêtai machinalement devant le dormeur.

« Quel sommeil! me disais-je. Assurément
cet homme ne fait aucun rêve. Sa femme, à
l'heure qu'il est, ouvre peut-être à son voisin la porte du grenier où il couche. Ses
habits sont en haillons, ses joues sont
creuses, ses mains ridées; c'est quelque
malheureux qui n'a pas de pain tous les
jours. Mille soucis dévorants, mille angoisses
mortelles, l'attendent à son réveil; cependant il avait ce soir un écu dans sa poche;
il est entré dans un cabaret où on lui a vendu
l'oubli de ses maux; il a gagné dans sa semaine de quoi avoir une nuit de sommeil, il
l'a prise peut-être sur le souper de ses enfants. Maintenant sa maîtresse peut le trahir,
son ami peut se glisser comme un voleur
dans son taudis; moi-même je peux lui frapper sur l'épaule, et lui crier qu'on l'assassine,
que sa maison est en feu; il se retournera
sur l'autre flanc, et se rendormira.

« Et moi, et moi! continuais-je en traversant à grands pas la rue, je ne dors pas, moi
qui ai dans ma poche ce soir de quoi le faire

dormir un an; je suis si fier et si insensé,
que je n'ose entrer dans un cabaret, et je ne
m'aperçois pas que, si tous les malheureux y entrent, c'est parce qu'il en sort
de heureux. O Dieu! une grappe de rai-
sin écrasée sous la plante des pieds suffit
pour dissiper les soucis les plus noirs et
pour briser tous les fils invisibles que les
génies du mal tendent sur notre chemin.
Nous pleurons comme des femmes, nous
souffrons comme des martyrs; il nous semble, dans notre désespoir, qu'un monde s'est
écroulé sur notre tête, et nous nous asseyons
dans nos larmes comme Adam aux portes
d'Éden. Et pour guérir une blessure plus
large que le monde, il suffit de faire un
petit mouvement de la main et d'humecter
notre poitrine. Quelles misères sont donc
nos chagrins, puisqu'on les console ainsi?
Nous nous étonnons que la Providence, qui
la voit, n'envoie pas ses anges nous exaucer
dans nos prières; elle n'a pas besoin de se
tant mettre en peine; elle a vu toutes nos
souffrances, tous nos désirs, tout notre
orgueil d'esprits déchus, et l'océan de maux
qui nous environne, et elle s'est contentée

de suspendre un petit fruit noir au bord
nos routes. Puisque cet homme dort si b
sur ce banc, pourquoi ne dormirais-je
de même sur le mien? Mon rival passe p
être la nuit chez ma maîtresse; il en sort
au point du jour; elle l'accompagnera de
nue jusqu'à la porte, et ils me verront
dormi. Les baisers ne m'éveilleront pas,
ils me frapperont sur l'épaule; je me reto
nerai sur l'autre flanc, et me rendormirai

Ainsi, plein d'une joie farouche, je me
en quête d'un cabaret. Comme il était min
passé, presque tous se trouvaient ferm
cela me mettait en fureur. « Eh quoi! p
sais-je, cette consolation même me sera
fusée? » Je courais de tous côtés, frapp
aux boutiques et criant : « Du vin! du vin

Enfin je trouvai un cabaret ouvert :
demandai une bouteille, et, sans regarder
elle était bonne ou mauvaise, je l'avals
coup sur coup; une seconde suivit, puis u
troisième. Je me traitais comme un malad
et je buvais par force, comme s'il se fût
d'un remède ordonné par un médecin, so
peine de la vie.

Bientôt les vapeurs de la liqueur épais

i sans doute était frelatée, m'environ-
nèrent d'un nuage, Comme j'avais bu précipitamment, l'ivresse me prit tout à coup ; je
sentis mes idées se troubler, puis se calmer,
puis se troubler encore. Enfin, la réflexion
m'abandonnant, je levai les yeux au ciel,
comme pour me dire adieu à moi-même, et
j'étendis les coudes sur la table.

Alors seulement je m'aperçus que je n'étais
pas seul dans la salle. A l'autre extrémité du
cabaret était un groupe d'hommes hideux,
avec des figures hâves et des voix rauques.
Leur costume annonçait qu'ils n'étaient pas
du peuple, sans être des bourgeois ; en un
mot, ils appartenaient à cette classe ambiguë,
la plus vile de toutes, qui n'a ni état, ni fortune, ni même une industrie, sinon une industrie ignoble, qui n'est ni le pauvre ni le
riche, et qui a les vices de l'un et la misère
de l'autre.

Ils disputaient sourdement sur des cartes
douteuses. Au milieu d'eux était une fille
très-jeune et très-jolie, proprement mise, et
qui ne paraissait leur ressembler en rien, si
ce n'est par la voix, qu'elle avait aussi enrouée et aussi cassée, avec un visage dé-

rose, que si elle avait été crieuse publiqu[e]
pendant soixante ans. Elle me regarda[it]
attentivement, étonnée sans doute de m[e]
voir dans un cabaret; car j'étais élégam[m]ent vêtu, et presque recherché dans m[a]
toilette. Peu à peu elle s'approcha; en pa[s]sant devant ma table, elle souleva les bou[teilles qui s'y trouvaient, et, les voyan[t]
toutes trois vides, elle sourit. Je vis qu'elle
avait des dents superbes, et d'une blancheu[r]
éclatante; je lui pris la main, et la priai d[e]
s'asseoir près de moi; elle le fit de bonn[e]
grâce, et demanda, pour son compte, qu'o[n]
lui apportât à souper.

Je la regardais sans dire un mot, et j'avais
ies yeux pleins de larmes; elle s'en aperçu[t]
et me demanda pourquoi. Mais je ne pouva[is]
lui répondre; je secouais la tête, comm[e]
pour faire couler mes pleurs plus abondam[ment, car je les sentais ruisseler sur m[es]
joues. Elle comprit que j'avais quelque cha[grin secret, et ne chercha pas à en devine[r]
la cause; elle tira son mouchoir, et, tout [en]
soupant fort gaiement, elle m'essuyait d[e]
temps en temps le visage.

Il y avait dans cette fille je ne sais quo[i]

horrible et de si doux, et une impudence singulièrement mêlée de pitié, que je ne savais qu'en penser. Si elle m'eût pris la main dans la rue, elle m'eût fait horreur; mais il me paraissait si bizarre qu'une créature que je n'avais jamais vue, quelle qu'elle fût, vînt, sans me dire un mot, souper en face de moi et m'essuyer mes larmes avec son mouchoir, que je restais interdit, à la fois révolté et charmé. J'entendis que le cabaretier lui demandait si elle me connaissait; elle répondit que oui, et qu'on me laissât tranquille. Bientôt les joueurs s'en allèrent, et, le cabaretier ayant passé dans son arrière-boutique après avoir fermé sa porte et ses volets au dehors, je restai seul avec cette fille.

Tout ce que je venais de faire était venu si vite, et j'avais obéi à un mouvement de désespoir si étrange, que je croyais rêver, et que mes pensées se débattaient dans un labyrinthe. Il me semblait ou que j'étais fou, ou que j'avais obéi à une puissance surnaturelle. « Qui es-tu? m'écriai-je tout d'un coup; que me veux-tu? d'où me connais-tu? qui t'a dit d'essuyer mes larmes? Est-ce ton métier

que tu fais, et crois-tu que je veuille de toi!
Je ne te toucherais pas seulement du bout
du doigt. Que fais-tu là? réponds. Est-ce que
l'argent qu'il te faut? Combien vends-tu cette
pitié que tu as? »

Je me levai et voulus sortir; mais je sentis que je chancelais. En même temps mes
yeux se troublèrent, une faiblesse mortelle
s'empara de moi, et je tombai sur un esca-
beau.

« Vous souffrez, me dit cette fille en me
prenant le bras; vous avez bu comme un
enfant que vous êtes, sans savoir ce que
vous faisiez. Restez sur cette chaise, et
attendez qu'il passe un fiacre dans la rue;
vous me direz où demeure votre mère, et il
vous mènera chez vous, puisque vraiment,
ajouta-t-elle en riant, puisque vraiment vous
me trouvez laide. »

Comme elle parlait, je levai les yeux.
Peut-être fut-ce l'ivresse qui me trompa; je
ne sais si j'avais mal vu jusqu'alors, ou si je
vis mal en ce moment; mais je m'aperçus
tout à coup que cette malheureuse portait
sur son visage la ressemblance fatale de ma
maîtresse. Je me sentis glacé à cette vue. Je

t' un certain frisson qui prend l'homme aux
eveux ; les gens du peuple disent que c'est
mort qui vous passe sur la tête, mais ce
tait pas la mort qui passait sur la
ienne.

C'était la maladie du siècle, ou plutôt cette
le l'était elle-même ; et ce fut elle qui, sous
ii traits pâles et moqueurs, avec cette
ix enrouée, vint s'asseoir devant moi au
nd du cabaret.

CHAPITRE X

Au moment où je m'étais aperçu que cette
mme ressemblait à ma maîtresse, une idée
reuse, irrésistible, s'était emparée de mon
veau malade, et je l'exécutai tout à coup.
Durant les premiers temps de nos amours,
a maîtresse était venue quelquefois me
iter à la dérobée. C'étaient alors des jours
fête pour ma petite chambre ; les fleurs
rrivaient, le feu s'allumait gaiement, je
parais un bon souper ; le lit avait aussi sa
ure de noces pour recevoir la bien-aimée.

Souvent, assise sur mon canapé, sous la
glace, je l'avais contemplée durant les heures
silencieuses où nos cœurs se parlaient. Je la
regardais, pareille à la fée Mab, changer en
paradis ce petit espace solitaire où tant de
fois j'avais pleuré. Elle était là au milieu de
tous ces livres, de tous ces vêtements épars,
de tous ces meubles délabrés, entre ces
quatre murs si tristes : qu'elle brillait douce-
cement dans toute cette pauvreté !

Ces souvenirs, depuis que je l'avais perdue, me poursuivaient sans relâche ; ils
m'ôtaient le sommeil. Mes livres, mes murs
me parlaient d'elle : je ne pouvais les supporter. Mon lit me chassait dans la rue ; j'en
avais horreur quand je n'y pleurais pas.

J'amenai donc là cette fille ; je lui dis de
s'asseoir en me tournant le dos ; je la fis
mettre demi-nue. Puis j'arrangeai ma chambre autour d'elle comme autrefois pour ma
maîtresse. Je plaçai les fauteuils là où ils
étaient un certain soir que je me rappelais.
En général, dans toutes nos idées de bonheur il y a un certain souvenir qui domine,
un jour, une heure qui a surpassé toutes
les autres, ou, sinon, qui en a été comme le

...pe et le modèle ineffaçable; un moment
...t venu, au milieu de tout cela, où l'homme
...est écrié comme Théodore, dans la comédie
...e Lope de Vega : « Fortune! mets un clou
...'or à ta roue. »

...Ayant ainsi tout disposé, j'allumai un
...rand feu, et, m'asseyant sur mes talons, je
...ommençai à m'enivrer d'un désespoir sans
...ornes. Je descendais jusqu'au fond de mon
...œur, pour le sentir se tordre et se serrer.
...ependant je murmurais dans ma tête une
...omance tyrolienne que ma maîtresse chan-
...ait sans cesse :

> Altra volta gieri biele,
> Bianch' e rossa com' un' fiore ;
> Ma ora nò. Non son più biele,
> Consumatis dal' amore [1].

...J'écoutais l'écho de cette pauvre romance
...ésonner dans le désert de mon cœur. Je
...isais : « Voilà le bonheur de l'homme ;
...oilà mon petit paradis ; voilà ma fée Mab,
...'est une fille des rues. Ma maîtresse ne vaut

---

1. Autrefois j'étais belle, blanche et rose comme une fleur;
mais aujourd'hui non. Je ne suis plus belle, consumée par l'a-
mour.

pas mieux. Voilà ce qu'on trouve au fond du verre où on a bu le nectar des dieux; voilà le cadavre de l'amour. »

La malheureuse, m'entendant chanter, se mit à chanter aussi. J'en devins pâle comme la mort; car cette voix rauque et ignoble, sortant de cet être qui ressemblait à ma maîtresse, me paraissait comme un symbole de ce que j'éprouvais. C'était la débauche en personne qui lui grasseyait dans la gorge, au milieu d'une jeunesse en fleur. Il me semblait que ma maîtresse, depuis ses perfidies, devait avoir cette voix-là. Je me souvins de Faust, qui, dansant au Broken avec une jeune sorcière nue, lui voit sortir une souris rouge de la bouche.

« Tais-toi! » lui criai-je. Je me levai et m'approchai d'elle; elle s'assit en souriant sur mon lit, et je m'y étendis à ses côtés comme ma propre statue sur mon tombeau.

Je vous le demande, à vous, hommes du siècle, qui, à l'heure qu'il est, courez à vos plaisirs, au bal ou à l'Opéra, et qui ce soir, en vous couchant, lirez pour vous endormir quelque blasphème usé du vieux Voltaire, ou quelque badinage raisonnable de Paul-Louis,

…urier, quelque discours économique d'une
…mmission de nos Chambres, qui respirez,
…un mot, par quelqu'un de vos pores les
…ides substances de ce nénufar monstrueux
… la Raison plante au cœur de nos villes;
…vous le demande, si par hasard ce livre
…cur vient à tomber entre vos mains, ne
…riez pas d'un noble dédain, ne haussez
… trop les épaules; ne vous dites pas avec
…p de sécurité que je me plains d'un mal
…aginaire; qu'après tout la raison hu-
…ine est la plus belle de nos facultés, et
…il n'y a de vrai ici-bas que les agiotages
…la Bourse, les brelans au jeu, le vin de
…deaux à table, une bonne santé au corps,
…différence pour autrui, et le soir, au lit,
… muscles lascifs recouverts d'une peau
…fumée.

…ar, quelque jour, au milieu de votre vie
…gnante et immobile, il peut passer un
…p de vent. Ces beaux arbres que vous
…sez des eaux tranquilles de vos fleuves
…bli, la Providence peut souffler dessus;
…s pouvez être au désespoir, messieurs
…impassibles; il y a des larmes dans vos
…x. Je ne vous dirai pas que vos mai-

tresses peuvent vous trahir : ce n'est p
pour vous peine si grande que lorsqu'il vo
meurt un cheval; mais je vous dirai qu'
perd à la Bourse; que, quand on joue av
un brelan, on peut en rencontrer un aub
et, si vous ne jouez pas, pensez que v
écus, votre tranquillité monnayée, vo
bonheur d'or et d'argent, sont chez un bi
quier qui peut faillir, ou dans des fonds p
blics qui peuvent ne pas payer; je vous di
qu'enfin, tout glacés que vous êtes, vo
pouvez aimer quelque chose; il peut se t
tendre une fibre au fond de vos entrailli
et vous pouvez pousser un cri qui ressemi
à de la douleur. Quelque jour, errant d
les rues boueuses, quand les jouissances m
térielles ne seront plus là pour user vo
force oisive, quand le réel et le quotidi
vous manqueront, vous pouvez d'aventi
en venir à regarder autour de vous avec b
joues creuses, et à vous asseoir sur un bon
désert à minuit.

O hommes de marbre, sublimes égoïsto
inimitables raisonneurs, qui n'avez jamo
fait ni un acte de désespoir, ni une fau
d'arithmétique, si jamais cela vous arrus

à l'heure de votre ruine ressouvenez-vous d'Abeilard quand il eut perdu Héloïse. Car il l'aimait plus que vous vos chevaux, vos sacs d'or et vos maîtresses; car il avait perdu, en se séparant d'elle, plus que vous ne perdrez jamais, plus que votre prince Satan ne perdrait lui-même en retombant une seconde fois des cieux; car il l'aimait d'un certain amour dont les gazettes ne parlent pas, et dont vos femmes et vos filles n'aperçoivent pas l'ombre sur nos théâtres et dans nos livres; car il avait passé la moitié de sa vie à la baiser sur son front candide, en lui apprenant à chanter les psaumes de David et les cantiques de Saül; car il n'avait qu'elle sur terre; et cependant Dieu l'a consolé.

Croyez-moi, lorsque, dans vos détresses, vous penserez à Abeilard, vous ne verrez pas du même œil les doux blasphèmes du vieux Voltaire et les badinages de Courier; vous sentirez que la raison humaine peut guérir les illusions, mais non pas guérir les souffrances; que Dieu l'a faite bonne ménagère, mais non pas sœur de charité. Vous trouverez que le cœur de l'homme, quand

il a dit : « Je ne crois à rien, car je ne vo
rien, » n'avait pas dit son dernier mot. Vou
chercherez autour de vous quelque cho
comme une espérance ; vous irez secouer le
portes des églises pour voir si elles branle
encore, mais vous les trouverez murée
vous penserez à vous faire trappistes, et
destinée qui vous raille vous répondra p
une bouteille de vin du peuple et une cou
tisane.

Et, si vous buvez la bouteille, si vous pr
nez la courtisane et l'emmenez dans vot
lit, sachez comme il en peut advenir.

DEUXIÈME PARTIE

CHAPITRE PREMIER

e sentis en m'éveillant le lendemain un
profond dégoût de moi-même, je me trou-
si avili, si dégradé à mes propres yeux,
une tentation horrible s'empara de moi
a premier mouvement. Je m'élançai hors
d lit, j'ordonnai à la créature de s'habiller
e de partir le plus vite possible; puis je
ussis, et, comme je promenais des re-
gds désolés sur les murs de la chambre,
les arrêtai machinalement vers l'angle
étaient suspendus mes pistolets.

ors même que la pensée souffrante s'a-
ce pour ainsi dire les bras tendus vers
éantissement, lorsque notre âme prend
parti violent, il semble que, dans l'ac-

tion physique de décrocher une arme, *s*
l'apprêter, dans le froid même du fer, *d*
semble qu'il y ait une horreur matérie*lle*
indépendante de la volonté; les doigts *s*
préparent avec angoisse, le bras se roid*it*.
Quiconque marche à la mort, la nature *en*
tière recule en lui. Ainsi je ne puis exprim*er*
ce que j'éprouvai tandis que cette fille s'*ha*-
billait, si ce n'est que ce fut comme si *mon*
pistolet m'eût dit : « Pense à ce que tu *vas*
faire. »

Depuis, en effet, j'ai souvent pensé à *ce*
qui me serait arrivé si, comme je le voula*is*,
la créature se fût habillée à la hâte et *se*
tirée aussitôt. Sans doute le premier *et*
de la honte se serait calmé; la tristesse n'*est*
pas le désespoir, et Dieu les a unis com*me*
des frères, afin que l'un ne nous laiss*e*
jamais seul avec l'autre. Une fois l'air *de*
ma chambre vide de cette femme, *mon*
cœur eût été soulagé. Il ne serait resté *là*
près de moi que le repentir, à qui l'an*ge*
du pardon céleste a défendu de tuer p*er*-
sonne. Mais sans doute, du moins, j'e*us*
guéri pour la vie; la débauche était p*our*
toujours chassée du seuil de ma porte, *et*

me serais jamais revenu sur le sentiment
d'horreur que sa première visite m'avait
inspiré.

Mais il en arriva tout autrement. La lutte
qui se faisait en moi, les réflexions poi-
gnantes qui m'accablaient, le dégoût, la
crainte, la colère même (car je ressentais
mille choses à la fois), toutes ces puissances
fatales me clouaient sur mon fauteuil; et,
tandis que j'étais ainsi en proie au plus dangereux délire, la créature, penchée devant
le miroir, ne pensait qu'à ajuster de son
mieux sa robe, et se coiffait en souriant le
plus tranquillement du monde. Tout ce ma-
nège de coquetterie dura plus d'un quart
d'heure, durant lequel j'avais presque fini
par l'oublier. Enfin, à quelque bruit qu'elle
fit m'étant retourné avec impatience, je la
priai de me laisser seul avec un accent de
colère si marqué, qu'elle fut prête en un
moment, et tourna le bouton de la porte en
m'envoyant un baiser.

Au même instant, on sonna à la porte
extérieure. Je me levai précipitamment, et
n'eus que le temps d'ouvrir à la créature
un cabinet où elle se jeta. Desgenais entra

presque aussitôt avec deux jeunes gen[...]
voisinage.

Ces grands courants d'eau que l'on [...]
contre au milieu des mers ressemble[...]
certains événements de la vie. Fatalité[...]
sard, Providence, qu'importe le nom ? C[...]
qui croient nier l'un en lui opposant l'a[...]
ne font qu'abuser de la parole. Il n'en [...]
pourtant pas un de ceux-là mêmes qui [...]
parlant de César ou de Napoléon, ne [...]
naturellement : « C'était l'homme de la P[...]
vidence. » Ils croient apparemment que [...]
héros méritent seuls que le ciel s'en occu[...]
et que la couleur de la pourpre attire [...]
dieux comme les taureaux.

Ce que décident ici-bas les plus pe[...]
choses, ce que les objets et les circonstan[...]
en apparence les moins importants amèn[...]
de changements dans notre fortune, il [...]
a pas, à mon sens, de plus profond ab[...]
pour la pensée. Il en est de nos action[...]
dinaires comme de petites flèches émouss[...]
que nous nous habituons à envoyer au [...]
ou à peu près, en sorte que nous en ve[...]
à faire de tous ces petits résultats un [...]
abstrait et régulier que nous appelons n[...]

...dence ou notre volonté. Puis passe un
...up de vent, et voilà la moindre de ces
...ches, la plus légère, la plus futile, qui
...nlève à perte de vue, par delà l'horizon
...ns le sein immense de Dieu.

...Avec quelle violence nous sommes saisis
...ors! Que deviennent ces fantômes de l'or-
...eil tranquille, la volonté et la prudence?
...La force elle-même, cette maîtresse du
...nde, cette épée de l'homme dans le com-
...t de la vie, c'est en vain que nous la bran-
...sons avec colère, que nous tentons de
...us en couvrir pour échapper au coup qui
...us menace; une main invisible en écarte
...pointe, et tout l'élan de notre effort, dé-
...urné dans le vide, ne sert qu'à nous faire
...mber plus loin.

...Ainsi, au moment où je n'aspirais qu'à
...e laver de la faute que j'avais commise,
...ut-être même à m'en punir, à l'instant
...ême où une horreur profonde s'emparait
...e moi, j'appris que j'avais à soutenir une
...ngereuse épreuve à laquelle je succombai.
...Desgenais était radieux; il commença, en
...tendant sur le sofa, par quelques raille-
...s sur mon visage, qui, disait-il, n'avait

pas bien dormi. Comme j'étais peu dispos
à soutenir ses plaisanteries, je le priai sèche-
ment de me les épargner.

Il n'eut pas l'air d'y prendre garde ; mais
sur le même ton, il aborda le sujet qui l'
menait. Il venait m'apprendre que ma maîtresse avait eu non-seulement deux amant
à la fois, mais trois, c'est-à-dire qu'elle ava
traité mon rival aussi mal que moi ; ce que
le pauvre garçon ayant appris, il en ava
fait un bruit effroyable, et tout Paris
savait. Je compris d'abord assez mal
qu'il me disait, n'écoutant pas attentive
ment ; mais lorsque, après le lui avoir fai
répéter jusqu'à trois fois dans le plus gran
détail, je me fus mis exactement au fait d
cette terrible histoire, je demeurai déconte
nancé et si stupéfait que je ne pouvais ré
pondre. Mon premier mouvement fut d'e
rire, car je voyais clairement que je n'ava
aimé que la dernière des femmes ; mais
n'en était pas moins vrai que je l'ava
aimée, et, pour mieux dire, que je l'aima
encore. « Est-ce possible ? » voilà tout
que je pus trouver.

Les amis de Desgenais confirmèrent alor

tout ce qu'il avait dit. C'était dans sa propre maison que ma maîtresse, surprise entre ses deux amants, avait essuyé de leur part une scène que tout le monde savait par cœur. Elle était déshonorée, obligée de quitter Paris, si elle ne voulait s'exposer au plus cruel scandale.

Il m'était aisé de voir que, dans toutes ces plaisanteries, il y avait une bonne part de ridicule répandu sur mon duel au sujet de cette même femme, sur mon invincible passion pour elle, enfin sur toute ma conduite à son égard. Dire qu'elle méritait les noms les plus odieux, que ce n'était, après tout, qu'une misérable qui en avait fait peut-être cent fois pis que ce qu'on en savait, c'était me faire sentir amèrement que je n'étais qu'une dupe comme tant d'autres.

Tout cela ne me plaisait pas ; les jeunes gens, qui s'en aperçurent, y mirent de la discrétion ; mais Desgenais avait ses projets ; il avait pris à tâche de me guérir de mon amour, et il le traitait impitoyablement comme une maladie. Une longue amitié, fondée sur des services mutuels, lui donnait des droits, et, comme son motif lui paraissait louable, il n'hésitait pas à les faire valoir.

Non-seulement donc il ne m'épargnait pas,
mais, du moment qu'il vit mon trouble et
ma honte, il fit tout au monde pour m'
pousser sur cette route aussi loin qu'il le put.
Mon impatience devint bientôt trop visible
pour lui permettre de continuer; il s'arrêta
alors, et prit le parti du silence, qui m'irrita
encore plus.

A mon tour je fis des questions; j'allais et
venais par la chambre. Il m'avait été insupportable d'entendre raconter cette histoire,
j'aurais voulu qu'on me la recommençât. Je
m'efforçais de prendre tantôt un air riant,
tantôt un visage tranquille; mais ce fut en
vain. Desgenais était devenu tout à coup
muet, après s'être montré le plus détestable
bavard. Tandis que je marchais à grands
pas, il me regardait avec indifférence, et me
laissait me démener dans la chambre comme
un renard dans une ménagerie.

Je ne puis dire ce que j'éprouvais. Une
femme qui pendant si longtemps avait été l'i-
dole de mon cœur, et qui, depuis que je l'avais
perdue, me causait de si vives souffrances;
la seule que j'eusse aimée, celle que je voulais

meurer jusqu'à la mort, devenue tout à coup une éhontée sans vergogne, le sujet des quolibets des jeunes gens, d'un blâme et d'un scandale universels! Il me semblait que je sentais sur mon épaule l'impression d'un fer rouge, et que j'étais marqué d'un stigmate sifflant.

Plus je réfléchissais, plus je sentais la nuit s'épaissir autour de moi. De temps en temps je détournais la tête, et j'entrevoyais un sourire glacial ou un regard curieux qui m'observait. Desgenais ne me quittait pas; il comprenait bien ce qu'il faisait : nous nous connaissions de longue main; il savait bien que j'étais capable de toutes les folies, et que l'exaltation de mon caractère pouvait m'entraîner au delà de toutes les bornes, sur quelque route que ce fût, excepté sur une seule. Voilà pourquoi il déshonorait ma souffrance, et en appelait de ma tête à mon cœur.

Lorsqu'il me vit enfin au point où il désirait m'amener, il ne tarda pas davantage à me porter le dernier coup. « Est-ce que l'histoire vous déplaît? me dit-il. Voilà le meilleur, qui en est la fin. C'est, mon cher

Octave, que la scène chez *** s'est passée
certaine nuit qu'il faisait un beau clair
lune; or, pendant que les deux amant
querellaient de leur mieux chez la dam
parlaient de se couper la gorge à côté d
bon feu, il paraît qu'on a vu dans la rue
ombre qui se promenait fort tranquillem
laquelle vous ressemblait si fort, qu'on
conclu que c'était vous.

— Qui a dit cela? répondis-je, qui m'a
dans la rue?

— Votre maîtresse elle-même; elle le
conte à qui veut l'entendre, tout aussi g
ment que nous vous racontons sa pr
histoire. Elle soutient que vous l'aimez
core, que vous montez la garde à sa po
enfin... tout ce que vous pensez; qu'il v
suffise de savoir qu'elle en parle publiq
ment. »

Je n'ai jamais pu mentir, et, toutes les
qu'il m'est arrivé de vouloir déguiser la
rité, mon visage m'a toujours trahi. L'am
propre, la honte d'avouer ma faiblesse
vant témoins, me firent cependant faire
effort. « Il est bien certain, me disais-je d'
leurs, que j'étais dans la rue. Mais, si j'av

que ma maîtresse était pire encore que je
la croyais, je n'y eusse sans doute pas
. » Enfin je me persuadais qu'on ne pou-
it m'avoir vu distinctement; je tentai de
er. Le rouge me monta à la figure avec
e telle force, que je sentis moi-même
nutilité de ma feinte. Desgenais en sourit.
Prenez garde, lui dis-je, prenez garde!
illons pas trop loin! »

Je continuais à marcher comme un fou, je
savais à qui m'en prendre; il aurait fallu
e, et c'était encore plus impossible. En
ème temps des signes évidents m'appre-
ient ma faute; j'étais convaincu. « Est-ce
e je le savais? m'écriai-je, est-ce que je
vais que cette misérable... »

Desgenais pinça les lèvres comme pour
gnifier : « Vous en saviez assez. »

Je demeurai court, balbutiant à tout mo-
ent une phrase ridicule. Mon sang, excité
puis un quart d'heure, commençait à battre
ns mes tempes avec une force dont je ne
pondais plus.

« Moi dans la rue, baigné de larmes, au dé-
spoir! et pendant ce temps-là cette ren-
ontre chez elle! Quoi! cette nuit même,

raillé par elle! elle railler! Vraiment, Desgenais! vous ne rêvez pas? Est-ce vrai? est-
possible? Qu'en savez-vous? »

Ainsi parlant au hasard, je perdais la tête,
et pendant ce temps-là une colère insurmontable me dominait de plus en plus. Enfin
je m'assis épuisé, les mains tremblantes.

« Mon ami, me dit Desgenais, ne prenez
pas la chose au sérieux. Cette vie solitaire
que vous menez depuis deux mois vous a
fait beaucoup de mal : je le vois, vous avez
besoin de distractions. Venez ce soir souper
avec nous, et demain déjeuner à la campagne. »

Le ton dont il prononça ces paroles me fit
plus de mal que tout le reste. Je sentis qu'à
je lui faisais pitié, et qu'il me traitait comme
un enfant.

Immobile, assis à l'écart, je faisais de
vains efforts pour prendre quelque empire
sur moi-même. « Eh quoi! pensais-je, trahi
par cette femme, empoisonné de conseils
horribles, n'ayant trouvé nulle part de re-
fuge, ni dans le travail ni dans la fatigue,
quand j'ai pour unique sauvegarde, à vingt
ans, contre le désespoir et la corruption, un

sainte et affreuse douleur, ô Dieu! c'est
cette douleur même, cette relique sacrée de
ma souffrance, qu'on vient me briser dans
les mains! Ce n'est plus à mon amour, c'est
à mon désespoir qu'on insulte! Railler! elle
railler quand je pleure! » Cela me paraissait
incroyable. Tous les souvenirs du passé me
revenaient au cœur quand j'y pensais. Il me
semblait voir se lever l'un après l'autre les
spectres de nos nuits d'amour; ils se pen-
chaient sur un abîme sans fond, éternel,
noir comme le néant; et sur les profon-
deurs de l'abîme voltigeait un éclat de rire
faux et moqueur : « Voilà ta récompense! »
Si on m'avait appris seulement que le
monde se moquait de moi, j'aurais répondu :
« Tant pis pour lui, » et ne m'en serais pas
autrement fâché; mais on m'apprenait en
même temps que ma maîtresse n'était
qu'une infâme. Ainsi, d'une part, le ridicule
était public, avéré, constaté par deux témoins, qui, avant de raconter qu'ils m'a-
vaient vu, ne pouvaient manquer de dire en
pareille occasion : le monde avait raison contre
moi; et, d'une autre part, que pouvais-je lui
répondre? à quoi me rattacher? en quoi me

renfermer? que faire lorsque le centre de
vie, mon cœur lui-même, était ruiné,
anéanti? Que dis-je? lorsque cette fem
pour laquelle j'aurais tout bravé, le ri
comme le blâme. pour laquelle j'a
laissé une montagne de misère s'amon
sur moi; lorsque cette femme, que j'ai
et qui en aimait un autre, et à qui je
demandais pas de m'aimer, de qui je ne
lais rien que la permission de pleurer
porte, rien que de me laisser vouer
d'elle ma jeunesse à son souvenir, et
son nom, son nom seul sur le tombeau
mes espérances!... Ah! lorsque j'y song
je me sentais mourir; c'était cette fem
qui me raillait; c'était elle qui, la prem
me montrait au doigt, me signalait à ce
foule oisive, à ce peuple vide et ennuyé,
s'en va ricanant autour de tout ce qu
méprise et l'oublie; c'était elle, c'étaient
lèvres tant de fois collées sur les mien
c'était ce corps, cette âme de ma vie,
chair et mon sang, c'était de là que sor
l'injure; oui, la dernière de toutes, la p
lâche et la plus amère, le rire sans pitié
crache au visage de la douleur.

us je m'enfonçais dans mes pensées, et
ma colère augmentait. Est-ce de la co-
qu'il faut dire? car je ne sais quel nom
le sentiment qui m'agitait. Ce qu'il y
a certain, c'est qu'un besoin désordonné
vengeance finit par prendre le dessus.
Comment me venger d'une femme? J'au-
payé ce qu'on aurait voulu pour avoir à
disposition une arme qui pût l'atteindre;
mais quelle arme? Je n'en avais aucune, pas
une celle qu'elle avait employée; je ne
vais lui répondre en sa langue.

Tout à coup j'aperçus une ombre derrière
rideau de la porte vitrée; c'était la créa-
qui attendait dans le cabinet.

Je l'avais oubliée. « Écoutez! m'écriai-je
me levant dans un transport; j'ai aimé,
aimé comme un fou, comme un sot. J'ai
rité tout le ridicule que vous voudrez.
Mais, par le ciel! il faut que je vous montre
quelque chose qui vous prouvera que je ne
pas encore si sot que vous croyez. »

En disant cela, je frappai du pied la porte
vitrée qui céda, et je leur montrai cette fille
qui s'était blottie dans un coin.

Entrez donc là-dedans, dis-je à Desge-

nais; vous qui me trouvez fou d'aimer
femme et qui n'aimez que les filles
voyez-vous pas votre suprême sagesse
traîne par là sur ce fauteuil? Demande
si ma nuit tout entière s'est passée sous
fenêtres de ***; elle vous en dira quel
chose. Mais ce n'est pas tout, ajoutai-je
n'est pas tout ce que j'ai à vous dire.
avez ce soir un souper, demain une p
de campagne; j'y vais, et croyez-moi,
je ne vous quitte pas d'ici là. Nous ne
séparerons pas, nous allons passer la
née ensemble; vous aurez des fleurets
cartes, des dés, du punch, ce que vous
drez, mais vous ne vous en irez pas.
vous à moi? moi à vous; tope! J'ai
faire de mon cœur le mausolée de ce
amour; mais je jetterai mon amour
une autre tombe, ô Dieu de justice!
je devrais la creuser dans mon cœur.

A ces mots je me rassis, tandis qu'il
traient dans le cabinet, et je sentis com
l'indignation qui se soulage peut nous
ner de joie. Quant à celui qui s'étonnera
partir de ce jour j'aie changé complétem
ma vie, il ne connaît pas le cœur de l'hom

ne sait pas qu'on peut hésiter vingt ans
un pas, mais non reculer quand on
it.

CHAPITRE II

Lpprentissage de la débauche ressemble
a vertige : on y ressent d'abord je ne
quelle terreur mêlée de volupté, comme
une tour élevée. Tandis que le liberti-
honteux et secret avilit l'homme le
noble, dans le désordre franc et hardi,
ce qu'on peut nommer la débauche en
air, il y a quelque grandeur, même
le plus dépravé. Celui qui, à la nuit
ée, s'en va, le manteau sur le nez,
incognito sa vie et secouer clandesti-
nt l'hypocrisie de la journée, ressemble
Italien qui frappe son ennemi par der-
, n'osant le provoquer en duel. Il y a
assassinat dans le coin des bornes et
l'attente de la nuit; au lieu que, dans
ureur des orgies bruyantes, on croirait
que à un guerrier; c'est quelque chose
ent le combat, une apparence de lutte

superbe. « Tout le monde le fait,
cache ; fais-le, et ne t'en cache pas,
parle l'orgueil, et, une fois cette c
endossée, voilà le soleil qui y reluit.

On raconte que Damoclès voyait u
sur sa tête ; c'est ainsi que les libertin
blent avoir au-dessus d'eux je ne sa
qui leur crie sans cesse : « Va, va tou
je tiens à un fil. » Ces voitures de m
qu'on voit au temps du carnaval s
fidèle image de leur vie. Un carrosse d
ouvert à tout vent, des torches flambo
éclairant des têtes plâtrées ; ceux-là
ceux-ci chantent ; au milieu s'agitent c
des femmes : ce sont en effet des re
femmes, avec des semblants presqu
mains. On les caresse, on les insulte ;
sait ni leur nom ni qui elles sont. Tou
flotte et se balance sous la résine br
dans une ivresse qui ne pense à rien,
laquelle, dit-on, veille un dieu. On
par moments de se pencher et de s'e
ser ; il y en a un de tombé dans un
qu'importe ? on vient de là, on va là,
chevaux galopent.

Mais, si le premier mouvement est

ent, le second est l'horreur, et le troi-
ème la pitié. Il y a là en effet tant de
ité, ou plutôt un si étrange abus de la
, qu'il arrive souvent que les carac-
ères les plus nobles et les organisations les
plus belles s'y laissent prendre. Cela leur
fait hardi et dangereux; ils se font ainsi
prodigues d'eux-mêmes; ils s'attachent sur la
débauche comme Mazeppa sur sa bête sauvage; ils s'y garrottent, ils se font cendres; et ils ne voient ni la route de sang
que les lambeaux de leur chair tracent sur
les arbres, ni les yeux des loups qui se tei-
gnent de pourpre à leur suite, ni le désert,
ni les corbeaux.

Lancé dans cette vie par les circonstances
que j'ai dites, j'ai à dire maintenant ce que
j'ai vu.

La première fois que j'ai vu de près ces
assemblées fameuses qu'on appelle les bals
masqués des théâtres, j'avais entendu parler
des débauches de la Régence, et d'une reine
de France déguisée en marchande de vio-
lettes. Je trouvai là des marchandes de vio-
lettes déguisées en vivandières. Je m'attendais à du libertinage, mais en vérité il n'y

en a point là. Ce n'est pas du libertin
que de la suie, des coups et des filles iv
mortes sur des bouteilles cassées.

La première fois que j'ai vu des déb
ches de table, j'avais entendu parler des
pers d'Héliogabale, et d'un philosophe de
Grèce qui avait fait des plaisirs des sens
espèce de religion de la nature. Je m'
tendais à quelque chose comme de l'oub
sinon comme de la joie ; je trouvai là
qu'il y a de pire au monde, l'ennui tâch
de vivre, et des Anglais qui se disaient :
fais ceci ou cela, donc je m'amuse.
payé tant de pièces d'or, donc je ressens
de plaisir. » Et ils usent leur vie sur ce
meule.

La première fois que j'ai vu des cou
sanes, j'avais entendu parler d'Aspasie,
s'asseyait sur les genoux d'Alcibiade en
cutant avec Socrate. Je m'attendais à qu
que chose de dégourdi, d'insolent, mais
gai, de brave et de vivace, à quelque cho
comme le petillement du vin de Champag
je trouvai une bouche béante, un œil
et des mains crochues.

La première fois que j'ai vu des couro

...es titrées, j'avais lu Boccace et Bandello;
...nt tout j'avais lu Shakspeare. J'avais rêvé
...es belles fringantes, à ces chérubins de
...fer, à ces viveuses pleines de désinvol-
...e, à qui les cavaliers du Décaméron pré-
...tent l'eau bénite au sortir de la messe.
...vais crayonné mille fois de ces têtes si
...tiquement folles, si inventrices dans leur
...lace, de ces maîtresses têtes fêlées qui
...s décochent tout un roman dans une
...lade, et qui ne marchent dans la vie que
... flots et par secousses, comme des sirènes
...loyantes. Je me souvenais de ces fées des
nouvelles nouvelles, qui sont toujours grises
...mour, si elles n'en sont pas ivres. Je
...uvai des écriveuses de lettres, des ar-
...geuses d'heures précises, qui ne savent
... mentir à des inconnus, et enfouir leurs
...sesses dans leur hypocrisie, et qui ne
...ent dans tout cela qu'à se donner et à
...lier.

...a première fois que je suis entré au jeu,
...vais entendu parler de flots d'or, de for-
...es faites en un quart d'heure, et d'un sei-
...ur de la cour de Henri IV qui gagna sur
...e carte cent mille écus que lui coûtait

son habit. Je trouvai un vestiaire où de
ouvriers qui n'ont qu'une chemise louée
un habit à vingt sous la soirée, des gendar-
mes assis à la porte, et des affamés jouer
un morceau de pain contre un coup de pistolet.

La première fois que j'ai vu une assem-
blée quelconque, publique ou non, ouverte
à quelqu'une des trente mille femmes qui
ont, à Paris, permission de se vendre, j'a-
vais entendu parler des saturnales de tous
temps, de toutes les orgies possibles, depuis
Babylone jusqu'à Rome, depuis le temple de
Priape jusqu'au Parc-aux-Cerfs, et j'avais
toujours vu écrit au seuil de la porte un
seul mot : « Plaisir. » Je n'ai trouvé au
plus de ce temps-ci qu'un seul mot : « Prostitution ; » mais je l'y ai toujours vu ineffaçable, non pas gravé dans ce fier métal
qui porte la couleur du soleil, mais dans le
plus pâle de tous, celui que la froide lumière
de la nuit semble avoir teint de ses rayons
blafards, l'argent.

La première fois que j'ai vu le peuple,
c'était par une affreuse matinée, le mercredi
des Cendres, à la descente de la Courtille.

bait depuis la veille au soir une pluie fine
glaciale ; les rues étaient des mares de
ue. Les voitures de masques défilaient
pêle-mêle, en se heurtant, en se froissant,
entre deux longues haies d'hommes et de
femmes hideux, debout sur les trottoirs.
Cette muraille de spectateurs sinistres avait,
dans ses yeux rouges de vin, une haine de ti-
gre. Sur une lieue de long tout cela gromme-
lait tandis que les roues des carrosses leur
effleuraient la poitrine sans qu'ils fissent un
pas en arrière. J'étais debout sur la banquette,
en voiture découverte ; de temps en temps
un homme en haillons sortait de la haie,
nous vomissait un torrent d'injures au visage,
et nous jetait un nuage de farine. Bientôt
nous reçûmes de la boue ; cependant nous
allions toujours, gagnant l'Ile-d'Amour et
le bois de Romainville, où tant de doux
baisers sur l'herbe se donnaient autrefois.
Un de nos amis, assis sur le siége, tomba,
au risque de se tuer, sur le pavé. Le peuple
se précipita sur lui pour l'assommer : il
fallut y courir et l'entourer. Un des sonneurs
de trompe qui nous précédaient à cheval
reçut un pavé sur l'épaule : la farine man-

quait. Je n'avais jamais entendu parler
rien de semblable à cela.

Je commençai à comprendre le siècle, e
savoir en quel temps nous vivons.

CHAPITRE III

Desgenais avait organisé à sa maison
campagne une réunion de jeunes gens. Le
meilleurs vins, une table splendide, le jeu
la danse, les courses à cheval, rien n'y man
quait. Desgenais était riche et d'une gran
magnificence. Il avait une hospitalité antica
avec des mœurs de ce temps-ci. D'ailleu
on trouvait chez lui les meilleurs livre il
sa conversation était celle d'un homme ins
truit et élevé. C'était un problème que
homme.

J'avais apporté chez lui une humeur ta
turne que rien ne pouvait surmonter; il
respecta scrupuleusement. Je ne répondo
pas à ses questions, il ne m'en fit plus
l'important pour lui était que j'eusse oub
ma maîtresse. Cependant j'allais à la chass

je me montrais à table aussi bon convive que
les autres ; il ne m'en demandait pas davantage.

Il ne manque pas dans le monde de gens
habiles, qui prennent à cœur de vous rendre
un service, et qui vous jetteraient sans remords le plus lourd pavé pour écraser la
mouche qui vous pique. Ils ne s'inquiètent
que de vous empêcher de mal faire ; c'est-à-
dire qu'ils n'ont point de repos qu'ils ne vous
aient rendu semblable à eux. Arrivés à ce
but, n'importe par quel moyen, ils se frottent
les mains, et l'idée ne leur viendrait pas que
vous puissiez être tombé de mal en pis ; tout
est de bonne amitié.

C'est un des grands malheurs de la jeunesse sans expérience que de se figurer le
monde d'après les premiers objets qui la
frappent ; mais il y a aussi, il faut l'avouer,
une race d'hommes bien malheureux : ce
sont ceux qui, en pareil cas, sont toujours là
pour dire à la jeunesse : « Tu as raison de
croire au mal, et nous savons ce qui en est. »
J'ai entendu parler, par exemple, de quelque
chose de singulier : c'était comme un milieu
entre le bien et le mal, un certain arrange-

ment entre les femmes sans cœur et
hommes dignes d'elles ; ils appelaient ce
sentiment passager. Ils en parlaient com
d'une machine à vapeur inventée par
carrossier ou un entrepreneur de bâtime
Ils me disaient : « On convient de ceci ou
cela, on prononce telles phrases qui en
répondre telles autres, on écrit des lettre
telle façon, on se met à genoux de telle
tre. » Tout cela était réglé comme une
rade ; ces braves gens avaient des chev
gris.

Cela me fit rire. Malheureusement
moi, je ne puis dire à une femme que
méprise que j'ai de l'amour pour elle,
en sachant que c'est une convention et qu
ne s'y trompera pas. Je n'ai jamais m
genou en terre sans y mettre le cœur. A
cette classe de femmes qu'on appelle fac
m'est inconnue, ou, si je m'y suis la
prendre, c'est sans le savoir et par sim
cité.

Je comprends qu'on mette son âme
côté, mais non qu'on y touche. Qu'il y
de l'orgueil à le dire, cela est possible
n'entends ni me vanter ni me rabaisser,

...s par-dessus tout les femmes qui rient de
l'amour, et leur permets de me le rendre ; il
n'y aura jamais de dispute entre nous.

Ces femmes-là sont bien au-dessous des
courtisanes : les courtisanes peuvent mentir,
ces femmes-là aussi ; mais les courtisanes
peuvent aimer, et ces femmes-là ne le peuvent
pas. Je me souviens d'une qui m'aimait, et
qui disait à un homme trois fois plus riche
que moi, avec lequel elle vivait : « Vous m'en-
nuyez, je vais trouver mon amant. » Cette
fille-là valait mieux que bien d'autres qu'on
ne paye pas.

Je passai la saison entière chez Desgenais,
et j'appris que ma maîtresse était partie, et
qu'elle était sortie de France ; cette nouvelle
me laissa dans le cœur une langueur qui ne
me quitta plus.

A l'aspect de ce monde si nouveau pour
moi qui m'entourait à cette campagne, je me
sentis pris d'abord d'une curiosité bizarre,
triste et profonde, qui me faisait regarder de
travers comme un cheval ombrageux. Voici
la première chose qui y donna lieu.

Desgenais avait alors une très-belle maîtresse, qui l'aimait beaucoup : un soir que je

me promenais avec lui, je lui dis que
trouvais telle qu'elle était, c'est-à-dire
rable, tant par sa beauté que par son
chement pour lui. Bref, je fis son éloge
chaleur, et lui donnai à entendre qu'il de
s'en trouver heureux.

Il ne me répondit rien. C'était sa man
et je le connaissais pour le plus sec des h
mes. La nuit venue et chacun retiré,
avait un quart d'heure que j'étais cou
lorsque j'entendis frapper à ma porte
criai qu'on entrât, croyant à quelque visit
pris d'insomnie.

Je vis entrer une femme plus pâle qu
mort, à demi nue, et un bouquet à la m
Elle vint à moi, et me présenta son bouqu
un morceau de papier y était attaché,
lequel je trouvai ce peu de mots : « A Octa
son ami Desgenais, à charge de revanche

Je n'eus pas plus tôt lu, qu'un éclair
frappa l'esprit. Je compris tout ce qu'i
avait dans cette action de Desgenais, m
voyant ainsi sa maîtresse et m'en fais
une sorte de cadeau à la turque, sur quelq
paroles que je lui avais dites. Du caract
que je lui savais, il n'y avait là ni ostentati

générosité ni trait de rouerie ; il n'y avait
qu'une leçon. Cette femme l'aimait ; je lui
en avais fait l'éloge, et il voulait m'apprendre à ne pas l'aimer, soit que je la prisse,
soit que je la refusasse.

Cela me donna à penser ; cette pauvre fille
pleurait, et n'osait essuyer ses larmes, de
peur de m'en faire apercevoir. De quoi
l'avait-il menacée pour la déterminer à venir?
Je l'ignorais. « Mademoiselle, lui dis-je, il ne
faut pas vous chagriner. Allez chez vous, et
ne craignez rien. » Elle me répondit que, si
elle sortait de ma chambre avant le lendemain matin, Desgenais la renverrait à Paris ;
que sa mère était pauvre, et qu'elle ne pouvait s'y résoudre. « Très-bien, lui dis-je, votre mère est pauvre, vous aussi probablement,
de sorte que vous obéiriez à Desgenais si je
voulais. Vous êtes belle, et cela pourrait me
tenter. Mais vous pleurez, et, vos larmes
n'étant pas pour moi, je n'ai que faire du
reste. Allez-vous-en, et je me charge d'empêcher qu'on ne vous renvoie à Paris. »

C'est une chose qui m'est particulière, que
la méditation, qui, chez le plus grand nombre, est une qualité ferme et constante de

l'esprit, n'est en moi qu'un instinct indépe:
dant de ma volonté, et qui me saisit p
accès comme une passion violente. Elle r
vient par intervalles, à son heure, male
moi, et n'importe où. Mais là où elle viœ
je ne puis rien contre elle. Elle m'entraîne;
bon lui semble et par le chemin qu'elle ve

Cette femme partie, je me mis sur m
séant. « Mon ami, me dis-je, voilà ce q:
Dieu t'envoie. Si Desgenais ne t'avait :.
voulu donner sa maîtresse, il ne se trompr
peut-être pas en croyant que tu en ser:
devenu amoureux.

« L'as-tu bien regardée? Un sublime a
divin mystère s'est accompli dans les entra:
les qui l'ont conçue. Un pareil être coûte
la nature ses plus vigilants regards mate:
nels; cependant l'homme qui veut te gué:
n'a rien trouvé de mieux que de te pou:
sur ses lèvres pour y désapprendre à aim:

« Comment cela se fait-il? D'autres c:
toi l'ont admirée sans doute, mais ils li
couraient aucun risque; elle pouvait essa:
sur eux toutes les séductions qu'elle voula:
toi seul étais en danger.

« Il faut pourtant, quelle que soit sa v:

que ce Desgenais ait un cœur, puisqu'il vit.
En quoi diffère-t-il de toi? C'est un homme
qui ne croit à rien, ne craint rien, qui n'a ni
un souci ni un ennui peut-être, et il est clair
qu'une légère piqûre au talon le remplirait
de terreur; car, si son corps l'abandonnait,
que deviendrait-il? Il n'y a en lui de vivant
que le corps. Quelle est donc cette créature
qui traite son âme comme les flagellants leur
chair? Est-ce qu'on peut vivre sans tête?

Pense à cela. Voilà un homme qui tient
dans ses bras la plus belle femme du monde;
il est jeune et ardent; il la trouve belle, il
lui dit; elle lui répond qu'elle l'aime. Là-
dessus quelqu'un lui frappe sur l'épaule, et
lui dit : « C'est une fille. » Rien de plus, il
est sûr de lui. Si on lui avait dit : « C'est une
empoisonneuse, » il l'eût peut-être aimée, il
ne lui en donnera pas un baiser de moins;
mais c'est une fille, et il ne sera pas plus
question d'amour que de l'étoile de Saturne.

Qu'est-ce que c'est donc que ce mot-là?
Un mot juste, mérité, positif, flétrissant,
d'accord. Mais enfin, quoi? un mot, pourtant. Tue-t-on un corps avec un mot?

Et si tu l'aimes, toi, ce corps? On te

verse un verre de vin, et on te dit : « N'ai-'
pas cela, on en a quatre pour six francs.
Et si tu te grises?

« Mais ce Desgenais aime sa maîtres
puisqu'il la paye; il a donc une façon d'
mer particulière? Non, il n'en a pas; sa fa
çon d'aimer n'est pas de l'amour, et il n'
ressent pas plus pour la femme qui le m
rite que pour celle qui en est indigne.
n'aime personne, tout simplement.

« Qui l'a donc amené là? est-il né ain
ou l'est-il devenu? Aimer est aussi natu
que de boire et de manger. Ce n'est pas
homme. Est-ce un avorton ou un géan
Quoi! toujours sûr de ce corps impassibl
Vraiment, jusqu'à se jeter sans danger da
les bras d'une femme qui l'aime? Quoi! sa
pâlir? Jamais d'autre échange que de l'
contre de la chair? Quel festin est-ce donc q
sa vie, et quels breuvages y boit-on dans s
coupes? Le voilà, à trente ans, comme
vieux Mithridate : les poisons des vipères
sont amis et familiers.

« Il y a là un grand secret, mon enfan
une clef à saisir. De quelques raisonnemen
qu'on puisse étayer la débauche, on prou

y a qu'elle est naturelle un jour, une heure,
soir, mais non demain, ni tous les jours.
Il y a pas un peuple sur la terre qui n'ait
considéré la femme ou comme la compagne
a consolation de l'homme, ou comme l'instrument sacré de sa vie, et, sous ces deux
formes, qui ne l'ait honorée. Cependant voilà
guerrier armé qui saute dans l'abîme que
Dieu a creusé de ses mains entre l'homme et
l'animal; autant vaudrait renier la parole.
Quel Titan muet est-ce donc, pour oser re-
fuler sous les baisers du corps l'amour de
la pensée, et pour se planter sur les lèvres le
stigmate qui fait la brute, le sceau du silence
éternel?

Il y a là un mot à savoir. Il souffle là-
dessous le vent de ces forêts lugubres qu'on
appelle corporations secrètes, un de ces mystères que les anges de destruction se chu-
chotent à l'oreille lorsque la nuit descend sur
la terre. Cet homme est pire ou meilleur
que Dieu ne l'a fait. Ses entrailles sont
comme celles des femmes stériles, ou la nature ne les a qu'ébauchées, ou il s'y est distillé
dans l'ombre quelque herbe vénéneuse.

« Eh bien, ni le travail ni l'étude n'ont pu

te guérir, mon ami. Oublier et appren... voilà ta devise. Tu feuilletais des liv... morts; tu es trop jeune pour les ruines. R... garde autour de toi, le pâle troupeau d... hommes t'environne. Les yeux des sph... étincellent au milieu des hiéroglyphes divin... déchiffre le livre de vie! Courage, écoli... lance-toi dans le Styx, le fleuve invul... rable, et que ses flots en deuil te mènent... la mort ou à Dieu. »

CHAPITRE IV

« Tout ce qu'il y avait de bien en cela, sup... posé qu'il pût y en avoir quelqu'un, c'e... que ces faux plaisirs étaient des semen... de douleurs et d'amertumes qui me fati... guaient à n'en pouvoir plus. » Telles sont... simples paroles que dit, à propos de sa jeu... nesse, l'homme le plus homme qui ait ja... mais été, saint Augustin. De ceux qui o... fait comme lui, peu diraient ces paroles, tou... les ont dans le cœur; je n'en trouve pa... d'autres dans le mien.

Revenu à Paris, au mois de décembre, après la saison, je passai l'hiver en parties de plaisir, en mascarades, en soupers, quittant rarement Desgenais, qui était enchanté de moi ; je ne l'étais guère. Plus j'allais, plus je me sentais de souci. Il me sembla, au bout de bien peu de temps, que ce monde si étrange, qui au premier aspect m'avait paru un abîme, se resserrait, pour ainsi dire, à chaque pas ; là où j'avais cru voir un spectre, à mesure que j'avançais, je ne voyais qu'une ombre.

Desgenais me demandait ce que j'avais. « Et vous, lui disais-je, qu'avez-vous ? Vous souvient-il de quelque parent mort ? n'auriez-vous pas quelque blessure que l'humidité fît rouvrir ? »

Alors il me semblait parfois qu'il m'entendait sans me répondre. Nous nous jetions sur une table, buvant à en perdre la tête ; au milieu de la nuit nous prenions des chevaux de poste, et nous allions déjeuner à dix ou douze lieues dans la campagne ; en revenant, au bain, de là à table, de là au jeu, de là au lit ; et quand j'étais au bord du mien.... alors je poussais le verrou de la

porte, je tombais à genoux et je pleur s
C'était ma prière du soir.

Chose étrange ! je mettais de l'orgueil
passer pour ce qu'au fond je n'étais pas
tout ; je me vantais de faire pis que je ne f
sais, et je trouvais à cette forfanterie un pl
sir bizarre, mêlé de tristesse. Lorsque j'av
réellement fait ce que je racontais, je ne s
tais que de l'ennui ; mais, lorsque j'inv
tais quelque folie, comme une histoire
débauche ou le récit d'une orgie à laque
je n'avais pas assisté, il me semblait que j
vais le cœur plus satisfait, je ne sais pourqu

Ce qui me faisait le plus de mal, c'ét
lorsque, dans une partie de plaisir, nous
lions dans quelque lieu aux environs
Paris où j'avais été autrefois avec ma m
tresse. Je devenais stupide, je m'en all
seul, à l'écart, regardant les buissons et l
troncs d'arbre avec une amertume sans b
nes, jusqu'à les frapper du pied comme po
les mettre en poussière. Puis je revenais,
pétant cent fois de suite entre mes dent
« Dieu ne m'aime guère, Dieu ne m'aim
guère ! » Je demeurais alors des heures sa
parler.

Cette idée funeste, que la vérité c'est la
nudité, me revenait à propos de tout. « Le
monde, me disais-je, appelle son fard vertu,
son chapelet religion, son manteau traî-
nant convenance· L'honneur et la morale
sont ses femmes de chambre; il boit dans
son vin les larmes des pauvres d'esprit qui
croient en lui; il se promène les yeux
baissés tant que le soleil est au ciel; il va
à l'église, au bal, aux assemblées, et le
soir arrive, il dénoue sa robe, et on aperçoit une bacchante nue avec deux pieds de
bouc. »

Mais en parlant ainsi je me faisais horreur
à moi-même; car je sentais que, si le corps
était sous l'habit, le squelette était sous le
corps. « Est-ce possible que ce soit là tout? »
me demandais-je malgré moi. Puis je rentrais à la ville, je rencontrais sur mon chemin une jolie fillette donnant le bras à sa
mère, je la suivais des yeux en soupirant,
et je redevenais comme un enfant.

Quoique j'eusse pris avec mes amis des
habitudes de tous les jours, et que nous
eussions réglé notre désordre, je ne laissais
pas d'aller dans le monde. La vue des

femmes m'y causait un trouble insuppn
table; je ne leur touchais la main qu
tremblant. Mon parti était pris de n'aim
plus jamais.

Cependant je revins un certain soir d
bal avec le cœur si malade, que je sentis ei
c'était de l'amour. Je m'étais trouvé à si
per auprès d'une femme, la plus charman
et la plus distinguée dont le souvenir tin
soit resté. Lorsque je fermai les yeux p
m'endormir, je la vis devant moi. Je me cran
perdu ; je résolus aussitôt de ne plus la renc
trer, d'éviter tous les lieux où je savais qu'e p
allait. Cette sorte de fièvre dura quinze jou
pendant lesquels je restai presque consta
ment étendu sur mon canapé, et me r
pelant sans fin, malgré moi, jusqu'a p
moindres mots que j'avais échangés a
elle.

Comme il n'y a pas d'endroits sous le c
où l'on s'occupe de son voisin autant q
Paris, il ne se passa pas longtemps av
que les gens de ma connaissance, qui
rencontraient avec Desgenais, n'eussent
claré que j'étais le plus grand libertin. J
mirai en cela l'esprit du monde : autant j'

...is passé pour niais et pour novice lors de
...a rupture avec ma maîtresse, autant je pas-
...s maintenant pour insensible et endurci.
...t en venait à me dire qu'il était bien clair
...e jamais je n'avais aimé cette femme, que
...me faisais sans doute un jeu de l'amour, ce
...i était un grand éloge que l'on croyait
...adresser ; et le pire de l'affaire, c'est que
...ais gonflé d'une vanité si misérable, que
...a me charmait.

...Ma prétention était de passer pour blasé,
...même temps que j'étais plein de désirs et
...e mon imagination exaltée m'emportait
...rs de toutes limites. Je commençai à
...re que je ne pouvais faire aucun cas des
...mmes ; ma tête s'épuisait en chimères que
...disais préférer à la réalité. Enfin mon uni-
...e plaisir était de me dénaturer. Il suffisait
...'une pensée fût extraordinaire, qu'elle
...oquât le sens commun, pour que je m'en
...se aussitôt le champion, au risque d'avan-
...r les sentiments les plus blâmables.

...Mon plus grand défaut était l'imitation de
...ut ce qui me frappait, non pas par sa
...eauté, mais par son étrangeté, et, ne vou-
...nt pas m'avouer imitateur, je me perdais

dans l'exagération, afin de paraître origin
A mon gré, rien n'était bon ni même pass q
ble ; rien ne valait la peine de tourner la tê s
cependant, dès que je m'échauffais dans u n
discussion, il semblait qu'il n'y eût pas de a
la langue française d'expression assez a s
poulée pour louer ce que je soutenais ; m
il suffisait de se ranger à mon avis po
faire tomber toute ma chaleur.

C'était une suite naturelle de ma conduit b
Dégoûté de la vie que je menais, je ne voul o
pourtant pas en changer :

> Simigliante a quella 'nferma
> Che nou può trovar posa in su le piume,
> Ma con dar volta suo dolore scherma.
> DANTE.

Ainsi je tourmentais mon esprit pour u
donner le change, et je tombais dans tous l u
travers pour sortir de moi-même.

Mais tandis que ma vanité s'occupait ain s
mon cœur souffrait, en sorte qu'il y av s
presque constamment en moi un homme g o
riait et un autre qui pleurait. C'était comm o
un contre-coup perpétuel de ma tête à m é
cœur. Mes propres railleries me faisaie s

quelquefois une peine extrême, et mes chagrins les plus profonds me donnaient envie
d'éclater de rire.

Un homme se vantait un jour d'être inac-
cessible aux craintes superstitieuses et de
n'avoir peur de rien ; ses amis mirent dans
son lit un squelette humain, puis se postèrent
dans une chambre voisine pour le guetter
lorsqu'il rentrerait. Ils n'entendirent aucun
bruit ; mais, le lendemain matin, lorsqu'ils
entrèrent dans sa chambre, ils le trouvèrent
dressé sur son séant et jouant avec les ossements : il avait perdu la raison.

Il y avait en moi quelque chose de semblable à cet homme, si ce n'est que mes osselets
favoris étaient ceux d'un squelette bien-aimé ;
c'étaient les débris de mon amour, tout ce
qui restait du passé.

Il ne faut pourtant pas dire que dans tout
ce désordre il n'y eût pas de bons moments.
Les compagnons de Desgenais étaient des
jeunes gens de distinction, bon nombre
étaient artistes. Nous passions quelquefois
ensemble des soirées délicieuses, sous prétexte de faire les libertins. L'un d'eux était
alors épris d'une belle cantatrice qui nous

charmait par sa voix fraîche et méla
colique. Que de fois nous sommes resté
assis en cercle, à l'écouter, tandis que l
table était dressée ! Que de fois l'un de nou
au moment où les flacons se débouchaien
tenait à la main un volume de Lamartine
lisait d'une voix émue ! Il fallait voir alor
comme toute autre pensée disparaissait ! Le
heures s'envolaient pendant ce temps-là ; e
quand nous nous mettions à table, les singu
liers libertins que nous faisions ! nous n
disions mot, et nous avions des larmes dan
les yeux.

Desgenais surtout, habituellement le plu
froid et le plus sec des hommes, était i
croyable ces jours-là. Il se livrait à des ser
timents si extraordinaires, qu'on eût dit u
poëte en délire. Mais, après ces expansion
il arrivait qu'il se sentait pris d'une joie fu
rieuse. Il brisait tout dès que le vin l'ava
échauffé ; le génie de la destruction lui sor
tait tout armé de la tête ; et je l'ai vu quel
quefois, au milieu de ses folies, lancer un
chaise dans une fenêtre fermée avec un va
carme à faire sauver.

Je ne pouvais m'empêcher de faire de ce

comme un bizarre sujet d'étude. Il me paraissait comme le type marqué d'une classe de
gens qui devaient exister quelque part, mais
qui m'étaient inconnus. On ne savait, lorsqu'il
passait, si c'était le désespoir d'un malade
ou la lubie d'un enfant gâté.

Il se montrait particulièrement les jours
de fête dans un état d'excitation nerveuse
qui le poussait à se conduire comme un
véritable écolier. Son sang-froid était alors
à mourir de rire. Il me persuada un jour de
sortir à pied tous deux, seuls à la brune,
affublés de costumes grotesques, avec des
masques et des instruments de musique.
Nous nous promenâmes ainsi toute la nuit,
gravement, au milieu du plus affreux chari-
vari. Nous trouvâmes un cocher d'une voiture de place endormi sur son siége; nous
attelâmes les chevaux; après quoi, feignant
de sortir d'un bal, nous l'appelâmes à grands
cris. Le cocher s'éveilla, et, au premier
coup de fouet qu'il donna, ses chevaux partirent au trot, le laissant ainsi perché sur
son siége. Nous fûmes le même soir aux
Champs-Elysées; Desgenais, voyant passer
une autre voiture, l'arrêta, ni plus ni moins

qu'un voleur; il intimida le cocher p…
menaces, et le força de descendre et …
mettre à plat ventre. C'était un jeu …
faire tuer. Cependant il ouvrit la voitu…
nous trouvâmes dedans un jeune ho…
et une dame immobiles de frayeur. Il…
dit alors de l'imiter, et, ayant o…
les deux portières, nous commençâm…
entrer par une porte et à sortir par l'a…
en sorte que dans l'obscurité les pau…
gens du carrosse croyaient à une proce…
de bandits.

Je me figure que les hommes qui d…
que le monde donne de l'expérience doi…
être bien étonnés qu'on les croie. Le mo…
n'est que tourbillons, et il n'y a aucun …
port entre ces tourbillons; tout s'en va …
bandes comme des volées d'oiseaux. Les …
férents quartiers d'une ville ne se ress…
blent même pas entre eux, et il y a au…
à apprendre, pour quelqu'un de la Chaus…
d'Antin, au Marais qu'à Lisbonne. Il est…
lement vrai que ces tourbillons divers …
traversés, depuis que le monde existe, …
sept personnages toujours les mêmes …
premier s'appelle l'espérance; le second…

conscience; le troisième, l'opinion; le quatrième, l'envie; le cinquième, la tristesse; le sixième, l'orgueil; et le septième s'appelle l'homme.

Nous étions donc, mes compagnons et moi, une volée d'oiseaux, et nous restâmes ensemble jusqu'au printemps, tantôt jouant, tantôt courant...

« Mais, dira le lecteur, au milieu de tout cela, quelles femmes aviez-vous? Je ne vois pas là la débauche en personne. »

O créatures qui portiez le nom de femmes, qui avez passé comme des rêves dans une vie qui n'était elle-même qu'un rêve, que dirai-je de vous? Là où il n'y eut jamais l'ombre d'une espérance, est-ce qu'il y aurait quelque souvenir? Où vous trouverai-je pour cela? Qu'y a-t-il de plus muet dans la mémoire humaine? qu'y a-t-il de plus oublié que vous?

S'il faut parler des femmes, j'en citerai deux; en voici une:

Je vous le demande, que voulez-vous que fasse une pauvre lingère, jeune et jolie, ayant dix-huit ans, et par conséquent des désirs; lisant un roman sur son comptoir, où il n'est

question que d'amour; ne sachant rie
n'ayant aucune idée de morale; cousant été t
nellement à une fenêtre devant laquelle l.ll
processions ne passent plus, par ordre (rl
police, mais devant laquelle rôdent tous l-u
soirs une douzaine de filles patentées, reco-1
nues par la même police; que voulez-vo-s
qu'elle fasse lorsque, après avoir fatigué au
mains et ses yeux pendant toute une journuu
sur une robe ou sur un chapeau, elle s'a
coude un moment à cette fenêtre à la nu r
tombante? Cette robe qu'elle a cousue, or
chapeau qu'elle a coupé de ses pauvres or
honnêtes mains, pour rapporter de qu
souper à la maison, elle les voit passer s r
la tête et sur le corps d'une fille publiqu il
Trente fois par jour, il s'arrête une voitu io
de louage à sa porte, et il en descend u b
prostituée numérotée comme le fiacre qui p
roule, laquelle vient d'un air dédaigneu g
minauder devant une glace, essayer, ôt
et remettre dix fois ce triste et patie te
ouvrage de ses veilles. Elle voit cette fil s
tirer de sa poche six pièces d'or, elle qui u
a une par semaine; elle la regarde des pie q
à la tête, elle examine sa parure, elle la su s

…ï'à son carrosse; et puis, que voulez-
… quand la nuit est bien noire, un soir
…'ouvrage manque, que sa mère est ma-
…elle entr'ouvre la porte, étend la main,
…rête un passant.

…lle était l'histoire d'une fille que j'ai
…ue. Elle savait un peu toucher du piano,
…eu compter, un peu dessiner, même un
…'histoire et de grammaire, et ainsi de
…u un peu. Que de fois j'ai regardé avec
…compassion poignante cette triste ébau-
…de la nature, mutilée encore par la so-
…! Que de fois j'ai suivi dans cette nuit
…onde les pâles et vacillantes lueurs d'une
…celle souffrante et avortée! Que de fois
…tenté de rallumer quelques charbons
…ts sous cette pauvre cendre! Hélas!
…longs cheveux avaient réellement la cou-
…de la cendre, et nous l'appelions Cen-
…on.

…n'étais pas assez riche pour lui donner
…maîtres; Desgenais, d'après mon conseil,
…téressa à cette créature; il lui fit appren-
…de nouveau tout ce dont elle avait les
…ments. Mais elle ne put jamais faire en
…un progrès sensible : dès que son maître

était parti, elle se croisait les bras et re
ainsi des heures entières, regardant à trav
les carreaux. Quelles journées ! quelle mi
Je la menaçai un jour, si elle ne travail
pas, de la laisser sans argent ; elle se
silencieusement à l'ouvrage, et j'appris
de temps après qu'elle sortait à la déro
Où allait-elle ? Dieu le sait. Je la priai, a
qu'elle partît, de me broder une bourse ;
conservé longtemps cette triste relique ;
était accrochée dans ma chambre comme
des monuments les plus sombres de tou
qui est ruine ici-bas.

Maintenant en voici une autre.

Il était environ dix heures du soir, lorsq
après une journée entière de bruit et de
tigues, nous nous rendîmes chez Desgen
qui nous avait devancés de quelques heu
pour faire ses préparatifs. L'orchestre é
déjà en train, et le salon rempli à notre
rivée.

La plupart des danseuses étaient des fl
de théâtre ; on m'expliqua pourquoi celle
valent mieux que les autres : c'est que tou
monde se les arrache.

A peine entré, je me lançai dans le tour

...on de la valse. Cet exercice vraiment dé-
...eux m'a toujours été cher ; je n'en connais
... de plus noble, ni qui soit plus digne en
...il d'une belle femme et d'un jeune garçon ;
...tes les danses, au prix de celle-là, ne sont
...e des conventions insipides ou des pré-
...tes pour les entretiens les plus insigni-
...ants. C'est véritablement posséder en quel-
...e sorte une femme que de la tenir une
...mi-heure dans ses bras, et de l'entraîner
...si, palpitante malgré elle, et non sans
...elque risque, de telle sorte qu'on ne pour-
...it dire si on la protége ou si on la force.
...elques-unes se livrent alors avec une si
...uptueuse pudeur, avec un si doux et si
...r abandon, qu'on ne sait si ce qu'on ressent
...s d'elles est du désir ou de la crainte, et
...en les serrant sur son cœur, on se pâme-
...t ou on les briserait comme des roseaux.
...llemagne, où l'on a inventé cette danse,
... à coup sûr un pays où l'on aime.
...e tenais dans mes bras une superbe dan-
...use d'un théâtre d'Italie, venue à Paris
...ur le carnaval ; elle était en costume de
...cchante, avec une robe de peau de pan-
...ère. Jamais je n'ai rien vu de si languissant

que cette créature. Elle était grande et mince
et, tout en valsant avec une rapidité extrême
elle avait l'air de se traîner ; à la voir, on eû
dit qu'elle devait fatiguer son valseur ; mais
on ne la sentait pas, elle courait comme par
enchantement.

Sur son sein était un bouquet énorme
dont les parfums m'enivraient malgré moi.
Au moindre mouvement de mon bras, je la
sentais plier comme une liane des Indes, o
pleine d'une mollesse si douce et si sympa-
thique, qu'elle m'entourait comme d'un voile
de soie embaumé. A chaque tour, on entendait à peine un léger froissement de son écri
lier sur sa ceinture de métal ; elle se mouvait
si divinement, que je croyais voir un b r
astre, et tout cela avec un sourire, comme
une fée qui va s'envoler. La musique de la
valse, tendre et voluptueuse, avait l'air de la f
sortir des lèvres, tandis que sa tête, chargée
d'une forêt de cheveux noirs tressés en natte
penchait en arrière, comme si son cou eût
été trop faible pour la porter.

Lorsque la valse fut finie, je me jetai sur
une chaise au fond d'un boudoir ; mon cœur
battait, j'étais hors de moi. « O Dieu ! m'é

ai-je, comment cela est-il possible? O
monstre superbe! ô beau reptile! comme tu
ondoies, comme tu ondoies, douce couleuvre,
sous ta peau souple et tachetée! Comme ton
cousin le serpent t'a appris à te rouler autour
de l'arbre de la vie, avec la pomme dans les
serres! O Mélusine! ô Mélusine! les cœurs
des hommes sont à toi. Tu le sais bien, en-
chanteresse, avec ta moelleuse langueur qui
n'a pas l'air de s'en douter! Tu sais bien que
tu perds, tu sais bien que tu noies, tu sais
qu'on va souffrir lorsqu'on t'aura touchée;
tu sais qu'on meurt de tes sourires, du
parfum de tes fleurs, du contact de tes
voluptés : voilà pourquoi tu te livres avec
tant de mollesse; voilà pourquoi ton sourire
est si doux, tes fleurs si fraîches; voilà pourquoi tu poses si doucement ton bras sur nos
épaules. O Dieu! ô Dieu! que veux-tu donc
de nous? »

« Le professeur Hallé a dit un mot terrible :
« La femme est la partie nerveuse de l'humanité, et l'homme la partie musculaire. »
Humboldt lui-même, ce savant sérieux, a dit
qu'autour des nerfs humains était une atmo-
sphère invisible. Je ne parle pas des rêveurs

qui suivent le vol tournoyant des chau
souris de Spallanzani, et qui pensent a
trouvé un sixième sens à la nature.
qu'elle est, ses mystères sont bien assez
doutables, ses puissances bien assez pro
des, à cette nature qui nous crée, nous
et nous tue, sans qu'il faille encore épa
les ténèbres qui nous entourent! Mais
est l'homme qui croit avoir vécu, s'il n
puissance des femmes? s'il n'a jamais qu
une belle danseuse avec des mains tremb
tes? s'il n'a jamais senti ce je ne sais
indéfinissable, ce magnétisme énervant
au milieu d'un bal, au bruit des instrume
à la chaleur qui fait pâlir les lustres,
peu à peu d'une jeune femme, l'électrise
même, et voltige autour d'elle comme
parfum des aloès sur l'encensoir qui se
lance au vent?

J'étais frappé d'une stupeur profo
Qu'une semblable ivresse existât quan
aime, cela ne m'était pas nouveau : je sa
ce que c'était que cette auréole dont rayo
la bien-aimée. Mais exciter de tels battem
de cœur, évoquer de pareils fantômes,
qu'avec sa beauté, des fleurs et la peau

rée d'une bête féroce, avec de certains
uvements, une certaine façon de tourner
cercle, qu'elle a apprise de quelque bain, avec les contours d'un beau bras; et
a sans une parole, sans une pensée, sans
elle daigne paraître le savoir ! Qu'était
c le chaos, si c'est là l'œuvre des sept
rs?

e n'était pourtant pas de l'amour que je
sentais, et je ne puis dire autre chose,
on que c'était de la soif. Pour la première
s de ma vie, je sentais vibrer dans mon
e une corde étrangère à mon cœur. La
de ce bel animal en avait fait rugir un
re dans mes entrailles. Je sentais bien
je n'aurais pas dit à cette femme que je
mais, ni qu'elle me plaisait, ni même
elle était belle; il n'y avait rien sur mes
res que l'envie de baiser les siennes, de
dire : « Ces bras nonchalants, fais-m'en
e ceinture; cette tête penchée, appuie-la
moi; ce doux sourire, colle-le sur ma
uche. » Mon corps aimait le sien; j'étais
s de beauté comme on est pris de vin.

Desgenais passa, qui me demanda ce que
faisais là. « Quelle est cette femme? » lui

dis-je. Il me répondit : « Quelle femme
qui voulez-vous parler? »

Je le pris par le bras et le menai dan
salle. L'Italienne nous vit venir. Elle sou
je fis un pas en arrière. « Ah! ah! dit l
genais, vous avez valsé avec Marco?

—Qu'est-ce que c'est que Marco? lui di

—Eh! c'est cette fainéante qui rit là-h
est-ce qu'elle vous plaît?

— Non, répliquai-je, j'ai valsé avec e
et je voulais savoir son nom; elle ne me
pas autrement. »

C'était la honte qui me faisait parler ai
mais, dès que Desgenais m'eut quitté
courus après lui.

« Vous êtes bien prompt! dit-il en r
Marco n'est pas une fille ordinaire; elle
entretenue et presque mariée à M. de
ambassadeur à Milan. C'est un de ses a
qui me l'a amenée. Cependant, ajouta
comptez que je vais lui parler; nous ne
laisserons mourir qu'autant qu'il n'y
pas d'autre ressource. Il se peut qu'on
tienne de la laisser ici à souper. »

Il s'éloigna là-dessus. Je ne saurais
quelle inquiétude je ressentis en le vo

approcher d'elle; mais je ne pus les suivre, si se dérobèrent dans la foule.

« Est-ce donc vrai? me disais-je, en vien-ais-je là? Eh quoi! en un instant! O Dieu! dirait-ce là ce que je vais aimer? Mais, après lut, pensais-je, ce sont mes sens qui agis-ent; mon cœur n'est pour rien là-dedans. » Je cherchais ainsi à me tranquilliser. Cependant, quelques instants après, Desgenais me frappa sur l'épaule. « Nous souperons tout à l'heure, me dit-il; vous donnerez le bras à Marco; elle sait qu'elle vous a plu, et cela est convenu.

— Ecoutez, lui dis-je; je ne sais ce que j'éprouve. Il me semble que je vois Vulcain au pied boiteux couvrant Vénus de ses bai-sers, avec sa barbe enfumée, dans sa forge, il fixe ses yeux effarés sur la chair épaisse de sa proie. Il se concentre dans la vue de cette femme, son bien unique; il s'efforce de rire de joie, il fait comme s'il frémissait de bonheur; et, pendant ce temps-là, il se sou-vient de son père Jupiter, qui est assis au haut des cieux. »

Desgenais me regarda sans répondre; il me prit le bras et m'entraîna. « Je suis fati-

gué, me dit-il, je suis triste; ce bruit me tue.
Allons souper, cela nous remontera. »

Le souper fut splendide; mais je ne fis
qu'y assister. Je ne pouvais toucher à rien et
les lèvres me défaillaient. « Qu'avez-vous
donc? » me dit Marco. Mais je restais comme
une statue, et je la regardais de la tête aux
pieds dans un muet étonnement.

Elle se mit à rire, Desgenais aussi, qui
nous observait de loin. Devant elle était un
grand verre de cristal taillé en forme de
coupe, qui reflétait sur mille facettes étince-
lantes la lumière des lustres, et qui brillait
comme le prisme des sept couleurs de l'arc-
en-ciel. Elle étendit son bras nonchalant, et
l'emplit jusqu'au bord d'un flot doré de vin
de Chypre, de ce vin sucré d'Orient que j'ai
trouvé si amer plus tard sur la grève déserte
du Lido. « Tenez, dit-elle en me le présentant, *per voi, bambino mio.*

— Pour toi et moi, » lui dis-je en lui présentant le verre à mon tour. Elle y trempa
ses lèvres, et je le vidai avec une tristesse
qu'elle sembla lire dans mes yeux.

« Est-ce qu'il est mauvais? dit-elle.—Non,
répondis-je.—Ou si vous avez mal à la tête?

Non. — Ou si vous êtes las? — Non. — donc! c'est un ennui d'amour? » En parlant ainsi dans son jargon, ses yeux venaient sérieux. Je savais qu'elle était de Naples, et, malgré elle, en parlant d'amour, son Italie lui battait dans le cœur. Une autre folie vint là-dessus. Déjà les têtes s'échauffaient, les verres se choquaient; déjà montait sur les joues les plus pâles cette pourpre légère dont le vin colore les visages, comme pour défendre à la pudeur de paraître; un murmure confus, semblable à celui de la marée montante, grondait par secousses; les regards s'enflammaient çà et là puis tout à coup se fixaient et restaient fixes; je ne sais quel vent faisait flotter l'une vers l'autre toutes ces ivresses incer- taines. Une femme se leva, comme dans une mer encore tranquille la première vague qui sent la tempête, et qui se dresse pour l'an- noncer; elle fit signe de la main pour de- mander le silence, vida son verre d'un coup, et du mouvement qu'elle fit, elle se décoiffa; une nappe de cheveux dorés lui roula sur les épaules; elle ouvrit les lèvres et voulut entonner une chanson de table; son œil était

à demi fermé. Elle respirait avec effort;
deux fois un son rauque sortit de sa poitrine
oppressée; une pâleur mortelle la couvrit
tout à coup, et elle retomba sur sa chaise.

Alors commença un vacarme qui, pendant
plus d'une heure que dura encore le souper,
ne cessa pas jusqu'à la fin. Il était impossible d'y rien distinguer, ni les rires, ni les
chansons, pas même les cris.

« Qu'en pensez-vous? me dit Desgenais.
— Rien, répondis-je; je me bouche les
oreilles et je regarde. »

Au milieu de ce bacchanal la belle Marco
restait muette, ne buvant pas, appuyée
tranquillement sur son bras nu et laissant
rêver sa paresse. Elle ne semblait ni étonnée
ni émue. « N'en voulez-vous pas faire autant
qu'eux? lui demandai-je; vous qui m'avez
offert du vin de Chypre tout à l'heure, ne
voulez-vous pas y goûter aussi? » Je lui versai, en disant cela, un grand verre plein
jusqu'au bord; elle le souleva lentement, le
but d'un trait, puis le reposa sur la table et
reprit son attitude distraite.

Plus j'observais cette Marco, plus elle me
paraissait singulière; elle ne prenait plaisir

de rien, mais ne s'ennuyait non plus de rien. Il paraissait aussi difficile de la fâcher que de lui plaire; elle faisait ce qu'on lui demandait, mais rien de son propre mouvement. Je pensai au génie du repos éternel, et je me disais que, si cette pâle statue devenait somnambule, elle ressemblerait à Marco.

« Es-tu bonne ou méchante? lui disais-je, triste ou gaie? As-tu aimé? veux-tu qu'on t'aime? aimes-tu l'argent, le plaisir, quoi? les chevaux, la campagne, le bal? Qui te plaît? à quoi rêves-tu? » Et à toutes ces demandes le même sourire de sa part, un sourire sans joie et sans peine, qui voulait dire : « Qu'importe? » et rien de plus.

J'approchai mes lèvres des siennes; elle me donna un baiser distrait et nonchalant comme elle, puis elle porta son mouchoir à la bouche. « Marco, lui dis-je, malheur à qui t'aimerait! »

Elle abaissa sur moi son œil noir, puis le leva au ciel, et, mettant un doigt en l'air, avec ce geste italien qui ne s'imite pas, elle prononça doucement le grand mot féminin de son pays : *Forse!*

Cependant on servit le dessert; plusieur
des convives s'étaient levés; les uns fu
maient, d'autres s'étaient mis à jouer, u
petit nombre restait à table; des femmes dan
saient, d'autres s'endormaient. L'orchestr
revint; les bougies pâlissaient, on en remi
d'autres. Je me souvins du souper de P
trone, où les lampes s'éteignent autour de
maîtres assoupis, tandis que des esclave
entrent sur la pointe du pied et volent l'a
genterie. Au milieu de tout cela les cha
sons allaient toujours, et trois Anglais, troi
de ces figures mornes dont le continent e
l'hôpital, continuèrent en dépit de tout l
plus sinistre ballade qui soit sortie de leur
marais.

« Viens, dis-je à Marco, partons! » Elle s
leva et prit mon bras. « A demain! » m
cria Desgenais; et nous sortîmes de la sall

En approchant du logis de Marco, mo
cœur battait avec violence; je ne pouvai
parler. Je n'avais aucune idée d'une femm
pareille; elle n'éprouvait ni désir ni dégoût
et je ne savais que penser de voir trembl
ma main auprès de cet être immobile.

Sa chambre était, comme elle, sombre e

luptueuse; une lampe d'albâtre l'éclairait à demi. Les fauteuils, le sofa, étaient moelleux comme des lits, et je crois que tout y était fait de duvet et de soie. En entrant, je fus frappé d'une forte odeur de pastilles turques, non pas de celles qu'on vend ici dans les rues, mais de celles de Constantinople, qui sont les plus nerveux et les plus dangereux des parfums. Elle sonna, une fille de chambre entra. Elle passa avec elle dans son alcôve sans me dire un mot, et quelques instants après je la vis couchée, appuyée sur son coude, toujours dans la posture nonchalante qui lui était habituelle.

J'étais debout et je la regardais. Chose étrange! plus je l'admirais, plus je la trouvais belle, plus je sentais s'évanouir les désirs qu'elle m'inspirait. Je ne sais si ce fut un effet magnétique; son silence et son immobilité me gagnaient. Je fis comme elle, je m'étendis sur le sofa en face de l'alcôve, et le froid de la mort me descendit dans l'âme.

Les battements du sang dans les artères sont une étrange horloge qu'on ne sent vibrer que la nuit. L'homme, abandonné alors par les objets extérieurs, retombe sur lui-même;

il s'entend vivre. Malgré la fatigue et la tr...
tesse, je ne pouvais fermer les yeux; ceux...
Marco étaient fixés sur moi; nous nous...
gardions en silence, et lentement, si l'on...
ainsi parler.

« Que faites-vous là? dit-elle enfin; ne...
nez-vous pas près de moi?

— Si fait, lui répondis-je; vous êtes b...
belle! »

Un faible soupir se fit entendre, sembla...
à une plainte : une des cordes de la harpe...
Marco venait de se détendre. Je tourn...
tête à ce bruit, et je vis que la pâle teinte...
premiers rayons de l'aurore colorait...
croisées.

Je me levai et j'ouvris les rideaux; ...
vive lumière pénétra dans la chambre...
m'approchai d'une fenêtre et m'y arr...
quelques instants; le ciel était pur, le s...
sans nuages.

« Viendrez-vous donc? » répéta Marco...

Je lui fis signe d'attendre encore. Q...
ques raisons de prudence lui avaient...
choisir un quartier éloigné du centre de...
ville; peut-être avait-elle ailleurs un a...
appartement, car elle recevait quelquefois...

... amis de son amant venaient chez elle, et
... chambre où nous étions n'était sans doute
... une sorte de *petite maison;* elle donnait
... le Luxembourg, dont le jardin s'étendait
... loin devant mes yeux.

... omme un liége qui, plongé dans l'eau,
... able inquiet sous la main qui le renferme,
... glisse entre les doigts pour remonter à la
... face, ainsi s'agitait en moi quelque chose
... je ne pouvais ni vaincre ni écarter.
... spect des allées du Luxembourg me fit
... dir le cœur et toute autre pensée s'éva-
... it. Que de fois, sur ces petits tertres,
... ant l'école buissonnière, je m'étais étendu
... s l'ombrage, avec quelque bon livre, tout
... in de folle poésie! car, hélas! c'étaient là
... débauches de mon enfance. Je retrouvais
... ces souvenirs lointains sur les arbres
... ouillés, sur les herbes flétries des parter-
... Là, quand j'avais dix ans, je m'étais pro-
... né avec mon frère et mon précepteur,
... ant du pain à quelques pauvres oiseaux
... nsis; là, assis dans un coin, j'avais re-
... dé durant des heures danser en rond les
... tites filles; j'écoutais battre mon cœur naïf
... x refrains de leurs chansons enfantines;

là, rentrant du collége, j'avais traversé mœ
fois la même allée, perdu dans un vers⁊⁊
Virgile, et chassant du pied un caillou. ⁊⁊
mon enfance! vous voilà! m'écriai-je; ô ⁊⁊
Dieu! vous voilà ici!»

Je me retournai. Marco s'était endorm⁊⁊
la lampe s'était éteinte, la lumière du ⁊⁊
avait changé tout l'aspect de la chamb⁊⁊
les tentures, qui m'avaient semblé d'un b⁊⁊
d'azur, étaient d'une teinte verdâtre et fan⁊⁊
et Marco, la belle statue, étendue dans l⁊⁊
côve, était livide comme une morte.

Je frissonnai malgré moi; je regardai l⁊⁊
côve, puis le jardin : ma tête épuisée s'alo⁊⁊
dissait. Je fis quelques pas, et j'allai m'ass⁊⁊
devant un secrétaire ouvert, près d'une a⁊⁊
croisée. Je m'y étais appuyé, et regard⁊⁊
machinalement une lettre dépliée qui a⁊⁊
été laissée dessus : elle ne contenait qu⁊⁊
ques mots. Je les lus plusieurs fois de s⁊⁊
sans y prendre garde, jusqu'à ce que le⁊⁊
en devînt intelligible à ma pensée à force⁊⁊
revenir; j'en fus frappé tout à coup, quoi⁊⁊
ne me fût pas possible de tout saisir. Je⁊⁊
le papier, et lus ce qui suit, écrit avec⁊⁊
mauvaise orthographe :

Elle est morte hier. A onze heures du
so, elle se sentait défaillir ; elle m'a ap-
pe, et elle m'a dit : « Louison, je vais re-
indre mon camarade ; tu vas aller à l'ar-
oire, et tu vas décrocher le drap qui est
à clou ; c'est le pareil de l'autre » Je me suis
se à genoux en pleurant ; mais elle étendait
main en criant : «Ne pleure pas! ne pleure
l » Et elle a poussé un tel soupir... »
e reste était déchiré. Je ne puis rendre
et que cette lecture sinistre produisit sur
o ; je retournai le papier et vis l'adresse
Marco, la date de la veille. « Elle est
rte? et qui donc morte? m'écriai-je invo-
airement en allant à l'alcôve. Morte! qui
nc? qui donc? »
arco ouvrit les yeux ; elle me vit assis
son lit, la lettre à la main. « C'est ma
e, dit-elle, qui est morte. Vous ne venez
nc pas près de moi?»
n disant cela, elle étendit la main. « Si-
e! lui dis-je ; dors, et laisse-moi là. » Elle
retourna, et se rendormit. Je la regardai
lque temps jusqu'à ce que, m'étant assuré
elle ne pouvait plus m'entendre, je m'é-
gnai et sortis doucement.

CHAPITRE V.

J'étais assis un soir au coin du feu a█
Desgenais. La fenêtre était ouverte; c'█
un de ces premiers jours de mars, qui █
les messagers du printemps; il avait plu; █
douce odeur venait du jardin.

« Que ferons-nous, mon ami, lui-d██
lorsque le printemps sera venu? Je me█
l'envie de voyager.

— Je ferai, me dit Desgenais, ce que█
fait l'an passé; j'irai à la campagne q█
ce sera le temps d'y aller.

— Quoi! répondis-je, faites-vous tou█
ans la même chose? Vous allez donc re██
mencer votre vie de cette année?

— Que voulez-vous que je fasse? répliqu█

— C'est juste! m'écriai-je en me levan█
sursaut; oui, que voulez-vous que je fa█
vous avez bien dit. Ah! Desgenais, que█
cela me fatigue! Est-ce que vous n'êtes ja█
las de cette vie que vous menez?

— Non, » me dit-il.

je étais debout devant une gravure qui représentait la Madeleine au désert ; je joignis
les mains involontairement. «Que faites-vous
là ? demanda Desgenais.

— Si j'étais peintre, lui dis-je, et si je voulais peindre la mélancolie, je ne peindrais
pas une jeune fille rêveuse, un livre entre
les mains.

— A qui en avez-vous ce soir ? dit-il en riant.

— Non, en vérité, continuai-je ; cette Madeleine dans les larmes a le sein gonflé d'es=
pérance ; cette main pâle et maladive, sur
laquelle elle soutient sa tête, est encore
embaumée des parfums qu'elle a versés sur
les pieds du Christ. Ne voyez-vous pas que
dans ce désert il y a un peuple de pensées
qui prient ? Ce n'est pas là la mélancolie.

— C'est une femme qui lit, répondit-il d'une
voix sèche.

— Et une heureuse femme, lui dis-je, et un
heureux livre. »

Desgenais comprit ce que je voulais dire ;
il vit qu'une profonde tristesse s'emparait de
moi. Il me demanda si j'avais quelque cause
de chagrin. J'hésitais à lui répondre, et je sentais mon cœur se briser.

« Enfin, me dit-il, mon cher Octave, si vous
avez un sujet de peine, n'hésitez pas à me le
confier ; parlez ouvertement, et vous trouverez en moi un ami.

— Je le sais, répondis-je, j'ai un ami, mais
ma peine n'a pas d'ami. »

Il me pressa de m'expliquer. « Eh bien,
dis-je, si je m'explique, de quoi cela vous
servira-t-il, puisque vous n'y pouvez rien, ni
moi non plus ? Est-ce le fond de mon cœur
que vous me demandez, ou est-ce seulement
la première parole venue, et une excuse ?

— Soyez franc, me dit-il.

— Eh bien, répliquai-je, eh bien, Desgenais, vous m'avez donné des conseils en temps
et lieu, et je vous prie de m'écouter comme
je vous ai écouté alors. Vous me demandez
ce que j'ai dans le cœur, je vais vous le dire.

« Prenez le premier homme venu, et dites-
lui : « Voilà des gens qui passent leur vie à
« boire, à monter à cheval, à rire, à jouer, à
« user de tous les plaisirs ; aucune entrave
« ne les retient, ils ont pour loi ce qui leur
« plaît, des femmes tant qu'ils en veulent ;
« ils sont riches. D'autre souci, pas un ; tous
« les jours sont fêtes pour eux. » Qu'en pense

vous? A moins que cet homme ne soit
dévot sévère, il vous répondra que c'est
la faiblesse humaine, s'il ne vous répond
simplement que c'est le plus grand bonheur qui puisse s'imaginer.

Conduisez donc cet homme à l'action ;
mettez-le à table, une femme à ses côtés, un
verre à la main, une poignée d'or tous les
matins, et puis dites-lui : « Voilà ta vie.
Pendant que tu t'endormiras près de ta maîtresse, tes chevaux piafferont dans l'écurie ; pendant que tu feras caracoler ton
cheval sur le sable des promenades, le vin
mûrira dans tes caves ; pendant que tu
passeras la nuit à boire, les banquiers
augmenteront ta richesse. Tu n'as qu'à
souhaiter, et tes désirs sont des réalités.
Tu es le plus heureux des hommes ;
mais prends garde que tu boiras un soir
outre mesure et que tu ne trouveras plus
ton corps prêt à jouir. Ce sera un grand
malheur, car toutes les douleurs se con-
solent, hormis celles-là. Tu galoperas une
belle nuit dans la forêt avec de joyeux
compagnons ; ton cheval fera un faux pas,
tu tomberas dans un fossé plein de bourbe,

« et tu risqueras que tes compagnons
« de vin, au milieu de leurs fanfares jo
« ses, n'entendent pas tes cris d'ango
« prends garde qu'ils ne passent sans t'a
« cevoir, et que le bruit de leur joie ne
« fonce dans la forêt, tandis que tu te
« neras dans les ténèbres sur tes mem
« rompus. Tu perdras au jeu quelque
« la fortune a ses mauvais jours. Quan
« rentreras chez toi et que tu t'assiéra
« coin de ton feu, prends garde de te frap
« le front, de laisser le chagrin mouille
« paupières, et de jeter les yeux çà et là
« amertume, comme quand on cherch
« ami ; prends garde surtout de penser
« à coup, dans ta solitude, à ceux qui
« par là, sous quelque toit de chaume,
« ménage tranquille, et qui s'endormen
« se tenant la main ; car en face de toi
« ton lit splendide, sera assise, pour
« confidente, la pâle créature qui est l'am
« de tes écus. Tu te pencheras sur elle
« soulager ta poitrine oppressée, et elle
« cette réflexion que tu es bien triste, e
« la perte doit être considérable ; les larm
« tes yeux lui causeront un grand souci

...es sont capables de laisser vieillir la
...be qu'elle porte et de faire tomber les
...gues de ses doigts. Ne lui nomme pas
...lui qui t'a gagné ce soir ; il se pourrait
...'elle le rencontrât demain, et qu'elle fît
...s yeux doux à ta ruine. Voilà ce que c'est
...e la faiblesse humaine : es-tu de force à
...oir celle-là ? Es-tu un homme ? prends
...rde au dégoût ; c'est encore un mal in-
...rable : un mort vaut mieux qu'un vivant
...goûté de vivre. As-tu un cœur ? prends
...rde à l'amour ; c'est pis qu'un mal pour
...n débauché, c'est un ridicule : les débau-
...és payent leurs maîtresses, et la femme
...i se vend n'a droit de mépris que sur un
...ul homme au monde : celui qui l'aime.
...s-tu des passions ? prends garde à ton
...age ; c'est une honte pour un soldat de
...er son armure, et pour un débauché de
...raître tenir à quoi que ce soit ; sa gloire
...nsiste à ne toucher à rien qu'avec des
...ains de marbre frottées d'huile, sur les-
...elles tout doit glisser. As-tu une tête
...aude ? si tu veux vivre, apprends à tuer :
...vin est parfois querelleur. As-tu une
...nscience ? prends garde à ton sommeil ;

« un débauché qui se repent trop tar
« comme un vaisseau qui prend l'eau :
« peut ni revenir à terre ni continue
« route ; les vents ont beau le pousser, l'O
« l'attire, il tourne sur lui-même et d
« raît. Si tu as un corps, prends garde
« souffrance ; si tu as une âme, prends
« au désespoir. O malheureux ! prends
« aux hommes ; tant que tu marcheras
« la route où tu es, il te semblera voir
« plaine immense où se déploie en gu
« des fleuries une farandole de danseu
« se tiennent comme les anneaux
« chaîne ; mais ce n'est là qu'un mira
« ger ; ceux qui regardent à leurs pied
« vent qu'ils voltigent sur un fil de soie
« sur un abîme, et que l'abîme eng
« bien des chutes silencieuses sans une
« à sa surface. Que le pied ne te manque
« La nature elle-même sent reculer a
« de toi ses entrailles divines ; les arbres
« roseaux ne te reconnaissent plus ;
« faussé les lois de ta mère ; tu n'es p
« frère des nourrissons, et les oiseaux
« champs se taisent en te voyant. Tu es
« Prends garde à Dieu ! tu es seul en fa

..., debout, comme une froide statue, sur
... piédestal de ta volonté. La pluie du ciel
... te rafraîchit plus, elle te mine, elle
... travaille. Le vent qui passe ne te
... plus le baiser de vie, commu-
... sacrée de tout ce qui respire ; il
... branle, il te fait chanceler. Chaque
... que tu embrasses prend une étin-
... de ta force sans t'en rendre une de la
... ; tu t'épuises sur des fantômes ; là
... tombe une goutte de ta sueur pousse
... des plantes sinistres qui croissent aux
... cimetières. Meurs ! tu es l'ennemi de tout
... qui aime ; affaisse-toi sur ta solitude,
... attends pas la vieillesse ; ne laisse pas
... enfant sur la terre, ne féconde pas un
... sang corrompu ; efface-toi comme la fumée,
... prive pas le grain de blé qui pousse d'un
... rayon de soleil ! »

... achevant ces mots, je tombai sur un
... fauteuil, et un ruisseau de larmes coula de
... mes yeux. « Ah ! Desgenais, m'écriai-je en
... sanglotant, ce n'est pas là ce que vous m'a-
... dit. Ne le saviez-vous donc pas ? et si
... vous le saviez, que ne le disiez-vous ? »

... Mais Desgenais avait lui-même les mains

jointes ; il était pâle comme un linceul ;
une longue larme lui coulait sur la joue.

Il y eut entre nous un moment de silence.
L'horloge sonna ; je pensai tout à coup qu'il
y avait juste un an qu'à pareil jour, à pareille
heure, j'avais découvert que ma maîtresse
me trompait.

« Entendez-vous cette horloge ? m'écriai-
je, l'entendez-vous ? Je ne sais ce qu'elle sonne
à présent ; mais c'est une heure terrible
qui comptera dans ma vie. »

Je parlais ainsi dans un transport et sans
pouvoir démêler ce qui se passait en moi.
Mais presque au même instant un domestique entra précipitamment dans la chambre ;
il me prit la main, m'emmena à l'écart et
me dit tout bas : « Monsieur, je viens vous
avertir que votre père se meurt ; il vient
d'être pris d'une attaque d'apoplexie, et les
médecins désespèrent de lui. »

TROISIÈME PARTIE

CHAPITRE PREMIER

Mon père demeurait à la campagne, à quelque distance de Paris. Lorsque j'arrivai, je trouvai le médecin sur la porte, qui me dit : « Vous venez trop tard ; votre père aurait voulu vous voir une dernière fois. »

J'entrai et vis mon père mort. « Monsieur, dis-je au médecin, faites, je vous prie, que tout le monde se retire et qu'on me laisse seul ici, mon père avait quelque chose à me dire, et il me le dira. » Sur mon ordre, les domestiques s'en allèrent ; je m'approchai alors du lit, et soulevai doucement le linceul qui couvrait déjà le visage. Mais, dès que j'y eus jeté les yeux, je me précipitai pour l'embrasser et perdis connaissance.

Quand je revins à moi, j'entendis qu'on disait : « S'il le demande, refusez-le, sur quelque prétexte que ce soit. » Je compris qu'on voulait m'éloigner du lit de mort, et feignis de n'avoir rien entendu. Comme on me vit tranquille, on me laissa. J'attendis que tout le monde fût couché dans la maison, et, prenant un flambeau, je me rendis dans la chambre de mon père. J'y trouvai un jeune ecclésiastique, seul, assis près du lit. « Monsieur, lui dis-je, disputer à un orphelin la dernière veillée à côté de son père, c'est une entreprise hardie ; j'ignore ce qu'on a pu vous en dire. Restez dans la chambre voisine ; s'il y a quelque mal, je le prends sur moi. »

Il se retira. Un seul flambeau posé sur une table éclairait le lit ; je m'assis à la place de l'ecclésiastique, et découvris encore une fois ces traits que je ne devais jamais revoir. « Que vouliez-vous me dire, mon père ? lui demandai-je ; quelle a été votre dernière pensée en cherchant des yeux votre enfant ? »

Mon père écrivait un journal où il avait l'habitude de consigner tout ce qu'il faisait jour par jour. Ce journal était sur la table, et je

qu'il était ouvert ; je m'en approchai et
genouillai ; sur la page ouverte étaient
deux seuls mots : « Adieu, mon fils, je
me et je meurs. »

e ne versai pas une larme, pas un sanglot
sortit de mes lèvres ; ma gorge se serra,
a bouche était comme scellée ; je regar-
mon père sans bouger.

connaissait ma vie, et mes désordres lui
aient donné plus d'une fois des motifs de
inte ou de réprimande. Je ne le voyais
re qu'il ne me parlât de mon avenir, de
jeunesse et de mes folies. Ses conseils
avaient souvent arraché à ma mauvaise
tinée, et ils étaient d'une grande force,
sa vie avait été, d'un bout à l'autre, un
dèle de vertu, de calme et de bonté. Je
attendais qu'avant de mourir il avait
haité de me voir pour tenter une fois
ore de me détourner de la voie où j'étais
agé ; mais la mort était venue trop vite ;
avait tout à coup senti qu'il n'avait plus
'un mot à dire, et il avait dit qu'il m'aimait.

CHAPITRE II

Une petite grille de bois entourait
tombe de mon père. Selon sa volonté
presse, manifestée depuis longtemps, il a
été enterré dans le cimetière du villa
Tous les jours j'y allais, et je pass
une partie de la journée sur un petit b
placé dans l'intérieur du tombeau. Le re
du temps je vivais seul, dans la mai
même où il était mort, et je n'avais avec
qu'un seul domestique.

Quelque douleur que puissent causer
passions, il ne faut pas comparer les cl
grins de la vie avec ceux de la mort. La p
mière chose que j'avais sentie en m'asseya
auprès du lit de mon père, c'est que j'é
un enfant sans raison, qui ne savait rien
ne connaissait rien; je puis dire même q
mon cœur ressentit de sa mort une doule
physique, et je me courbais quelquefois
tordant mes mains comme un apprenti q
s'éveille.

Pendant les premiers mois que je demeurai à cette campagne, il ne me vint à l'esprit de songer ni au passé ni à l'avenir. Il ne me semblait pas que ce fût moi qui eusse vécu jusqu'alors; ce que j'éprouvais n'était pas du désespoir et ne ressemblait en rien à ces douleurs furieuses que j'avais ressenties; ce n'était que de la langueur dans toutes mes actions, comme une fatigue et une indifférence de tout, mais avec une poignante amertume qui me rongeait intérieurement. Je tenais toute la journée un livre à la main, mais je ne lisais guère, ou, pour mieux dire, pas du tout, et je ne sais à quoi je rêvais. Je n'avais point de pensées; tout en moi était silence: j'avais reçu un coup si violent et en même temps si prolongé, que j'en étais resté comme un être purement passif, et rien en moi ne réagissait!

Mon domestique, qui se nommait Larive, avait été très-attaché à mon père; c'était peut-être, après mon père lui-même, le meilleur homme que j'aie jamais connu. Il était de la même taille et portait ses habits, que mon père lui donnait, n'ayant point de livrée. Il avait à peu près le même âge, c'est-à-dire que ses che-

veux grisonnaient, et, depuis vingt ans q
n'avait pas quitté mon père, il en avait p
quelque chose de ses manières. Tandis qu
me promenais dans la chambre après dîne
allant et venant de long en large, je l'ente
dais qui en faisait autant que moi dans l'a
tichambre; quoique la porte fût ouverte,
n'entrait jamais, et nous ne nous disions p
un mot; mais de temps en temps nous no
regardions pleurer. Les soirées se passaie
ainsi, et le soleil était couché depuis lon
temps lorsque je pensais à demander de b
lumière, ou lui à m'en apporter.

Tout était resté dans la maison dans a
même ordre qu'auparavant, et nous n
avions pas dérangé un morceau de papie
Le grand fauteuil de cuir dans lequel s'a
seyait mon père était auprès de la chemin
sa table, ses livres, placés de même; je re
pectais jusqu'à la poussière de ses meubl
qu'il n'aimait pas qu'on lui dérangeât pou
les nettoyer. Cette maison solitaire, habitu
au silence et à la vie la plus tranquille, n
s'était aperçue de rien; il me semblait se
lement que les murailles me regardaient qu
quefois avec pitié, quand je m'enveloppa

la robe de chambre de mon père et que
m'asseyais dans son fauteuil. Une voix
faible semblait s'élever et dire: « Où est
le père? nous voyons bien que c'est l'orphelin. »

Je reçus de Paris plusieurs lettres, et je
fis à toutes la réponse que je voulais passer
été seul à la campagne, comme mon père
avait coutume de faire. Je commençais à
sentir cette vérité que dans tous les maux il
y a toujours quelque bien, et qu'une grande
douleur, quoi qu'on en dise, est un grand
repos. Quelle que soit la nouvelle qu'ils ap-
portent, lorsque les envoyés de Dieu nous
frappent sur l'épaule, ils font toujours cette
bonne œuvre de nous réveiller de la vie, et
là où ils parlent tout se tait. Les douleurs
passagères blasphèment et accusent le ciel,
les grandes douleurs n'accusent ni ne blasphèment, elles écoutent.

Le matin je passais des heures entières en
contemplation devant la nature. Mes croisées donnaient sur une vallée profonde, et
au milieu s'élevait le clocher du village;
tout était pauvre et tranquille. L'aspect du
printemps, des fleurs et des feuilles naissan-

tes, ne produisait pas sur moi cet effet si d
tre dont parlent les poëtes, qui trouve
dans les contrastes de la vie une raillerie
la mort. Je crois que cette idée frivole,
elle n'est pas une simple antithèse faite
plaisir, n'appartient encore en réalité qu'a
cœurs qui sentent à demi. Le joueur qui so
au point du jour, les yeux ardents et la
mains vides, peut se sentir en guerre a
la nature, comme le flambeau d'une veille
hideuse; mais que peuvent dire les feuill
qui poussent à l'enfant qui pleure son père
Les larmes de ses yeux sont sœurs de b
rosée; les feuilles des saules sont elles
mêmes des larmes. C'est en regardant le cie
les bois et les prairies, que je compris ei
que sont les hommes qui s'imaginent de l
consoler.

Larive n'avait pas plus d'envie de me co
soler que de se consoler lui-même. Au m
ment de la mort de mon père, il avait e
peur que je ne vendisse la maison et que j
ne l'emmenasse à Paris. Je ne sais s'il éta
instruit de ma vie passée; mais il m'avait té
moigné d'abord de l'inquiétude, et, quand
me vit m'installer, son premier regard m'all

u'au cœur. C'était un jour que j'avais
apporter de Paris un grand portrait de
père; je l'avais fait mettre dans la salle
nger. Lorsque Larive entra pour servir,
vit; il demeura irrésolu, regardant tan-
e portrait, tantôt moi; il y avait dans
yeux une joie si triste, que je ne pus y
ster. Il semblait me dire « Quel bonheur!
s allons donc souffrir tranquilles! » Je lui
is la main qu'il couvrit de baisers en san-
ant.

soignait, pour ainsi dire, ma douleur,
me la maîtresse de la sienne. Quand
ais le matin au tombeau de mon père, je
trouvais arrosant les fleurs; dès qu'il me
ait, il s'éloignait et rentrait au logis. Il
suivait dans mes promenades; comme
ais à cheval et lui à pied, je ne voulais
ais de lui; mais, dès que j'avais fait
ut pas dans la vallée, je l'apercevais der-
re moi, son bâton à la main et s'essuyant
front. Je lui achetai un petit cheval qui
partenait à un paysan des environs, et
us nous mîmes ainsi à parcourir les bois.

Il y avait dans le village quelques person-
s de connaissance qui venaient souvent à

la maison. Ma porte leur était fermée, qu~
que j'en eusse du regret; mais je ne pou~
voir personne sans impatience. Renfe~
dans ma solitude, je pensai, au bout de qu~
que temps, à visiter les papiers de mon p~
Larive me les apporta avec un pieux ~
pect, et, détachant les liasses d'une ~
tremblante, il les étala devant moi.

Aux premières pages que je lus, je se~
au cœur cette fraîcheur qui vivifie l'air ~
tour d'un lac tranquille; la douce séré~
de l'âme de mon père s'exhalait comme ~
parfum des feuilles poudreuses à mesure ~
je les déployais. Le journal de sa vie repa~
devant moi; je pouvais compter, jour ~
jour, les battements de ce noble cœur. Il
commençai à m'ensevelir dans un rêve do~
et profond, et, malgré le caractère série~
et ferme qui dominait partout, je découv~
une grâce ineffable, la fleur paisible de ~
bonté. Pendant que je lisais, le souve~
de sa mort se mêlait sans cesse au récit ~
sa vie; je ne puis dire avec quelle tristé~
je suivais ce ruisseau limpide que j'avais ~
tomber dans l'Océan.

« O homme juste! m'écriai-je, homme sa~

rir et sans reproche! quelle candeur dans
ton expérience! Ton dévouement pour tes
amis, ta tendresse divine pour ma mère, ton
admiration pour la nature, ton amour sublime pour Dieu, voilà ta vie; il n'y a pas eu
de place dans ton cœur pour autre chose. La
neige intacte au sommet des montagnes n'est
pas plus pure que ta sainte vieillesse; tes
cheveux blancs lui ressemblaient. O père! ô
ami! donne-les-moi; ils sont plus jeunes que
ma tête blonde. Laisse-moi vivre et mourir
comme toi; je veux planter sur la terre où tu
fus le rameau vert de ma vie nouvelle; je
l'arroserai de mes larmes, et le Dieu des orphelins laissera pousser cette herbe pieuse
sur la douleur d'un enfant et sur le souvenir
d'un vieillard. »

Après avoir lu ces papiers chéris, je les
classai en ordre. Je pris alors la résolution
d'écrire aussi mon journal; j'en fis relier un
tout semblable à celui de mon père, et,
cherchant soigneusement sur le sien les
moindres occupations de sa vie, je pris à
tâche de m'y conformer. Ainsi, à chaque
instant de la journée, l'horloge qui sonnait
me faisait venir les larmes aux yeux : « Voilà,

me disais-je, ce que faisait mon père à cet
heure; » et que ce fût une lecture, une pr
menade ou un repas, je n'y manquais jama
Je m'habituai de cette manière à une vi
calme et régulière; il y avait dans cette exa
titude ponctuelle un charme infini pour m
cœur. Je me couchais avec un bien-être qu
ma tristesse même rendait plus agréab
Mon père s'occupait beaucoup de jardinag
le reste du jour, l'étude, la promenade,
juste répartition entre les exercices du cor
et ceux de l'esprit. En même temps j'hérit
de ses habitudes de bienfaisance, et cont
nuais à faire pour les malheureux ce qu
faisait lui-même. Je commençai à recherch
dans mes courses les gens qui avaient beso
de moi, il n'en manquait pas dans la vallé
Bientôt je fus connu des pauvres; le dirai-j
oui, je le dirai hardiment : là où le cœur
bon, la douleur est saine. Pour la premièr
fois de ma vie j'étais heureux; Dieu béniss
mes larmes, et la douleur m'apprenait
vertu.

CHAPITRE III

Comme je me promenais un soir dans une allée de tilleuls, à l'entrée du village, je vis sortir une jeune femme d'une maison écartée. Elle était mise très-simplement et voilée, en sorte que je ne pouvais voir son visage; cependant sa taille et sa démarche me parurent si charmantes, que je la suivis des yeux quelque temps. Comme elle traversait une prairie voisine, un chevreau blanc, qui paissait en liberté dans un champ, accourut à elle; elle lui fit quelques caresses, et regarda d'un côté et d'autre, comme pour chercher une herbe favorite à lui donner. Je vis près de moi un mûrier sauvage; j'en cueillis une branche et m'avançai en la tenant à la main. Le chevreau vint à moi à pas comptés, d'un air craintif; puis il s'arrêta, n'osant pas prendre la branche dans ma main. Sa maîtresse lui fit signe comme pour l'enhardir, mais il la regardait d'un air inquiet; elle fit quelques pas jusqu'à moi, posa la main sur

la branche, que le chevreau prit aussitôt. Je
la saluai, et elle continua sa route.

Rentré chez moi, je demandai à Larive s'il
ne savait pas qui demeurait dans le village
l'endroit que je lui indiquai; c'était une
petite maison de modeste apparence, avec un
jardin. Il la connaissait; les deux seules ha-
bitantes étaient une femme âgée, passée
pour très-dévote, et une jeune, qui se nommait madame Pierson. C'était elle que j'avais
vue. Je lui demandai qui elle était et si elle
venait chez mon père. Il me répondit qu'elle
était veuve, menait une vie retirée, et qu'il
l'avait vue quelquefois, mais rarement chez
mon père. Il n'en fut pas dit plus long, et
sortant de nouveau là-dessus, je m'en retournai à mes tilleuls, où je m'assis sur le
banc.

Je ne sais quelle tristesse me gagna tout à
coup en voyant le chevreau revenir à moi.
Je me levai, et, comme par distraction, regardant le sentier que madame Pierson avait
pris pour s'en aller, je le suivis tout en a-
vant, si bien que je m'enfonçai fort avant
dans la montagne.

Il était près de onze heures du soir lorsqu

pensai à revenir ; comme j'avais beaucoup
marché, je me dirigeai du côté d'une ferme
que j'aperçus, pour demander une tasse de
lait et un morceau de pain. En même temps
que grosses gouttes de pluie qui commençaient
à tomber annonçaient un orage que je voulais laisser passer. Quoiqu'il y eût de la lumière dans la maison et que j'entendisse aller
et venir, on ne me répondit pas quand je
frappai, en sorte que je m'approchai d'une
fenêtre pour regarder s'il n'y avait là personne.

Je vis un grand feu allumé dans la salle
basse ; le fermier, que je connaissais, était
assis près de son lit ; je frappai aux carreaux
en l'appelant. Au même instant la porte
s'ouvrit, et je fus surpris de voir madame
Pierson, que je reconnus aussitôt, et qui demanda qui était dehors.

Je m'attendais si peu à la trouver là, qu'elle
s'aperçut de mon étonnement. J'entrai dans
la chambre en lui demandant la permission
de me mettre à l'abri. Je n'imaginais pas ce
qu'elle pouvait faire à une pareille heure dans
une ferme presque perdue au milieu de la
campagne, lorsqu'une voix plaintive qui sor-

tait du lit me fit tourner la tête, et je vis q
la femme du fermier était couchée avec
mort sur le visage

Madame Pierson, qui m'avait suivi, s'ét
rassise en face du pauvre homme, qui ¡
raissait accablé de douleur; elle me fit si
de ne pas faire de bruit : la malade dormi
Je pris une chaise et m'assis dans un
jusqu'à ce que l'orage fût passé.

Pendant que je restais là, je la vis se le
de temps en temps, aller au lit, puis pa
bas au fermier. Un des enfants, que j'atti
sur mes genoux, m'apprit qu'elle venait to
les soirs depuis que sa mère était malade,
qu'elle passait quelquefois la nuit. Elle fa
sait l'office d'une sœur de charité; il n'y
avait point d'autre qu'elle dans le pays, et
seul médecin fort ignorant. « C'est Brigit
la Rose, me dit-il à voix basse; est-ce q
vous ne la connaissez pas?

— Non, lui dis-je de même; pourq
l'appelle-t-on ainsi? » Il me répondit qu
n'en savait rien, sinon que c'était peut-êt
qu'elle avait été rosière, et que le nom lui
était resté.

Cependant madame Pierson n'avait plu

un voile; je pouvais voir ses traits à découvert; au moment où l'enfant me quitta, je
levai la tête. Elle était près du lit, tenant à
la main une tasse et la présentant à la fermière, qui s'était éveillée. Elle me parut pâle
et un peu maigre; ses cheveux étaient d'un
blond cendré. Elle n'était pas régulièrement
belle; qu'en dirai-je? Ses grands yeux noirs
étaient fixés sur ceux de la malade, et ce
pauvre être près de mourir la regardait
aussi. Il y avait dans ce simple échange de
charité et de reconnaissance une beauté qui
ne se dit pas.

La pluie redoublait; une profonde obscurité pesait sur les champs déserts, que de
violents coups de tonnerre éclairaient par
instants. Le bruit de l'orage, le vent qui mu-
gissait, la colère des éléments déchaînée sur
le toit de chaume, donnaient, par leur contraste avec le silence religieux de la cabane,
un je ne sais quoi de sainteté encore et comme une grandeur étrange à la scène dont j'étais témoin.
Je regardais ce grabat, ces vitres inondées, les
bouffées de fumée épaisse renvoyées par la
tempête, l'abattement stupide du fermier, la
terreur superstitieuse des enfants, toute cette

furie au dehors assiégeant une moribon[...]
et lorsqu'au milieu de tout cela je voy[...]
cette femme douce et pâle allant et ven[...]
sur la pointe du pied, ne quittant pas d'[...]
minute son bienfait patient, ne paraiss[...]
s'apercevoir de rien, ni de la tempête, ni [...]
notre présence, ni de son courage, si[...]
qu'on avait besoin d'elle, il me semblait q[...]
y avait dans cette œuvre tranquille je ne [...]
quoi de plus serein que le plus beau ciel s[...]
nuages, et que c'était une créature surhuma[...]
que celle qui, environnée de tant d'horre[...]
ne doutait pas un seul instant de son Di[...]

« Qu'est-ce donc que cette femme? [...]
demandais-je. D'où vient-elle? depuis qu[...]
est-elle ici? Depuis longtemps, puisque [...]
se souvient de l'avoir vue rosière. Comm[...]
n'ai-je point entendu parler d'elle? Elle vi[...]
seule dans cette chaumière, à cette heu[...]
Là où le danger ne l'appellera plus, elle[...]
en chercher un autre? Oui, à travers t[...]
ces orages, toutes ces forêts, toutes ces m[...]
tagnes, elle va et vient, simple et voil[...]
portant la vie où elle manque, tenant ce [...]
petite tasse fragile, caressant sa chèvre [...]
passant. C'est de ce pas silencieux et cal[...]

qu'elle marche elle-même à la mort. Voilà ce qu'elle faisait dans cette vallée pendant que je courais les tripots ; elle y est sans doute née, et on l'y ensevelira dans un coin de cimetière, à côté de mon père bien-aimé.

Ainsi mourra cette femme obscure, dont personne ne parle et dont les enfants vous demandent : « Est-ce que vous ne la connaissez pas ? »

Je ne puis rendre ce que j'éprouvais ; j'étais immobile dans un coin, je ne respirais qu'en tremblant, et il me semblait que si j'avais essayé de l'aider, si j'avais étendu la main pour lui épargner un pas, j'aurais commis un sacrilége et touché aux vases sacrés.

L'orage dura près de deux heures. Lorsqu'il fut apaisé, la malade, s'étant mise sur son séant, commença à dire qu'elle se sentait mieux et que ce qu'elle avait pris lui faisait du bien. Les enfants accoururent aussitôt à ce lit, regardant leur mère avec de grands yeux moitié inquiets, moitié réjouis, et s'accrochant à la robe de madame Pierson.

« Je le crois bien, dit le mari, qui ne bougea pas de sa place, nous avons fait dire une messe, et il nous en a coûté gros ! »

A cette parole grossière et stupide, je regardai madame Pierson; ses yeux battus, sa
pâleur, l'attitude de son corps, montra[ient]
clairement sa fatigue, et que les veilles [l']
puisaient. « Ah! mon pauvre homme, [dit la]
malade, que Dieu te le rende! »

Je ne pouvais plus y tenir; je me [levai]
comme transporté de la sottise de ces br[uts]
qui rendaient grâce de la charité d'un [seul]
à l'avarice de leur curé; j'étais prêt à [leur]
reprocher leur plate ingratitude et à les tra[iter]
comme ils le méritaient. Madame Pie[rson]
souleva dans ses bras un des enfants d[e la]
fermière, et lui dit avec un sourire : « [Em-]
brasse ta mère, elle est sauvée. » Je m'arr[êtai]
en entendant ces mots; jamais le naïf c[on-]
tentement d'une âme heureuse et bienv[eil-]
lante ne s'est peint avec tant de franc[hise]
sur un si doux visage. Je n'y retrouvai[s plus]
tout d'un coup ni sa fatigue ni sa pâ[leur;]
elle rayonnait de toute la pureté de sa [joie,]
et elle aussi rendait grâce à Dieu. La m[alade]
venait de parler, et qu'importait ce qu[i] l'[on]
avait dit?

Cependant, quelques instants après, madame Pierson dit aux enfants de réveille[r sa]

...on de ferme, afin qu'il la reconduisît. Je
...lançai pour lui offrir mon escorte ; je lui
...qu'il était inutile de réveiller le garçon,
...que je revenais par le même chemin,
...elle me ferait honneur en acceptant.
...me demanda si je n'étais pas Octave
...***. Je lui répondis que oui, et qu'elle
...souvenait peut-être de mon père. Il me
...t singulier que cette demande la fît
...re ; elle prit mon bras gaiement, et
...partîmes.

CHAPITRE IV

...us marchions en silence ; le vent s'apai-
...les arbres frémissaient doucement en
...ant la pluie sur leurs rameaux. Quel-
...éclairs lointains brillaient encore ; un
...m de verdure humide s'élevait dans
...attiédi. Le ciel redevint bientôt pur, et
...ne éclaira la montagne.

...ne pouvais m'empêcher de penser à la
...rerie du hasard, qui, en si peu d'heures,
...aisait ainsi me trouver seul, la nuit, dans

une campagne déserte, le compagno
voyage d'une femme dont je ne connai
pas l'existence au lever du soleil. Elle i
accepté ma conduite sur le nom que je
tais, et marchait avec assurance, s'appu
sur mon bras d'un air distrait. Il me
blait que cette confiance était bien hardi
bien simple; et elle devait être en effet
et l'autre, car, à chaque pas que nou
sions, je sentais mon cœur, à côté d
devenir fier et innocent.

Nous commençâmes à nous entreten
la malade qu'elle quittait, de ce que
voyions sur la route; il ne nous vint pa
pensée de nous faire des questions comm
nouvelles connaissances. Elle me parl
mon père, et toujours sur le même ton qu
avait pris lorsque je lui en avais d'a
rappelé le souvenir, c'est-à-dire presque
ment. A mesure que je l'écoutais, je
comprendre pourquoi, et que non-seule
elle parlait ainsi de la mort, mais de la
de la souffrance et de tout au monde. C'
que les douleurs humaines ne lui enseigna
rien qui pût accuser Dieu, et je senti
piété de son sourire.

lui contai la vie solitaire que je me-
Sa tante, me dit-elle, voyait mon père
souvent qu'elle-même, ils jouaient en-
ble aux cartes l'après-dînée. Elle m'en-
à aller chez elle, où je serais le bien-

rs le milieu de la route elle se sentit fa-
ée, et s'assit quelques moments sur un
que des arbres épais avaient protégé
re la pluie. Je restai debout devant elle,
regardais sur son front les pâles rayons
a lune. Après un instant de silence, elle
va, et, me voyant distrait : « A quoi
gez-vous? me dit-elle ; il est temps de nous
ettre en marche.

— Je songeais, répondis-je, pourquoi Dieu
a créée, et je me disais qu'en effet c'était
r guérir ceux qui souffrent.

— Voilà une parole, dit-elle, qui ne peut
re être dans votre bouche autre chose
un compliment.

— Pourquoi?

— Parce que vous me paraissez bien jeune.

— Il arrive quelquefois, lui dis-je, qu'on
plus vieux que son visage.

— Oui, répondit-elle en riant, et il arrive

aussi qu'on soit plus jeune que ses paro...

— Ne croyez-vous pas à l'expérience?...

— Je sais que c'est le nom que la plup...
des hommes donnent à leurs folies et à le...
chagrins; que peut-on savoir à votre âge...

— Madame, un homme de vingt ans p...
avoir plus vécu qu'une femme de trente. ...
liberté dont les hommes jouissent les m...
bien plus vite au fond de toutes choses;...
courent sans entraves vers tout ce qui...
attire; ils essayent de tout. Dès qu'ils es...
rent, ils se mettent en marche, ils vont...
s'empressent. Arrivés au but, ils se reto...
nent; l'espérance est restée en route, et...
bonheur a manqué de parole. »

Comme je parlais ainsi, nous étions...
sommet d'une petite colline qui descend...
dans la vallée; madame Pierson, comm...
vitée par la pente rapide, se mit à ...
légèrement. Sans savoir pourquoi, j'e...
autant qu'elle; nous nous mîmes à c...
sans nous quitter le bras; l'herbe gliss...
nous entraînait. Enfin, comme deux oise...
étourdis, en sautant et en riant, nous n...
trouvâmes au bas de la montagne.

« Voyez! dit madame Pierson; j'étais fa...

tout à l'heure, maintenant je ne le suis

Et voulez-vous m'en croire? ajouta-t-

un ton charmant, traitez un peu votre

patience comme je traite ma fatigue. Nous

fait une bonne course, et nous en sou-

de meilleur appétit. »

CHAPITRE V

allai la voir le lendemain. Je la trouvai à

piano, la vieille tante brodant à la fenêtre,

petite chambre remplie de fleurs, le plus

soleil du monde dans ses jalousies, et

grande volière d'oiseaux à côté d'elle.

m'attendais à voir en elle presque une

religieuse, du moins une de ces femmes de

province qui ne savent rien de ce qui se passe

lieues à la ronde, et qui vivent dans

certain cercle dont elles ne s'écartent ja-

J'avoue que ces existences à part, qui

comme enfouies çà et là dans les villes,

des milliers de toits ignorés, m'ont tou-

effrayé comme des espèces de citernes

dormantes; l'air ne m'y semble pas viable :

dans tout ce qui est oubli sur la terre, i'r
un peu de la mort.

Madame Pierson avait sur sa table
feuilles et les livres nouveaux ; il est bien
qu'elle n'y touchait guère. Malgré la sin
cité de ce qui l'entourait, de ses meuble
ses habits, on y reconnaissait la mode, c
à-dire la nouveauté, la vie ; elle n'y tena
ne s'en mêlait, mais tout cela allait sans
Ce qui me frappa dans ses goûts, c'est
rien n'y était bizarre, mais seulement j
et agréable. Sa conversation montrait
éducation achevée ; il n'était rien dont
ne parlât bien et aisément. En même te
qu'on la voyait naïve, on la sentait profo
et riche ; une intelligence vaste et libr
planait doucement sur un cœur simple et
les habitudes d'une vie retirée. L'hirond
de mer, qui tournoie dans l'azur des cie
plane ainsi du haut de la nue sur le t
d'herbe où elle a fait son nid.

Nous parlâmes littérature, musique
presque politique. Elle était allée l'hive
Paris ; de temps en temps elle effleurait
monde ; ce qu'elle en voyait servait de thè
et le reste était deviné.

Mais ce qui la distinguait par-dessus tout,
était une gaieté qui, sans aller jusqu'à la
joie, était inaltérable; on eût dit qu'elle était
une fleur, et que son parfum était la gaieté.
Avec sa pâleur et ses grands yeux noirs, je
ne puis dire combien cela frappait, sans
compter que de temps en temps, à certains
mots, à certains regards, il était clair qu'elle
avait souffert et que la vie avait passé par
là. Je ne sais quoi vous disait en elle que la
douce sérénité de son front n'était pas venue
en ce monde, mais qu'elle l'avait reçue de
Dieu et qu'elle la lui rapporterait fidèlement,
malgré les hommes, sans en rien perdre; et
il y avait des moments où l'on se rappelait la
ménagère qui, lorsque le vent souffle, met la
main devant son flambeau.

Dès que j'eus passé une demi-heure dans
sa chambre, je ne pus m'empêcher de lui
dire tout ce que j'avais dans le cœur. Je pensai à ma vie passée, à mes chagrins, à mes
ennuis; j'allais et venais, me penchant sur les
murs, respirant l'air, regardant le soleil. Je
la priai de chanter, elle le fit de bonne grâce.
Pendant ce temps-là, j'étais appuyé à la fenêtre et je regardais sautiller ses oiseaux. Il

me revint en tête un mot de Montaigne : o
n'aime ni n'estime la tristesse, quoique
monde ait entrepris, comme à prix fait, s
l'honorer de faveur particulière. Ils en haï
lent la sagesse, la vertu, la conscience. b
et vilain ornement. »

« Quel bonheur ! m'écriai-je malgré n
quel repos ! quelle joie ! quel oubli ! »

La bonne tante leva la tête et me regar
d'un air étonné ; madame Pierson s'arr
court. Je devins rouge comme le feu, s
tant ma folie, et j'allai m'asseoir sans r
dire.

Nous descendîmes au jardin. Le chevre
blanc que j'avais vu la veille y était couc
sur l'herbe ; il vint à elle dès qu'il l'aperç
et nous suivit familièrement.

Au premier tour d'allée, un grand jeu
homme à figure pâle, enveloppé d'une esp
de soutane noire, parut tout à coup à la gril
Il entra sans sonner, et vint saluer mada
Pierson ; il me sembla que sa physionom
que je trouvai déjà de mauvais augure, s
sombrit quelque peu en me voyant. C'ét
un prêtre que j'avais vu dans le village,
qui se nommait Mercanson ; il sortait

Saint-Sulpice, et le curé de l'endroit était son
parent.

Il était à la fois gros et blême, chose qui
m'a toujours déplu, et qui en effet est déplai-
sible: c'est un contre-sens qu'une santé
maladive. En outre, il avait une manière de
parler lente et saccadée qui annonçait un
pédant. Sa démarche même, qui n'était ni
aisée ni franche, me choquait; quant au regard, on pouvait dire qu'il n'en avait pas.
Je ne sais que penser d'un homme dont les
yeux ne me disent rien. Voilà les signes sur
lesquels j'avais jugé Mercanson, et qui malheureusement ne me trompèrent pas.

Il s'assit sur un banc et commença à parler
de Paris, qu'il appelait la Babylone moderne.
Il en venait, connaissait tout le monde; il
allait chez madame de B***, qui était un ange;
il lisait des sermons dans son salon, on les
écoutait à genoux. (Le pire de la chose est
que c'était vrai.) Un de ses amis, qu'il y avait
mené, venait d'être chassé du collége pour
avoir séduit une fille, ce qui était bien affreux,
bien triste. Il fit mille compliments à madame Pierson sur les habitudes charitables
qu'elle avait contractées dans le pays; il avait

appris ses bienfaits, les soins qu'elle prend
des malades, jusqu'à veiller sur eux en per
sonne. C'était bien beau, bien pur; il
manquerait pas d'en parler à Saint-Sulpice
Ne semblait-il pas dire qu'il ne manquera p
pas d'en parler à Dieu?

Fatigué de cette harangue, pour n'en
hausser les épaules, je m'étais couché sur
gazon, et je jouais avec le chevreau. M
canson abaissa sur moi son œil terne et
vie: « Le célèbre Vergniaud, dit-il, le célèb
Vergniaud avait cette manie de s'asseoir
terre et de jouer avec les animaux.

— C'est une manie, répondis-je, bien in
cente, monsieur l'abbé. Si l'on n'en avait
de pareilles, le monde pourrait aller
seul, sans tant de gens qui veulent s'
mêler. »

Ma réponse ne lui plut pas; il fronça
sourcil et parla d'autre chose. Il était ch
d'une commission: son parent, le curé
village, lui avait parlé d'un pauvre diable
n'avait pas de quoi gagner son pain. Il
meurait à tel endroit; il y avait été lui-mêm
il s'y était intéressé; il espérait que mada
Pierson...

je la regardais pendant ce temps-là, et j'attendais qu'elle répondît, comme si le son de la voix eût dû me guérir de celle de ce prêtre. Elle ne fit qu'un profond salut, et il se retira.

Quand il fut parti, notre gaieté revint. Il s'agissait d'aller à une serre qui était au fond du jardin.

Madame Pierson traitait ses fleurs comme ses oiseaux et ses paysans, il fallait que tout se portât bien autour d'elle, que chacun eût sa goutte d'eau et son rayon de soleil, pour qu'elle pût être elle-même gaie et heureuse comme un bon ange; aussi rien n'était mieux tenu ni plus charmant que sa petite serre. Lorsque nous en eûmes fait le tour: « Monsieur de T***, me dit-elle, voilà mon petit monde; vous avez vu tout ce que je possède, et mon domaine finit là.

— Madame, lui dis-je, que le nom de mon père, qui m'a valu la faveur d'entrer ici, me permette d'y revenir, et je croirai que le bonheur ne m'a pas tout à fait oublié. »

Elle me tendit la main, et je la touchai avec respect, n'osant la porter à mes lèvres.

Le soir venu, je rentrai chez moi, ferm...
ma porte et me mis au lit. J'avais devant le...
yeux une petite maison blanche; je me voya...
sortant après dîner, traversant le village et ...
promenade, et allant frapper à la grill...
« O mon pauvre cœur ! m'écriai-je, Dieu so ...
loué ! tu es jeune encore, tu peux vivre, tu peu...
aimer ! »

CHAPITRE VI

J'étais un soir chez madame Pierson. Pl...
de trois mois s'étaient passés, durant lesque...
je l'avais vue presque tous les jours; et de ...
temps que vous en dirai-je, sinon que je l...
voyais ? « Être avec les gens qu'on aime, dit l...
Bruyère, cela suffit; rêver, leur parler, ...
leur parler point, penser à eux, penser à d...
choses plus indifférentes, mais auprès d'eu...
tout est égal. »

J'aimais. Depuis trois mois nous avio...
fait ensemble de longues promenades; j'éta...
initié dans les mystères de sa charité modest...
nous traversions les sombres allées, elle su...
un petit cheval, moi à pied, une baguette à l...

n; ainsi, moitié content, moitié rêvant,
s allions frapper aux chaumières. Il y
it un petit banc à l'entrée du bois où j'alla l'attendre après dîner; nous nous trou-
ns de cette sorte comme par hasard et
lièrement. Le matin, la musique, la
ure; le soir, avec la tante, la partie de
tes au coin du feu, comme autrefois mon
e; et toujours, en tout lieu, elle près de
lle souriant, et sa présence remplissant
n cœur. Par quel chemin, ô Providence!
vez-vous conduit au malheur? quelle des-
te irrévocable étais-je donc chargé d'ac-
plir? Quoi! une vie si libre, une intimité
charmante, tant de repos, l'espérance
ssante!... O Dieu! de quoi se plaignent
hommes? qu'y a-t-il de plus doux que
imer?

Vivre, oui, sentir fortement, profondément,
on existe, qu'on est homme, créé par Dieu,
là le premier, le plus grand bienfait de
mour. Il n'en faut pas douter, l'amour est
mystère inexplicable. De quelques chaînes,
quelques misères, et je dirai même de
elques dégoûts que le monde l'ait entouré,
t enseveli qu'il y est sous une montagne

de préjugés qui le dénaturent et le dépra[...]
à travers toutes les ordures dans lesqu[...]
on le traîne, l'amour, le vivace et fatal am[...]
n'en est pas moins une loi céleste aussi p[...]
sante et aussi incompréhensible que cell[...]
suspend le soleil dans les cieux. Qu'e[...]
que c'est, je vous le demande, qu'un lien [...]
dur, plus solide que le fer, et qu'on ne [...]
ni voir ni toucher ? Qu'est-ce que c'est qu[...]
rencontrer une femme, de la regarder, d[...]
dire un mot et de ne plus jamais l'oubl[...]
Pourquoi celle-là plutôt qu'une autre ? I[...]
quez la raison, l'habitude, les sens, la têt[...]
cœur, et expliquez, si vous pouvez. Vous[...]
trouverez que deux corps, un là, l'autre [...]
et entre eux, quoi ? l'air, l'espace, l'immen[...]
O insensés qui vous croyez des hommes et [...]
osez raisonner de l'amour ! l'avez-vous vu [...]
en parler ? Non, vous l'avez senti. Vous [...]
échangé un regard avec un être inconnu [...]
passait, et tout à coup il s'est envolé de v[...]
je ne sais quoi qui n'a pas de nom. Vous [...]
pris racine en terre, comme le grain ca[...]
dans l'herbe qui sent que la vie le soulèv[...]
qu'il va devenir une moisson.

Nous étions seuls, la croisée ouverte ; [...]

...lt au fond du jardin une petite fontaine ...tit le bruit arrivait jusqu'à nous. O Dieu ! ...voudrais compter goutte par goutte toute ...lu qui en est tombée tandis que nous étions ...s, qu'elle parlait et que je lui répondais. ...st là que je m'enivrai d'elle jusqu'à en per... la raison.

On dit qu'il n'y a rien de si rapide qu'un ...timent d'antipathie; mais je crois qu'on ...vine plus vite encore qu'on se comprend et ...'on va s'aimer. De quel prix sont alors les ...oindres mots! Qu'importe de quoi parlent ...lèvres, lorsqu'on écoute les cœurs se ré...ndre? Quelle douceur infinie dans les pre...ers regards près d'une femme qui vous ...tire! D'abord il semble que tout ce qu'on ...t en présence l'un de l'autre soit comme ...s essais timides, comme de légères épreu...s; bientôt naît une joie étrange: on sent ...'on a frappé un écho, on s'anime d'une ...ouble vie. Quel toucher! quelle approche! ...t, quand on est sûr de s'aimer, quand on a ...connu dans l'être chéri la fraternité qu'on ...cherchait, quelle sérénité dans l'âme! La ...arole expire d'elle-même; on sait d'avance ...e qu'on va se dire; les âmes s'entendent, les

lèvres se taisent. Oh! quel silence! quel oub,
de tout!

Quoique mon amour, qui avait commen,
dès le premier jour, eût augmenté jusqi
l'excès, le respect que j'avais pour madan
Pierson m'avait pourtant fermé la bouoo
Si elle m'eût admis moins facilement d t..
son intimité, j'eusse peut-être été plus hal
car elle avait produit sur moi une impr
sion si violente, que je ne la quittais jamj
sans des transports d'amour. Mais il y av v
dans sa franchise même et dans la confiat
qu'elle me témoignait, quelque chose b
m'arrêtait; en outre, c'était sur le nom
mon père qu'elle m'avait traité en ami. Ce .
considération me rendait encore plus resp-9
tueux auprès d'elle; je tenais à me mont'o
digne de ce nom.

« Parler d'amour, dit-on, c'est faire l'
mour. » Nous en parlions rarement. Tout T
les fois qu'il m'arrivait de toucher ce su 9
en passant, madame Pierson répondai b
peine et parlait d'autre chose. Je ne dér
lais pas par quel motif, car ce n'était p
pruderie; mais il me semblait quelquef
que son visage prenait dans ces occasions u

...re teinte de sévérité et même de souf-
...ce. Comme je ne lui avais jamais fait
...question sur sa vie passée, et que je ne
...vais point lui en faire, je ne lui en deman-
...ai pas plus long.

Un dimanche, on dansait au village; elle y
...allait presque toujours. Ces jours-là, sa toi-
...lette, quoique toujours simple, était plus
...élégante; c'était une fleur dans les cheveux,
...un ruban plus gai, la moindre bagatelle;
...mais il y avait dans toute sa personne un air
...plus jeune, plus dégagé. La danse, qu'elle
...aimait beaucoup pour elle-même, et fran-
...chement, comme un exercice amusant, lui
...donnait une gaieté folâtre; elle avait sa
...place sous le petit orchestre de l'endroit;
...elle y arrivait en sautant, riant avec les filles
...de campagne, qui la connaissaient presque
...toutes. Une fois lancée, elle ne s'arrêtait plus.
...Alors il me semblait qu'elle me parlait avec
...plus de liberté qu'à l'ordinaire; il y avait en
...core une familiarité inusitée. Je ne dansais
...pas, étant encore en deuil; mais je restais
...derrière elle, et, la voyant si bien disposée,
...j'avais éprouvé plus d'une fois la tentation
...de lui avouer que je l'aimais.

Mais je ne sais pourquoi, dès que j'y
sais, je me sentais une peur invincible ; d
seule idée d'un aveu me rendait tout à c
sérieux au milieu des entretiens les
gais. J'avais pensé quelquefois à lui é
mais je brûlais mes lettres dès qu
étaient à moitié.

Ce soir-là j'avais dîné chez elle, je re
dais toute cette tranquillité de son inté
je pensais à la vie calme que je men
mon bonheur depuis que je la connaiss
je me disais : « Pourquoi davantage, ce
te suffit-il pas ? Qui sait ? Dieu n'en a peu
pas fait plus pour toi. Si je lui disais qu
l'aime, qu'en arriverait-il ? elle me défen
peut-être de la voir. La rendrai-je, en
disant, plus heureuse qu'elle ne l'est au
d'hui ? en serai-je plus heureux moi-mêm

J'étais appuyé sur le piano, et, comm
faisais ces réflexions, la tristesse s'emp
de moi. Le jour baissait, elle alluma
bougie ; en revenant s'asseoir, elle vit qu'
larme s'était échappée de mes yeux. « Q
vez-vous ? » dit-elle. Je détournai la tête.

Je cherchais une excuse et n'en trou
point ; je craignais de rencontrer ses

gais. Je me levai er fus à la croisée. L'air
était doux, la lune se levait derrière l'allée
de tilleuls, celle où je l'avais vue pour la première fois. Je tombai dans une rêverie profonde, j'oubliai sa présence même, et, étendant les bras vers le ciel, un sanglot sortit
de mon cœur.

Elle s'était levée, et elle était derrière moi.
« Qu'est-ce donc? » demanda-t-elle encore. Je
répondis que la mort de mon père s'était
présentée à ma pensée à la vue de cette
allée solitaire; je pris congé d'elle et sortis.
Pourquoi j'étais déterminé à taire mon
amour, je ne pouvais m'en rendre compte.
Cependant, au lieu de rentrer chez moi, je
commençai à errer comme un fou dans le
village et dans le bois. Je m'asseyais là où
je trouvais un banc, puis je me levais précipitamment. Vers minuit je m'approchai de
la maison de madame Pierson; elle était à
sa fenêtre. En la voyant, je me sentis trembler; je voulus retourner sur mes pas; j'é-
tais comme fasciné; je vins lentement et tristement m'asseoir au-dessous d'elle.

Je ne sais si elle me reconnut; il y avait
quelques instants que j'étais là, lorsque je

l'entendis, de sa voix douce et fraîche, q̃e
ter le refrain d'une romance, et preq
aussitôt une fleur me tomba sur l'épa
C'était une rose que, le soir même, j'a .
vue sur son sein ; je la ramassai et la p⟨ s⟩
à mes lèvres.

« Qui est là, dit-elle, à cette heure? e⟨ ⟩
vous? » Elle m'appela par mon nom.

La grille du jardin était entr'ouverte
me levai sans répondre et j'y entrai. Je me
rêtai au milieu de la pelouse; je maran
comme un somnambule et sans savoir
que je faisais.

Tout à coup je la vis paraître à la porte
l'escalier; elle paraissait incertaine et reç
dait attentivement aux rayons de la lu
Elle fit quelques pas vers moi, je m'avan
Je ne pouvais parler; je tombai à gen
devant elle et saisis sa main.

« Écoutez-moi, dit-elle, je le sais : mais
c'est à ce point, Octave, il faut partir. V⟨ ⟩
venez ici tous les jours, n'êtes-vous pas
bienvenu? n'est-ce pas assez? Que puis
pour vous? mon amitié vous est acqui
j'aurais voulu que vous eussiez eu la fo
de me garder la vôtre plus longtemps, »

CHAPITRE VII

Madame Pierson, après avoir parlé ainsi, garda le silence, comme attendant une réponse. Comme je restais accablé de tristesse, elle retira doucement sa main, recula quelques pas, s'arrêta encore, puis rentra lentement chez elle.

Je demeurai sur le gazon. Je m'attendais à ce qu'elle m'avait dit ; ma résolution fut prise aussitôt, et je me décidai à partir. Je me relevai le cœur navré, mais ferme, et je fis le tour du jardin. Je regardai la maison, la fenêtre de sa chambre ; je tirai la grille en sortant, et, après l'avoir fermée, je posai mes lèvres sur la serrure.

Rentré chez moi, je dis à Larive de préparer ce qu'il fallait, et que je comptais partir dès qu'il ferait jour. Le pauvre garçon en fut étonné, mais je lui fis signe d'obéir et de ne pas questionner. Il apporta une grande malle, et nous commençâmes à tout disposer.

Il était cinq heures du matin, et le j
commençait à paraître, lorsque je me
mandai où j'irais. A cette pensée si sim
qui ne m'était pas encore venue, je me se
un découragement irrésistible. Je jetai
yeux sur la campagne, regardant çà et
l'horizon. Une grande faiblesse s'empar
moi ; j'étais épuisé de fatigue. Je m'assis
un fauteuil ; peu à peu mes idées se trou
rent ; je portai la main à mon front, il é
baigné de sueur. Une fièvre violente fa
trembler tous mes membres ; je n'eus qu
force de me traîner à mon lit avec l'aide
Larive. Toutes mes pensées étaient si con
ses, que j'avais à peine le souvenir de ce
s'était passé. La journée s'écoula ; ver
soir j'entendis un bruit d'instruments. C'é
le bal du dimanche, et je dis à Larive
aller et de voir si madame Pierson y é
Il ne l'y trouva point ; je l'envoyai
elle. Les fenêtres étaient fermées la se
vante lui dit que sa maîtresse était pa
avec sa tante, et qu'elles devaient pa
quelques jours chez un parent qui dem
rait à N***, petite ville assez éloignée.
même temps il m'apporta une lettre qu'on

remise. Elle était conçue en ces termes :

Il y a trois mois que je vous vois, et un mois que je me suis aperçue que vous preniez pour moi ce qu'à votre âge on appelle de l'amour. J'avais cru remarquer en vous la résolution de me le cacher et de vous vaincre. J'avais de l'estime pour vous, cela m'en a donné davantage. Je n'ai aucun reproche à vous faire sur ce qui s'est passé, ni de ce que la volonté vous a manqué.

Ce que vous croyez de l'amour n'est que du plaisir. Je sais que bien des femmes cherchent à l'inspirer ; il pourrait y avoir un orgueil mieux placé en elles, de faire en sorte qu'elles n'en aient pas besoin pour plaire à ceux qui les approchent ; mais cette vanité même est dangereuse, puisque j'ai eu tort de l'avoir avec vous.

Je suis plus vieille que vous de quelques années, et je vous demande de ne plus me voir. Ce serait en vain que vous tenteriez d'oublier un moment de faiblesse ; ce qui s'est passé entre nous ne peut ni être une seconde fois ni s'oublier tout à fait.

Je ne vous quitte pas sans tristesse ; je fais une absence de quelques jours ; si en re-

venant je ne vous trouve plus au pays, s
serai sensible à cette dernière marque
l'amitié et de l'estime que vous m'avez
moignées.

« Brigitte PIERSON. »

CHAPITRE VIII

La fièvre me retint une semaine au lit.
que je fus en état d'écrire, je répondis à
dame Pierson qu'elle serait obéie et
j'allais partir. Je l'écrivis de bonne foi et s
aucun dessein de la tromper ; mais je fus b
loin de tenir ma promesse. A peine avais-je
deux lieues que je criai d'arrêter et desc
dis de voiture. Je me mis à me promener
le chemin. Je ne pouvais détacher mes
gards du village que j'apercevais encore
l'éloignement. Enfin, après une irrésolu
affreuse, je sentis qu'il m'était imposs
de continuer ma route, et, plutôt que de
monter en voiture, j'aurais consenti à m
rir sur la place. Je dis au postillon de to
ner, et, au lieu d'aller à Paris, comme

...vais annoncé, je m'en fus droit à N***, où
...ait madame Pierson.

...'y arrivai à dix heures du soir. A peine
...scendu à l'auberge, je me fis indiquer par
...garçon la maison de son parent, et, sans
...léchir à ce que je faisais, je m'y rendis
...r-le-champ. Une servante vint m'ouvrir ;
...lui demandai, si madame Pierson y était,
...ller la prévenir qu'on voulait lui parler de
...part de M. Desprez. C'était le nom du curé
...notre village.

...Tandis que la servante faisait ma commis-
...on, j'étais resté dans une petite cour assez
...mbre ; comme il pleuvait, j'avançai jus-
...'à un péristyle au bas de l'escalier, qui
...était pas éclairé. Madame Pierson arriva
...entôt, précédant la servante ; elle descendit
...e, et ne me vit pas dans l'obscurité ; je fis
...pas vers elle et lui touchai le bras. Elle
...rejeta en arrière avec terreur et s'écria :
...Que me voulez-vous ? »

...Le son de sa voix était si tremblant, et,
...rsque la servante parut avec sa lumière,
...la vis si pâle, que je ne sus que penser.
...ait-il possible que ma présence inattendue
...ût troublée à ce point ? Cette réflexion me

traversa l'esprit, mais je me dis que ce n'était
sans doute qu'un mouvement de frayeur natu
rel à une femme qui se sent tout à coup saisie

Cependant, d'une voix plus calme, elle ré
péta sa ques on. « Il faut, lui dis-je, que
vous m'accordiez de vous voir encore une
fois. Je partirai, je quitte le pays ; vous serez
obéie, je vous le jure, et au delà de vos
souhaits ; car je vendrai la maison de mon
père, aussi bien que le reste, et passerai à
l'étranger. Mais ce n'est qu'à cette condition
que je vous reverrai encore une fois ; sinon
je reste ; ne craignez rien de moi, mais j'y
suis résolu. »

Elle fronça le sourcil et jeta de côté et
d'autre un regard étrange ; puis elle me ré
pondit d'un air presque gracieux : « Venez
demain dans la journée, je vous recevrai. »
Elle partit là-dessus.

Le lendemain j'y allai à midi. On m'intro
duisit dans une chambre à vieilles tapisseries
et à meubles antiques. Je la trouvai seule,
assise sur un sofa. Je m'assis en face d'elle.

« Madame, lui dis-je, je ne viens ni vous
parler de ce que je souffre, ni renier l'amour
que j'ai pour vous. Vous m'avez écrit que te

i s'était passé entre nous ne pouvait s'ou-
ier, et c'est vrai. Mais vous me dites qu'à
ause de cela nous ne pouvons plus nous
voir sur le même pied qu'auparavant, et
us vous trompez. Je vous aime, mais je ne
us ai point offensée; rien n'est changé
ur ce qui vous regarde, puisque vous ne
m'aimez pas. Si je vous revois, c'est donc
uniquement de moi qu'il faut qu'on vous ré-
ponde, et ce qui vous en répond, c'est précisément mon amour. »

Elle voulut m'interrompre.

« Permettez-moi, de grâce, d'achever. Personne mieux que moi ne sait que, malgré
tout le respect que je vous porte et en dépit
de toutes les protestations par lesquelles je
pourrais me lier, l'amour est le plus fort. Je
vous répète que je ne viens pas renier ce que
j'ai dans le cœur. Mais ce n'est pas d'aujour-
d'hui, d'après ce que vous me dites vous-
même, que vous savez que je vous aime.
Quelle raison m'a donc empêché jusqu'à présent de vous le déclarer? La crainte de vous
perdre; j'avais peur de ne plus être reçu
chez vous, et c'est ce qui arrive. Mettez-moi
pour condition qu'à la première parole que

j'en dirai, à la première occasion où il m'é
chappera un geste ou une pensée qui s'écart
du respect le plus profond, votre porte m
sera fermée ; comme je me suis tu déjà, j
me tairai à l'avenir. Vous croyez que c'e
depuis un mois que je vous aime, et c'est d
puis le premier jour. Quand vous vous en ê
aperçue, vous n'avez pas cessé de me vo
pour cela. Si vous aviez alors pour moi a
d'estime pour me croire incapable de vous
fenser, pourquoi aurais-je perdu cette esti
C'est elle que je viens vous redemander.
vous ai-je fait ? J'ai fléchi le genou ; je n'ai
même dit un mot. Que vous ai-je appr
vous le saviez déjà. J'ai été faible parce
je souffrais. Eh bien, madame, j'ai vingt
et ce que j'ai vu de la vie m'en a déjà te
ment dégoûté (je pourrais dire un mot
fort), qu'il n'y a aujourd'hui sur terre
dans la société des hommes, ni dans la
tude même, une place si petite et si insi
fiante que je veuille encore l'occuper. L
pace renfermé entre les quatre murs
votre jardin est le seul lieu au monde où
vive ; vous êtes le seul être humain qui
fasse aimer Dieu. J'avais renoncé à

tant même de vous connaître ; pourquoi
ôter le seul rayon de soleil que la Providence m'ait laissé? Si c'est par crainte, en
quoi ai-je pu vous en inspirer? Si c'est par
aversion, de quoi me suis-je rendu coupable?
Si c'est par pitié et parce que je souffre, vous
vous trompez de croire que je puisse guérir ;
je le pouvais peut-être, il y a deux mois ; j'ai
mieux aimé vous voir et souffrir, et ne m'en
repens pas, quoi qu'il arrive. Le seul malheur qui puisse m'atteindre, c'est de vous
perdre. Mettez-moi à l'épreuve. Si jamais
j'en viens à sentir qu'il y a pour moi trop de
souffrances dans notre marché, je partirai ;
vous en êtes bien sûre, puisque vous me
renvoyez aujourd'hui et que je suis prêt à
partir. Quel risque courez-vous en me donnant encore un mois ou deux du seul bonheur que j'aurai jamais? »

J'attendais sa réponse. Elle se leva brus-
quement, puis se rassit. Elle garda un moment le silence. « Soyez-en persuadé, dit-elle,
cela n'est pas ainsi. » Je crus m'apercevoir
qu'elle cherchait des expressions qui ne pa-
russent pas trop sévères, et qu'elle voulait
me répondre avec douceur.

« Un mot, lui dis-je en me levant, un mot
et rien de plus. Je sais qui vous êtes, et, s',
y a pour moi quelque compassion dans votre
cœur, je vous en remercie; dites un mot! c
moment décide de ma vie. »

Elle secouait la tête; je la vis hésiter. «Vou
croyez que j'en guérirai? m'écriai-je; qu
Dieu vous laisse cette pensée, si vous m
chassez d'ici... »

En disant ces mots, je regardais l'horizon
et je sentais jusqu'au fond de l'âme une s
horrible solitude à l'idée que j'allais partir
que mon sang se glaçait. Elle me vit debout, le
yeux sur elle, attendant qu'elle parlât; toute
les forces de ma vie étaient suspendues à se
lèvres.

« Eh bien, dit-elle, écoutez-moi. Ce voyag
que vous avez fait est une imprudence; il n
faut pas que ce soit pour moi que vous soye
venu ici; chargez-vous d'une commission qu
je vous donnerai pour un ami de ma famille
Si vous trouvez que c'est un peu loin, que c
soit pour vous l'occasion d'une absence qu
durera ce que vous voudrez, mais qui ne ser
pas trop courte. Quoi que vous en disiez
ajouta-t-elle en souriant, un petit voyage vous

...era. Vous vous arrêterez dans les Vosges,
...ous irez jusqu'à Strasbourg. Que dans un
..., dans deux mois, pour mieux dire, vous
...niez me rendre compte de ce dont on
...s chargera; je vous reverrai et vous ré-
...drai mieux. »

CHAPITRE IX

...e reçus le soir même, de la part de ma-
...e Pierson, une lettre à l'adresse de M. R.
...à Strasbourg. Trois semaines après, ma
...mission était faite et j'étais revenu.
...e n'avais pensé qu'à elle pendant mon
...age, et je perdais toute espérance de l'ou-
...r jamais. Cependant mon parti était pris
...e taire devant elle; le danger que j'avais
...ru de la perdre par l'imprudence que
...ais commise m'avait fait souffrir trop
...ellement pour que j'eusse l'idée de m'y
...oser de nouveau. L'estime que j'avais pour
...e ne me permettait pas de croire qu'elle ne
...pas de bonne foi, et je ne voyais, dans la
...marche qu'elle avait faite de quitter le

pays, rien qui ressemblât à de l'hypocri
En un mot, j'avais la ferme persuasion qu
la première parole d'amour que je lui dir
sa porte me serait fermée.

Je la retrouvai maigrie et changée. Son so
rire habituel paraissait languissant sur s
lèvres décolorées. Elle me dit qu'elle avait é
souffrante.

Il ne fut point question de ce qui s'é
passé. Elle avait l'air de ne pas vouloir s
souvenir, et je ne voulais pas en parler. No
reprîmes bientôt nos premières habitude
voisinage ; cependant il y avait entre no
une certaine gêne, et comme une fami
rité composée. Il semblait que nous nous
sions parfois : « Il en était ainsi auparava
qu'il en soit donc encore de même. » E
m'accordait sa confiance comme une réha
litation qui n'était pas sans charmes pour m
Mais nos entretiens étaient plus froids
cette raison même que nos regards avai
pendant que nous parlions, une conversa
tacite. Dans tout ce que nous pouvions di
il n'y avait plus à deviner. Nous ne cherch
plus, comme auparavant, à pénétrer d
l'esprit l'un de l'autre ; il n'y avait plus u

térêt de chaque mot, de chaque sentiment, une estimation curieuse d'autrefois ; elle me traitait avec bonté, mais je me défiais de sa bonté même ; je me promenais avec elle au jardin, mais je ne l'accompagnais plus hors de la maison ; nous ne traversions plus ensemble les bois et les vallées ; elle ouvrait le piano quand nous étions seuls ; le son de sa voix n'éveillait plus dans mon cœur ces élans de jeunesse, ces transports de joie qui sont comme des sanglots pleins d'espérance. Quand je sortais, elle me tendait toujours sa main, mais je la sentais inanimée ; il y avait beaucoup d'efforts dans notre aisance, beaucoup de réflexions dans nos moindres propos, beaucoup de tristesse au fond de tout cela.

Nous sentions bien qu'il y avait un tiers entre nous : c'était l'amour que j'avais pour elle. Rien ne le trahissait dans mes actions, mais il parut bientôt sur mon visage : je perdis ma gaieté, ma force, et l'apparence de santé que j'avais sur les joues. Un mois ne s'était pas encore écoulé, que je ne ressemblais plus à moi-même.

Cependant, dans nos entretiens, j'insistais toujours sur mon dégoût du monde, sur l'a-

version que j'éprouvais d'y rentrer jamais, m
prenais à tâche de faire sentir à madame P
son qu'elle ne devait pas se reprocher
m'avoir reçu de nouveau. Tantôt je lui
gnais ma vie passée sous les couleurs les p
sombres, et lui donnais à entendre que, b
fallait me séparer d'elle, je resterais liv
une solitude pire que la mort ; je lui disais
j'avais la société en horreur, et le récit fi
de ma vie, que je lui avais fait, lui prouv
que j'étais sincère. Tantôt j'affectais
gaieté qui était bien loin de mon cœur, p
lui dire qu'en me permettant de la voir
m'avait sauvé du plus affreux malheur ; je
remerciais presque à chaque fois que j'al
chez elle, afin d'y pouvoir retourner le soi
le lendemain. « Tous mes rêves de bonhe
lui disais-je, toutes mes espérances, to
mon ambition, sont renfermés dans ce p
coin de terre que vous habitez ; hors de l'b
que vous respirez, il n'y a point de vie p
moi. »

Elle voyait ce que je souffrais, et ne pouvq
s'empêcher de me plaindre. Mon courage
faisait pitié ; et il se répandait sur toutes
paroles, sur ses gestes même et sur son an

quand j'étais là, une sorte d'attendris-
ment. Elle sentait la lutte qui se faisait en
moi; mon obéissance flattait son orgueil,
et ma pâleur réveillait en elle son instinct
secret de charité. Je la voyais parfois irri-
tée presque coquette; elle me disait d'un air
presque mutin : « Je n'y serai pas demain,
ne venez pas tel jour. » Puis, comme je me
faisais triste et résigné, elle s'adoucissait
tout à coup; elle ajoutait : « Je n'en sais rien,
venez toujours; ou bien son adieu était plus
familier, elle me suivait jusqu'à la grille d'un
regard plus triste et plus doux.

« N'en doutez pas, lui disais-je, c'est la
Providence qui m'a mené à vous. Si je ne
vous avais pas connue, peut-être, à l'heure qu'il
est, serais-je retombé dans mes désordres.
Dieu vous a envoyée comme un ange de lumière, pour me retirer de l'abîme. C'est une
mission sainte qui vous est confiée; qui sait,
si vous perdais, où pourraient me conduire
le chagrin qui me dévorerait, l'expérience funeste que j'ai à mon âge, et le combat terrible
de ma jeunesse avec mon ennui? »

Cette pensée, bien sincère en moi, était de
la plus grande force sur une femme d'une

dévotion exaltée et d'une âme aussi pie
qu'ardente. Ce fut peut-être pour cette
cause que madame Pierson me permit de
voir.

Je me disposais un jour à aller chez
lorsqu'on frappa à ma porte, et je vis
Mercanson, ce même prêtre que j'avais
contré dans son jardin à ma première
Il commença par des excuses, aussi enn
ses que lui, sur ce qu'il se présentait
chez moi sans me connaître; je lui dis
le connaissais très-bien pour le neveu
notre curé, et lui demandai ce dont il
gissait.

Il tournait de côté et d'autre d'un a
prunté, cherchant ses phrases et toucha
bout du doigt tout ce qui se trouvait su
table, comme un homme qui ne sait
dire. Enfin il m'annonça que madame P
était malade, et qu'elle l'avait chargé de
vertir qu'elle ne pourrait me revoir
journée.

« Elle est malade? Mais je l'ai quittée
assez tard, et elle se portait bien ! »

Il fit un salut. « Mais, monsieur
pourquoi, si elle est malade, me l'en

par un tiers? Elle ne demeure pas si loin, il importait peu de me laisser faire une chose inutile. »

Même réponse de Mercanson. Je ne pouvais comprendre pourquoi cette démarche de ma part, encore moins cette commission dont on l'avait chargé. « C'est bien, lui dis-je, je verrai demain, et elle m'expliquera cela. »

Ses hésitations recommencèrent : « Madame Pierson lui avait dit en outre... il devait dire... il s'était chargé...

— Eh! de quoi donc? m'écriai-je impatienté.

— Monsieur, vous êtes violent. Je pense que madame Pierson est assez gravement malade; elle ne pourra vous voir de toute la semaine. »

Nouveau salut; et il sortit.

Il était clair que cette visite cachait quelque mystère : ou madame Pierson ne voulait plus me voir, et je ne savais à quoi l'attribuer; ou Mercanson s'entremettait de son propre mouvement.

Je laissai passer la journée; le lendemain, de bonne heure, je m'en fus à la porte, où je

rencontrai la servante; mais elle me [...]
qu'en effet sa maîtresse était fort malade[...]
quoi que je pusse faire, elle ne voulut [...]
prendre l'argent que je lui offris, ni écou[...]
mes questions.

Comme je rentrais au village, je vis pré[...]
sément Mercanson sur la promenade; il ét[...]
entouré des enfants de l'école à qui son on[...]
faisait la leçon. Je l'abordai au milieu de [...]
harangue et le priai de me dire deux mots[...]

Il me suivit jusqu'à la place; mais c'é[...]
à mon tour d'hésiter, car je ne savais co[...]
ment m'y prendre pour tirer de lui son [...]
cret. « Monsieur, lui-dis-je, je vous supp[...]
de me dire si ce que vous m'avez appris [...]
est la vérité, ou s'il y a quelque autre mo[...]
Outre qu'il n'y a point dans le pays de méd[...]
cin qui puisse être appelé, j'ai des raiso[...]
d'une grande importance pour vous dema[...]
der ce qui en est. »

Il se défendit de toutes les façons, préte[...]
dant que madame Pierson était malade[...]
qu'il ne savait autre chose, sinon qu'e[...]
l'avait envoyé chercher et chargé d'a[...]
m'avertir, comme il s'en était acquitté. [...]
pendant, tout en parlant, nous étions arri[...]

haut de la grand'rue, dans un endroit désert. Voyant que ni la ruse ni la prière ne servaient de rien, je me retournai tout à coup et lui pris les deux bras.

« Qu'est-ce à dire, monsieur ? Voulez-vous user de violence ?

— Non, mais je veux que vous me parliez.

— Monsieur, je n'ai peur de personne, et je vous ai dit ce que je devais.

— Vous avez dit ce que vous deviez et non ce que vous savez. Madame Pierson n'est point malade ; je le sais, j'en suis sûr.

— Qu'en savez-vous ?

— La servante me l'a dit. Pourquoi me ferme-t-elle sa porte, et pourquoi est-ce vous qu'elle en charge ? »

Mercanson vit passer un paysan. « Pierre ! cria-t-il par son nom, attendez-moi, j'ai à vous parler. »

Le paysan s'approcha de nous : c'était tout ce qu'il demandait, pensant bien que devant un tiers je n'oserais le maltraiter. Je le lâchai en effet, mais si rudement, qu'il en recula, et que son dos frappa contre un arbre. Il serra le poing et partit sans mot dire.

Je passai toute la semaine dans une agita-

tion extrême, allant trois fois le jour ch
madame Pierson, et constamment refusé
sa porte. Je reçus d'elle une lettre; elle n
disait que mon assiduité faisait jaser dans
pays, et me priait que mes visites fusse
plus rares dorénavant. Pas un mot, du rest
de Mercanson ni de sa maladie.

Cette précaution lui était si peu naturelle
contrastait d'une manière si étrange avec
fierté indifférente qu'elle témoignait po
toute espèce de propos de ce genre, que j'e
d'abord peine à y croire. Ne sachant cepe
dant quelle autre interprétation trouver,
lui répondis que je n'avais rien tant à cœ
que de lui obéir. Mais, malgré moi, les e
pressions dont je me servis se ressentaie
de quelque amertume.

Je retardai même volontairement le jo
où il m'était permis de l'aller voir, et n'e
voyai point demander de ses nouvelles, al
de la convaincre que je ne croyais point à
maladie. Je ne savais par quelle raison el
m'éloignait ainsi; mais j'étais, en vérité,
malheureux, que je pensais parfois sérieuse
ment à en finir avec cette vie insupportabl
Je demeurais des journées entières dans l

...bs ; le hasard l'y fit me rencontrer un jour, ...dis un état à faire pitié.

...e fut à peine si j'eus le courage de lui ...mander quelques explications ; elle n'y répondit pas franchement, et je ne revins plus ...ce sujet. J'en étais réduit à compter les ...jours que je passais loin d'elle et à vivre des ...semaines sur l'espoir d'une visite. A tout ...moment je me sentais l'envie de me jeter à ...genoux et de lui peindre mon désespoir. ...me disais qu'elle ne pourrait y être insensible, qu'elle me payerait du moins de quelques paroles de pitié ; mais, là-dessus, son ...brusque départ et sa sévérité me revenaient ; ...tremblais de la perdre, et j'aimais mieux ...mourir que de m'y exposer.

...Ainsi, n'ayant pas même la permission d'a_ ...mer ma peine, ma santé achevait de se ...truire. Mes pieds ne me portaient chez ...e qu'à regret : je sentais que j'allais y pui ...er des sources de larmes, et chaque visite ...en coûtait de nouvelles ; c'était un déchi ...ment comme si je n'eusse plus dû la revoir ...aque fois que je la quittais.

...De son côté, elle n'avait plus avec moi ni ...même ton ni la même aisance qu'aupara-

vant; elle parlait de projets de voyage; et
affectait de me confier légèrement des envies
qui lui prenaient, disait-elle, de quitter le
pays, et me rendaient plus mort que vi
quand je les entendais. Si elle se livrait u
instant à un mouvement naturel, elle se je
jetait aussitôt dans une froideur désespé
rante. Je ne pus m'empêcher un jour de ple
rer de douleur devant elle de la manière
dont elle me traitait. Je l'en vis pâlir malgu
elle. Comme je sortais, elle me dit à la por y
« Je vais demain à Sainte-Luce (c'était is
village des environs), et c'est trop loin po r
aller à pied. Soyez ici à cheval de bon matin
si vous n'avez rien à faire : vous m'accompro
gnerez. »

Je fus exact au rendez-vous, comme n
peut le penser. Je m'étais couché sur à
parole avec des transports de joie; mais le
sortant de chez moi, j'éprouvai, au contrair
une tristesse invincible. En me rendai al
privilége que j'avais perdu de l'accompa sq
dans ses courses solitaires, elle avait a ti
clairement à une fantaisie qui me p u
cruelle, si elle ne m'aimait pas. Elle sa
vait que je souffrais; pourquoi abuser o

on courage si elle n'avait pas changé d'avis? Cette réflexion, que je fis malgré moi, me rendit tout autre qu'à l'ordinaire. Lorsqu'elle monta à cheval, le cœur me battit quand je lui pris le pied; je ne sais si c'était de désir ou de colère. « Si elle est touchée, me dis-je à moi-même, pourquoi tant de réserve? si elle n'est que coquette, pourquoi tant de fierté? »

Tels sont les hommes. A mon premier mot, elle s'aperçut que je regardais de travers et que mon visage était changé. Je ne lui parlai pas et je pris l'autre côté de la rue. Tant que nous fûmes dans la plaine, elle parut tranquille et tournait seulement la tête de temps en temps pour voir si je la suivais; mais, lorsque nous entrâmes dans la forêt et que le pas de nos chevaux commença à retentir sous les sombres allées, parmi les roches solitaires, je la vis trembler tout à coup. Elle s'arrêtait comme pour m'attendre, car je me tenais un peu derrière elle; dès que je la rejoignais, elle prenait le galop. Bientôt nous arrivâmes sur le penchant de la montagne, et il fallut aller au pas. Je vins alors me mettre à côté

d'elle ; mais nous baissions tous deux la tê
il était temps, je lui pris la main.

« Brigitte, lui dis-je, vous ai-je fatiguée
mes plaintes ? Depuis que je suis reve
que je vous vois tous les jours et que tous
soirs, en rentrant, je me demande quand
faudra mourir, vous ai-je importunée ?
puis deux mois que je perds le repos, la fo
et l'espérance, vous ai-je dit un mot de
fatal amour qui me dévore et qui me t
ne le savez-vous pas? Levez la tête; faut
vous le dire ? Ne voyez-vous pas que
souffre et que mes nuits se passent à pleur
n'avez-vous pas rencontré quelque part d
ces forêts sinistres un malheureux assis
deux mains sur son front? n'avez-vous jam
trouvé de larmes sur ces bruyères? Reg
dez-moi, regardez ces montagnes; vous s
venez-vous que je vous aime? Ils le sav
eux, ces témoins; ces rochers, ces dése
le savent. Pourquoi m'amener devant e
ne suis-je pas assez misérable? ai-je man
maintenant de courage? êtes-vous a
obéie? A quelle épreuve, à quelle tor
suis-je soumis, et pour quel crime? Si v
ne m'aimez pas, que faites-vous ici?

— Partons, dit-elle, ramenez-moi, retournons sur nos pas. » Je saisis la bride de son cheval.

« Non, répondis-je, car j'ai parlé. Si nous retournons, je vous perds, je le sais ; en rentrant chez vous, je sais d'avance ce que vous me direz. Vous avez voulu voir jusqu'où allait ma patience, vous avez mis ma douleur au jeu, peut-être pour avoir le droit de me laisser ; vous étiez lasse de ce triste amant qui souffrait sans se plaindre et qui buvait avec résignation le calice amer de vos dédains ! vous saviez que, seul avec vous, à l'aspect de ces bois, en face de ces solitudes où mon amour a commencé, je ne pourrais garder le silence ! vous avez voulu être offensée : eh bien, madame, que je vous perde ! j'ai assez pleuré, j'ai assez souffert, j'ai assez refoulé dans mon cœur l'amour insensé qui me ronge ; vous avez eu assez de cruauté ! »

Comme elle fit un mouvement pour sauter à bas de cheval, je la pris dans mes bras et collai mes lèvres sur les siennes. Mais, au même instant, je la vis pâlir, ses yeux se fermèrent, elle lâcha la bride qu'elle tenait et glissa à terre.

« Dieu de bonté ! m'écriai-je, elle m'aime!
Elle m'avait rendu mon baiser.

Je mis pied à terre et courus à elle. El
était étendue sur l'herbe. Je la soulevai, el
ouvrit les yeux ; une terreur subite la 1
frissonner tout entière ; elle repoussa m
main avec force, fondit en larmes et m'
chappa.

J'étais resté au bord du chemin ; je la r
gardais, belle comme le jour, appuyée co
tre un arbre, ses longs cheveux tombant s
ses épaules, ses mains irritées et trembla
tes, ses joues couvertes de rougeur, tout
brillantes de pourpre et de perles. « l
m'approchez pas ! criait-elle, ne faites p
un pas vers moi !

— O mon amour ! lui dis-je, ne craign
rien ; si je vous ai offensée tout à l'heure, vo
pouvez m'en punir ; j'ai eu un moment
rage et de douleur ; traitez-moi comme vo
voudrez, vous pouvez partir maintenan
m'envoyer où il vous plaira ; je sais que vo
m'aimez, Brigitte, vous êtes plus en sûre
ici que tous les rois dans leurs palais. »

Madame Pierson, à ces paroles, fixa s
moi ses yeux humides ; j'y vis le bonheur

...rie venir à moi dans un éclair. Je traver-
...a route et allai me mettre à genoux de-
...le elle. Qu'il aime peu, celui qui peut dire
...quelles paroles s'est servie sa maîtresse
...r lui avouer qu'elle l'aimait !

CHAPITRE X

...j'étais joaillier et si je prenais dans mon
...or un collier de perles pour en faire un
...sent à un ami, il me semble que j'aurais
...grande joie à le lui poser moi-même au-
...r du cou ; mais, si j'étais l'ami, je mour-
...plutôt que d'arracher le collier des
...ns du joaillier.

...ai vu que la plupart des hommes pres-
...t de se donner la femme qui les aime ; et
...toujours fait le contraire, non par calcul,
...par un sentiment naturel. La femme
...aime un peu et qui résiste n'aime pas
...ez, et celle qui aime assez et qui résiste
...qu'elle est moins aimée.

...Madame Pierson me témoigna plus de
...fiance, après m'avoir avoué qu'elle m'ai-

mait, qu'elle ne m'en avait jamais montr..
Le respect que j'avais pour elle lui insp..
une si douce joie, que son beau visage en c
vint comme une fleur épanouie ; je la voy..
quelquefois s'abandonner à une gaieté fol..
puis tout à coup s'arrêter pensive, affecta..
à certains moments, de me traiter presq..
en enfant, puis me regardant les yeux ple..
de larmes ; imaginant mille plaisanter..
pour se donner le prétexte d'un mot p..
familier ou d'une caresse innocente, puis..
quittant pour s'asseoir à l'écart et s'aba..
donner à des rêveries qui la saisissaient...
a-t-il au monde un plus doux spectacl..
Quand elle revenait à moi, elle me trouv..
sur son passage, dans quelque allée d'où..
l'avais observée de loin. « O mon amie!..
disais-je, Dieu lui-même se réjouit de v..
combien vous êtes aimée. »

Je ne pouvais pourtant lui cacher ni..
violence de mes désirs, ni ce que je souffr..
en luttant contre eux. Un soir que j'éta..
chez elle, je lui dis que j'avais appris le m..
tin la perte d'un procès important pour..
et qui apportait dans mes affaires un cha..
gement considérable. « Comment se fait-..

demanda-t-elle, que vous me l'annonciez en riant ? »

« Il y a, lui dis-je, une maxime d'un poëte persan : « Celui qui est aimé d'une belle femme est à l'abri des coups du sort. »

Madame Pierson ne me répondit pas ; elle se montra toute la soirée plus gaie encore que de coutume. Comme je jouais aux cartes avec sa tante et que je perdais, il n'y eut sorte de malice qu'elle n'employât pour me jouer, disant que je n'y entendais rien et riant toujours contre moi, si bien qu'elle me gagna tout ce que j'avais dans ma bourse. Quand la vieille dame se fut retirée, elle s'en alla sur le balcon, et je l'y suivis en silence. Il faisait la plus belle nuit du monde : la lune se couchait, et les étoiles brillaient d'une clarté plus vive sur un ciel d'un azur foncé. Pas un souffle de vent n'agitait les arbres, l'air était tiède et embaumé.

Elle était appuyée sur son coude, les yeux au ciel ; je m'étais penché à côté d'elle, et je la regardais rêver. Bientôt je levai les yeux moi-même ; une volupté mélancolique nous enivrait tous deux. Nous respirions ensemble les tièdes bouffées qui sortaient des char-

milles : nous suivions au loin dans l'es
les dernières lueurs d'une blancheur
que la lune entraînait avec elle en dés
dant derrière les masses noires des mar
niers. Je me souvins d'un certain jour
j'avais regardé avec désespoir le vide
mense de ce beau ciel ; ce souvenir m
tressaillir ; tout était si plein maintenant
sentis qu'un hymne de grâce s'élevait
mon cœur et que notre amour monta
Dieu. J'entourai de mon bras la taille de
chère maîtresse ; elle tourna doucemen
tête : ses yeux étaient noyés de larmes.
corps plia comme un roseau, ses lèvres
tr'ouvertes tombèrent sur les miennes,
l'univers fut oublié.

CHAPITRE XI

Ange éternel des nuits heureuses, qui
contera ton silence ? O baiser ! mystéri
breuvage que les lèvres se versent com
des coupes altérées ! ivresse des sens, ô
lupté ! oui, comme Dieu, tu es immorte

me élan de la créature, communion
rselle des êtres, volupté trois fois sainte,
tt dit de toi ceux qui t'ont vantée? ils
appelée passagère, ô créatrice! et ils
it que ta courte apparence illuminait
vie fugitive. Parole plus courte elle-
e que le souffle d'un moribond! vraie
le de brute sensuelle, qui s'étonne de
une heure, et qui prend les clartés de
mpe éternelle pour une étincelle qui sort
caillou! Amour, ô principe du monde!
me précieuse que la nature entière,
me une vestale inquiète, surveille inces-
ment dans le temple de Dieu! foyer de
par qui tout existe! les esprits de des-
tion mourraient eux-mêmes en soufflant
oi! Je ne m'étonne pas qu'on blasphème
nom; car ils ne savent qui tu es, ceux
croient t'avoir vu en face parce qu'ils ont
ert les yeux; et, quand tu trouves tes
s apôtres, unis sur terre dans un baiser,
rdonnes à leurs paupières de se fermer
me des voiles, afin qu'on ne voie pas le
heur,

ais vous, délices, sourires languissants,
mières caresses, tutoiement timide, pre-

miers bégayements de l'amante, vous qu
peut voir, vous qui êtes à nous ! êtes-v
donc moins à Dieu que le reste, beaux c
rubins qui planez dans l'alcôve et qui ra
nez à ce monde l'homme éveillé du so
divin ! Ah ! chers enfants de la volu
comme votre mère vous aime ! C'est vo
causeries curieuses, qui soulevez les prem
mystères, touchers tremblants et chas
encore, regards déjà insatiables, qui co
mencez à tracer dans le cœur, comme n
ébauche craintive, l'ineffaçable image de
beauté chérie ! O royaume ! ô conquête ! c
vous qui faites les amants. Et toi, vrai d
dème, toi, sérénité du bonheur ! prem
regard reporté sur la vie, premier retour
heureux à tant d'objets indifférents, qu'ils
voient plus qu'à travers leur joie, premi
pas faits dans la nature à côté de la bi
aimée ! qui vous peindra ? quelle parole h
maine exprimera jamais la plus faible o
resse ?

Celui qui, par une fraîche matinée, da
la force de la jeunesse, est sorti un jour à p
lents, tandis qu'une main adorée fermait s i
lui la porte secrète ; qui a marché sans savo

regardant les bois et les plaines; qui a
traversé une place sans entendre qu'on lui
parlait; qui s'est assis dans un lieu solitaire,
riant et pleurant sans raison; qui a posé ses
mains sur son visage pour y respirer un
reste de parfum; qui a oublié tout à coup ce
qu'il avait fait sur la terre jusqu'alors; qui a
parlé aux arbres de la route et aux oiseaux
qu'il voyait passer; qui, enfin, au milieu des
hommes, s'est montré un joyeux insensé,
lui qui est tombé à genoux et qui en a re-
mercié Dieu; celui-là mourra sans se plaindre: il a possédé la femme qu'il aimait.

QUATRIÈME PARTIE

CHAPITRE PREMIER

J'ai à raconter maintenant ce qui advint de mon amour et le changement qui se fit en moi. Quelle raison puis-je en donner? Aucune, sinon que je raconte et que je puis dire : « C'est la vérité. »

Il y avait deux jours, ni plus ni moins, que j'étais l'amant de madame Pierson. Je sortis du bain à onze heures du soir, et par une nuit magnifique je traversais la promenade pour me rendre chez elle. Je me sentais un tel bien-être dans le corps et tant de contentement dans l'âme, que je sautais de joie en marchant et que je tendais les bras au ciel. Je la trouvai en haut de son escalier, accoudée sur la rampe, une bougie par terre à

côté d'elle. Elle m'attendait, et, dès qu'el
m'aperçut, courut à ma rencontre. Noi
fûmes bientôt dans sa chambre, et les ve
rous tirés sur nous.

Elle me montrait comme elle avait chanç
sa coiffure, qui me déplaisait, et comme el
avait passé la journée à faire prendre à s
cheveux le tour que je voulais; comme el
avait ôté de l'alcôve un grand vilain cad
noir qui me semblait sinistre, comme el
avait renouvelé ses fleurs, et il y en avait
tous côtés; elle me contait tout ce qu'el
avait fait depuis que nous nous connaission
ce qu'elle m'avait vu souffrir, ce qu'elle ava
souffert elle-même; comme elle avait vou
mille fois quitter le pays et fuir son amou
comme elle avait imaginé tant de précautioi
contre moi; qu'elle avait pris conseil de
tante, de Mercanson et du curé; qu'el
s'était juré à elle-même de mourir plutôt qu
de céder, et comme tout cela s'était envo
sur un certain mot que je lui avais dit, si
tel regard, sur telle circonstance; et,
chaque confidence, un baiser. Ce que je tro
vais, de mon goût dans sa chambre, ce q
avait attiré mon attention parmi les bag

dont ses tables étaient couvertes, voulait me le donner, que je l'empor- le soir même et que je le misse sur cheminée; ce qu'elle ferait dorénavant, matin, le soir, à toute heure, que je le asse à mon plaisir, et qu'elle ne se sou- de rien; que les propos du monde ne la chaient pas; que, si elle avait fait blant d'y croire, c'était pour m'éloigner; qu'elle voulait être heureuse et se bou- les deux oreilles; qu'elle venait d'avoir ans, qu'elle n'avait pas longtemps à aimée de moi. « Et vous, m'aimerez-vous temps? Est-ce un peu vrai, ces belles oles dont vous m'avez si bien étourdie? » à-dessus les chers reproches que je ve- tard et que j'étais coquet; que je m'étais parfumé au bain, ou pas assez, ou pas guise, qu'elle était restée en pantoufles que je visse son pied nu, et qu'il était si blanc que sa main; mais que du reste n'était guère belle; qu'elle voudrait l'être fois plus; qu'elle l'avait été à quinze Elle allait et elle venait, toute folle amour, toute vermeille de joie; et elle ne sait qu'imaginer, quoi faire, quoi dire,

pour se donner et se donner encore, corps et
âme, et tout ce qu'elle avait.

J'étais couché sur le sofa ; je sentais tomber
et se détacher de moi une mauvaise heure de
ma vie passée, à chaque mot qu'elle disait.
Je regardais l'astre de l'amour se lever sur
mon champ, et il me semblait que j'étais
comme un arbre plein de séve qui secoue au
vent ses feuilles sèches pour se revêtir d'une
verdure nouvelle.

Elle se mit au piano, et me dit qu'elle allait
me jouer un air de Stradella. J'aime par
dessus tout la musique sacrée, et ce morceau
qu'elle m'avait déjà chanté, m'avait paru
très-beau. « Eh bien, dit-elle quand elle
eut fini, vous vous y êtes bien trompé,
l'air est de moi, et je vous en ai fait accroire.

— Il est de vous ?

— Oui, et je vous ai conté qu'il était de
Stradella pour voir ce que vous en diriez. Je
ne joue jamais ma musique, quand il m'arrive
d'en composer ; mais j'ai voulu faire un essai,
et vous voyez qu'il m'a réussi, puisque vous
en étiez la dupe. »

Monstrueuse machine que l'homme ! Que

fait-il de plus innocent? Un enfant un peu
rusé eût imaginé cette ruse pour surprendre
son précepteur. Elle en riait de bon cœur en
me le disant; mais je sentis tout à coup
comme un nuage qui fondait sur moi; je changeai de visage: « Qu'avez-vous, dit-elle, qui
vas prend?

— Rien ; jouez-moi cet air encore une
fois. »

Tandis qu'elle jouait, je me promenais de
long en large; je passais la main sur mon
front comme pour en écarter un brouillard,
je frappais du pied, je haussais les épaules de
ma propre démence; enfin je m'assis à terre
sur un coussin qui était tombé ; elle vint à
moi. Plus je voulais lutter avec l'esprit de ténèbres qui me saisissait en ce moment, plus
épaisse nuit redoublait dans ma tête. « Vraiment, lui dis-je, vous mentez si bien? Quoi!
cet air de vous? vous savez donc mentir si
aisément? »

Elle me regarda d'un air étonné. « Qu'est-ce
donc? » dit-elle. Une inquiétude inexprimable
se peignit sur ses traits. Assurément elle ne
pouvait me croire assez fou pour lui faire un
reproche véritable d'une plaisanterie aussi

simple ; elle ne voyait là de sérieux que la
tristesse qui s'emparait de moi ; mais plus la
cause en était frivole, plus il y avait de qu
surprendre. Elle voulut croire un instant qu
je plaisantais à mon tour ; mais, quand el
me vit toujours plus pâle et comme prê
défaillir, elle resta les lèvres ouvertes
corps penché, comme une statue « Dieu d
ciel ! s'écria-t-elle, est-ce possible ? »

Tu souris peut-être, lecteur, en lisant cet
page ; moi qui l'écris, j'en frémis encore. L
malheurs ont leurs symptômes comme l
maladies, et il n'y a rien de si redoutable
mer qu'un petit point noir à l'horizon.

Cependant, quand le jour parut, ma chè
Brigitte tira au milieu de la chambre
petite table ronde en bois blanc ; elle y po
de quoi souper, ou pour mieux dire de q
déjeuner, car déjà les oiseaux chantaient
les abeilles bourdonnaient sur le parter
Elle avait tout préparé elle-même, et je
bus pas une goutte qu'elle n'eût porté
verre à ses lèvres. La lumière bleuâtre
jour, perçant les rideaux de toile barioIé
éclairait son charmant visage et ses gra
yeux un peu battus ; elle se sentait envie

mir, et laissa tomber, tout en m'embras-
t, sa tête sur mes épaules, avec mille
pos languissants.

e ne pouvais lutter contre un si charmant
ndon, et mon cœur se rouvrait à la joie;
me crus délivré tout à fait du mauvais
e que je venais de faire, et je lui deman-
d pardon d'un moment de folie dont je ne
uvais me rendre compte. « Mon amie, lui
d-je du fond du cœur, je suis bien malheu-
x de t'avoir adressé un reproche injuste
u un badinage innocent; mais, si tu m'ai-
s, ne me mens jamais, fût-ce sur les moin-
s choses: le mensonge me semble hor-
le, et je ne puis le supporter. »

lle se coucha: il était trois heures du
tin, et je lui dis que je voulais rester jus-
à ce qu'elle fût endormie. Je la vis fer-
r ses beaux yeux, je l'entendis dans son
emier sommeil murmurer tout en sou-
nt, tandis que, penché au chevet, je lui
nnais mon baiser d'adieu. Enfin je sortis
cœur tranquille, me promettant de jouir
mon bonheur sans que désormais rien
t le troubler.

Mais, le lendemain même, Brigitte me dit

comme par hasard : « J'ai un gros livre c
j'écris mes pensées, tout ce qui me passe p
la tête, et je veux vous donner à lire ce q
j'y ai écrit de vous dans les premiers jou
que je vous ai vu. »

Nous lûmes ensemble ce qui me regardai
et nous y ajoutâmes cent folies ; après qu
je me mis à feuilleter le livre d'une maniè
indifférente. Une phrase tracée en gros c
ractères me sauta aux yeux au milieu d
pages que je tournais rapidement ; je lus di
tinctement quelques mots qui étaient ass
insignifiants, et j'allais continuer lorsq
Brigitte me dit : « Ne lisez pas cela. »

Je jetai le livre sur un meuble. « C'est vr
lui dis-je, je ne sais ce que je fais.

— Le prenez-vous encore au sérieux ? n
répondit-elle en riant, voyant sans doute m
mal reparaître ; reprenez ce livre ; je ve
que vous lisiez.

— N'en parlons plus. Que puis-je donc
trouver de si curieux ? Vos secrets sont
vous, ma chère. »

Le livre restait sur le meuble, et j'ava
beau faire, je ne le quittai pas des yeu
J'entendis tout à coup comme une voix q

chuchotait à l'oreille, et je crus voir menacer devant moi, avec son sourire gla-cé, la figure sèche de Desgenais. « Que vat faire Desgenais ici? » me demandai-je à moi-même, comme si je l'eusse vu réelle-ment. Il m'avait apparu tel qu'il était un jour, le front incliné sous ma lampe, quand une débitait de sa voix aiguë son catéchisme de libertin.

J'avais toujours les yeux sur le livre, et je cherchais vaguement dans ma mémoire je ne sais quelles paroles oubliées, entendues au-trefois, mais qui m'avaient serré le cœur. L'esprit du doute, suspendu sur ma tête, ve-nait de me verser dans les veines une goutte de poison; la vapeur m'en montait au cer-veau, et je chancelais à demi dans un com-mencement d'ivresse malfaisante. Quel se-cret me cachait Brigitte? Je savais bien que je n'avais qu'à me baisser et à ouvrir le livre; mais à quel endroit? comment reconnaître la feuille sur laquelle le hasard m'avait fait tomber?

Mon orgueil, d'ailleurs, ne voulait pas que je prisse le livre; était-ce donc vraiment mon orgueil? « O Dieu! me dis-je avec une tris-

tesse affreuse, est-ce que le passè est un
tre? est-ce qu'il sort de son tombeau
misérable, est-ce que je vais ne pas p
aimer? »

Toutes mes idées de mépris pour les
mes, toutes ces phrases de fatuité moq
que j'avais répétées comme une leço
comme un rôle pendant le temps de me
sordres, me traversèrent l'esprit subite
et, chose étrange! tandis qu'autrefois
croyais pas en en faisant parade, il me
blait maintenant qu'elles étaient réelle
que du moins elles l'avaient été.

Je connaissais madame Pierson depui
tre mois, mais je ne savais rien de sa
passée et ne lui en avais rien demand
m'étais livré à mon amour pour elle ave
confiance et un entraînement sans borne
vais trouvé une sorte de jouissance à ne
aucune question sur elle à personne ni à
même : d'ailleurs, les soupçons et la jal
sont si peu dans mon caractère, que j'étai
étonné d'en ressentir que Brigitte d'en tr
en moi. Jamais, dans mes premières am
ni dans le commerce habituel de la vie
n'avais été défiant, mais plutôt hardi

...raire, et ne doutant pour ainsi dire de
... Il avait fallu que je visse de mes pro-
... yeux la trahison de ma maîtresse pour
...e qu'elle pouvait me tromper. Desge-
...lui-même, tout en me sermonnant à sa
...ière, me plaisantait continuellement sur
...facilité à me laisser duper. L'histoire de
...vie entière était une preuve que j'étais
...ôt crédule que soupçonneux ; aussi, quand
...ue de ce livre me frappa ainsi tout à
...p, il me sembla que je sentais en moi un
...vel être et une sorte d'inconnu ; ma rai-
...se révoltait contre ce que j'éprouvais, et
...'osais me demander où tout cela allait
...conduire.

...ais les souffrances que j'avais endurées,
...souvenir des perfidies dont j'avais été le
...doin, l'affreuse guérison que je m'étais
...osée, les discours de mes amis, le monde
...rompu que j'avais traversé, les tristes vé-
...s que j'y avais vues, celles que, sans les
...naître, j'avais comprises et devinées par
...funeste intelligence, la débauche enfin,
...mépris de l'amour, l'abus de tout, voilà
...que j'avais dans le cœur sans m'en dou-
...encore ; et, au moment où je croyais re-

naître à l'espérance et à la vie, toutes ces
ries engourdies me prenaient à la gorge
me criaient qu'elles étaient là.

Je me baissai et ouvris le livre, puis je
fermai aussitôt et le rejetai sur la table. Ho
gitte me regardait ; il n'y avait dans ses be
yeux ni orgueil blessé ni colère ; il n'y a
qu'une tendre inquiétude, comme si j'eu
été malade. « Est-ce que vous croyez que
des secrets ? demanda-t-elle en m'embrassa
— Non, lui dis-je, je ne crois rien, sinon b
tu es belle et que je veux mourir en t'ai
mant. »

Rentré chez moi, comme j'étais en train
dîner, je demandai à Larive : « Qu'est-ce
que cette madame Pierson ? »

Il se retourna tout étonné. « Tu es, lui
je, dans le pays depuis nombre d'années
dois la connaître mieux que moi. Que dit
d'elle ici ? qu'en pense-t-on dans le villa
quelle vie menait-elle avant que je la
nusse ? quelles gens voyait-elle ?

— Ma foi, monsieur, je ne lui ai vu f
que ce qu'elle fait tous les jours, c'est-à-
se promener dans la vallée, jouer au pi
avec sa tante, et faire la charité aux pauv

paysans l'appellent Brigitte la Rose; je
jamais entendu dire un mot contre elle
qui que ce soit, sinon qu'elle court les
champs toute seule, à toute heure du jour et
de nuit; mais c'est dans un but si louable!
elle est la providence du pays. Quant aux
gens qu'elle voit, ce n'est guère que le curé,
M. de Dalens aux vacances.

— Qu'est-ce que c'est que M. de Dalens?

— C'est le propriétaire d'un château qui
est là-bas, derrière la montagne; il ne vient
que pour la chasse.

— Est-il jeune?

— Oui, monsieur.

— Est-il parent de madame Pierson?

— Non; il était ami de son mari.

— Y a-t-il longtemps que son mari est mort?

— Cinq ans à la Toussaint; c'était un digne homme.

— Et ce M. de Dalens, dit-on qu'il lui fait
la cour?

— A la veuve, monsieur? Dame! à vrai
dire... (Il s'arrêta d'un air embarrassé.)

— Parleras-tu?

— On l'a dit, et on ne l'a pas dit... Je n'en
sais rien, je n'en ai rien vu.

— Et tu me disais tout à l'heure qu'on
parlait pas d'elle dans le pays?

— On n'a jamais rien dit du reste, et
pensais que monsieur savait cela.

— Enfin, le dit-on, oui ou non?

— Oui, monsieur, je le crois du moins.

Je me levai de table et descendis sur la
promenade; Mercanson y était. Je m'attendais qu'il allait m'éviter, tout au contraire
il m'aborda.

« Monsieur, me dit-il, vous avez l'autre
jour donné des marques de colère dont un
homme de mon caractère ne saurait conserver la mémoire. Je vous exprime mon regret
de m'être chargé d'une commission intem-
pestive (c'était sa manière que les trois
mots), et de m'être mis en travers des rues
avec tant soit peu d'importunité »

Je lui rendis son compliment, croyant qu'il
me quitterait là-dessus; mais il se mit à marcher à côté de moi.

« Dalens! Dalens! répétais-je entre mes
dents, qui me parlera de Dalens? » Car Lari-
rive ne m'avait rien dit que ce que peut dire
un valet. Par qui le savait-il? par quelque
servante ou quelque paysan. Il me fallait

...in qui pût avoir vu Dalens chez madame
...son, et qui sût à quoi s'en tenir. Ce Da-
...ne me sortait pas de la tête, et, ne pou-
...parler d'autre chose, j'en parlai tout de
...à Mercanson.

...Mercanson était un méchant homme,
...était niais ou rusé, je ne l'ai jamais dis-
...clairement; il est certain qu'il devait
...haïr, et qu'il en agit avec moi aussi mé-
...mment que possible. Madame Pierson,
...avait la plus grande amitié pour le curé
...était à juste titre), avait fini, presque
...gré elle, par en avoir pour le neveu. Il en
...fier, par conséquent jaloux. Il n'y a que
...our seul qui donne de la jalousie; une
...ur, un mot bienveillant, un sourire d'une
...bouche, peuvent l'inspirer jusqu'à la
...à certaines gens.

...Mercanson parut d'abord étonné, aussi
...que Larive, des questions que je lui
...ais. J'en étais moi-même plus étonné
...re. Mais qui se connaît ici-bas?

...premières réponses du prêtre, je le vis
...prendre ce que je voulais savoir, et dé-
...ne pas me le dire.

...Comment se fait-il, monsieur, que vous

qui connaissez madame Pierson depuis lo
temps, et qui êtes reçu chez elle d'une fa
assez intime (je le pense du moins), vous
ayez point rencontré M. de Dalens? Mais
paremment vous avez quelque raison, q
ne m'appartient point de connaître, pour v
enquérir de lui aujourd'hui. Ce que j'en p
dire pour ma part, c'est que c'était un b
nête gentilhomme, plein de bonté et de c
rité ; il était, comme vous, monsieur,
intime chez madame Pierson ; il a une m
considérable et fait à merveille les honne
de chez lui. Il faisait de très-bonne music
comme vous, monsieur, chez madame P
son. Pour ses devoirs de charité, il les r
plissait ponctuellement ; lorsqu'il était d
le pays, il accompagnait, comme vous, m
sieur, cette dame à la promenade. Sa fam
jouit à Paris d'une excellente réputatio
m'arrivait de le trouver chez cette d
presque toutes les fois que j'y allais ;
mœurs passent pour excellentes. Du re
vous pensez, monsieur, que je n'entends
ler en tout que d'une familiarité honn
telle qu'il convient aux personnes de ce
rite. Je crois qu'il ne vient que pour la cha

...ait ami du mari; on le dit fort riche et ...généreux; mais je ne le connais d'ail... ...s presque pas, sinon par ouï-dire... »

...e combien de phrases entortillées le pe...t bourreau m'assomma! Je le regardais, ...teux de l'écouter, n'osant plus faire une ...le question ni l'arrêter dans son bavar... ...e. Il calomnia aussi sourdement et aussi ...temps qu'il voulut : il m'enfonça tout à ...ir sa lame torse dans le cœur; quand ce ...fait, il me quitta sans que je pusse le re... ...ir; et, à tout prendre, il ne m'avait rien dit. ...e restai seul sur la promenade; la nuit ...commençait à venir. Je ne sais si je ressen... ...plus de fureur ou plus de tristesse. Cette ...fiance que j'avais eue de me livrer aveu... ...ment à mon amour pour ma chère Brigitte ...avait été si douce et si naturelle, que je ...pouvais me résoudre à croire que tant de ...heur m'eût trompé. Ce sentiment naïf et ...dule qui m'avait conduit à elle sans que ...voulusse le combattre ni en douter jamais ...avait semblé à lui seul comme une preuve ...elle en était digne. Était-il donc possible ...ue ces quatre mois si heureux ne fussent ...là qu'un rêve?

« Mais après tout, me dis-je tout à co[...]
cette femme s'est donnée bien vite. N'y [...]
rait-il point eu de mensonge dans cette [...]
tention de me fuir qu'elle m'avait d'ab[...]
marquée et qu'une parole a fait évanou[...]
N'aurais-je point par hasard affaire à [...]
femme comme on en voit tant? Oui, ci[...]
ainsi qu'elles s'y prennent toutes : elles [...]
gnent de reculer afin de se voir poursui[...]
Les biches elles-mêmes en font autant : c[...]
un instinct de la femelle. N'est-ce pas de s[...]
propre mouvement qu'elle m'a avoué [...]
amour, au moment même où je croy[...]
qu'elle ne serait jamais à moi? Dès le p[...]
mier jour que je l'ai vue, n'a-t-elle pas [...]
cepté mon bras, sans me connaître, avec [...]
légèreté qui aurait dû me faire douter d'el[...]
Si ce Dalens a été son amant, il est proba[...]
qu'il l'est encore : ce sont de ces liaisons [...]
monde qui ne commencent ni ne finisse[...]
quand on se voit on se reprend, et dès qu[...]
se quitte on s'oublie. Si cet homme revie[...]
aux vacances, elle le reverra sans doute, [...]
probablement sans rompre avec moi. Qu'e[...]
ce que c'est que cette tante, que cette [...]
mystérieuse qui a la charité pour affiche, q[...]

liberté déterminée qui ne se soucie
d'aucun propos? Ne seraient-ce point des
aventurières que ces deux femmes avec leur
belle maison, leur prud'homie et leur sagesse qui en imposent si vite aux gens et se
démentent plus vite encore? Assurément,
quoi qu'il en soit, je suis tombé les yeux fermés dans une affaire de galanterie que j'ai
prise pour un roman; mais que faire à présent? Je ne vois personne ici que ce prêtre
qui ne veut pas parler clairement, ou son
élève, qui en dira moins encore. O mon Dieu !
qui me sauvera? comment savoir la vérité? »

Ainsi parlait la jalousie; ainsi, oubliant tant
de larmes et tout ce que j'avais souffert, j'en
vais, au bout de deux jours, à m'inquiéter
de ce que Brigitte m'avait cédé. Ainsi, comme
tous ceux qui doutent, je mettais déjà de côté
les sentiments et les pensées pour disputer
sur les faits, m'attacher à la lettre morte
disséquer ce que j'aimais.

Tout en m'enfonçant dans mes réflexions,
je gagnais à pas lents la maison de Brigitte.
Je trouvai la grille ouverte, et, comme je
traversais la cour, je vis de la lumière dans
la cuisine. Je pensai à questionner la ser-

vante. Je tournai donc de ce côté, et,

niant dans ma poche quelques pièces d

gent, je m'avançai vers le seuil.

Une impression d'horreur m'arrêta.

Cette servante était une vieille femme

et ridée, le dos toujours courbé, comme

gens attachés à la glèbe. Je la trouvai

muant sa vaisselle sur un évier malpro

Une chandelle dégoûtante tremblotait

sa main; autour d'elle des casseroles,

plats, des restes du dîner que visitait un

errant, entré comme moi avec honte;

odeur chaude et nauséabonde sortait

murs humides. Lorsque la vieille m'aper

elle me regarda en souriant avec un air

fidentiel : elle m'avait vu me glisser le

hors de la chambre de sa maîtresse. Je

sonnai de dégoût de moi-même et de ce

je venais chercher dans un lieu si bien

à l'action ignoble que je méditais. Je

sauvai de cette vieille comme de ma jalou

personnifiée, et comme si l'odeur de sa

selle fût sortie de mon propre cœur.

Brigitte était à la fenêtre, arrosant

fleurs bien-aimées; un enfant d'une de

voisines, assis au fond de la bergère, et

...é dans les coussins, se berçait à une de
...manches, et lui faisait, la bouche pleine
...bonbons, dans son langage joyeux et in
...préhensible, un de ces grands discours
...marmots qui ne savent pas encore parler.
...m'assis auprès d'elle, et baisai l'enfant
...ses grosses joues, comme pour rendre à
...n cœur un peu d'innocence. Brigitte me
...un accueil craintif; elle voyait dans mes
...ards son image déjà troublée. De mon
...té, j'évitais ses yeux; plus j'admirais sa
...uté et son air de candeur, plus je me di-
...s qu'une pareille femme, si elle n'était pas
...ange, était un monstre de perfidie. Je
...efforçais de me rappeler chaque parole de
...rcanson, et je confrontais pour ainsi dire
...insinuations de cet homme avec les traits
...ma maîtresse et les contours charmants
...son visage « Elle est bien belle, me disais-
...bien dangereuse, si elle sait tromper; mais
...la rouerai et lui tiendrai tête; et elle saura
...i je suis. »

« Ma chère, lui dis-je après un long silence,
...viens de donner un conseil à un ami qui
...'a consulté. C'est un jeune homme assez
...mple; il m'écrit qu'il a découvert qu'une

femme qui vient de se donner à lui a
même temps un autre amant. Il m'a deman[d]
ce qu'il devait faire.

— Que lui avez-vous répondu?

— Deux questions: Est-elle jolie? et l'[a]
mez-vous? Si vous l'aimez, oubliez-la; si el[le]
est jolie et que vous ne l'aimiez pas, gard[ez]
la pour votre plaisir; il sera toujours tem[ps]
de la quitter si vous n'avez affaire qu'à [sa]
beauté, et autant vaut celle-là qu'u[ne]
autre. »

En m'entendant parler ainsi, Brigitte lâch[a]
l'enfant qu'elle tenait; elle fut s'asseoir [au]
fond de la chambre. Nous étions sans l[u]
mière; la lune, qui éclairait la place q[ue]
Brigitte venait de quitter, projetait u[ne]
ombre profonde sur le sofa où elle éta[it]
assise. Les mots que j'avais prononcés po[r]
taient un sens si dur, si cruel, que j'en éta[is]
navré moi-même et que mon cœur s'empli[s]
sait d'amertume. L'enfant, inquiet, appela[it]
Brigitte, et s'attristait en nous regardant. S[es]
cris joyeux, son petit bavardage, cessère[nt]
peu à peu; il s'endormit sur la bergèr[e]
Ainsi tous trois nous demeurâmes en silenc[e]
et un nuage passa sur la lune.

une servante entra, qui vint chercher l'encrier; on apporta de la lumière. Je me levai, Brigitte en même temps; mais elle porta les deux mains sur son cœur et tomba à terre au pied de son lit.

Je courus à elle épouvanté; elle n'avait pas perdu connaissance et me pria de n'appeler personne. Elle me dit qu'elle était sujette à de violentes palpitations qui la tourmentaient depuis sa jeunesse et la prenaient ainsi tout à coup, mais que du reste il n'y avait point de danger dans ces attaques, ni aucun remède à employer. J'étais à genoux auprès d'elle; elle m'ouvrit doucement les bras; je lui saisis la tête et me jetai sur son épaule. « Ah! mon ami, dit-elle, je vous plains.

— Écoute-moi, lui dis-je à l'oreille, je suis un misérable fou, mais je ne puis rien garder sur le cœur. Qu'est-ce que c'est qu'un M. Dalens, qui demeure sur la montagne, et qui vient te voir quelquefois? »

Elle parut étonnée de m'entendre prononcer ce nom. « Dalens? dit-elle, c'est un ami de mon mari. »

Elle me regardait comme pour ajouter : A

propos de quoi cette question ? Il me semb..
que son visage s'était rembruni. Je me mis..
dis les lèvres. « Si elle veut me trompe..
pensai-je, j'ai eu tort de parler. »

Brigitte se leva avec peine ; elle prit..
éventail et marcha à grands pas dans..
chambre. Elle respirait avec violence..
l'avais blessée. Elle resta quelque tem..
pensive, et nous échangeâmes deux ou tr..
regards presque froids et presque ennem..
Elle alla à son secrétaire, qu'elle ouvrit,..
tira un paquet de lettres attachées avec de..
soie, et le jeta devant moi sans dire..
mot.

Mais je ne regardais ni elle ni ses lettre..
je venais de lancer une pierre dans un abîm..
et j'en écoutais retentir l'écho. Pour la pr..
mière fois, sur le visage de Brigitte ava..
paru l'orgueil offensé. Il n'y avait plus da..
ses yeux ni inquiétude ni pitié, et, comme..
venais de me sentir tout autre que je n'ava..
jamais été, je venais aussi de voir en el..
une femme qui m'était inconnue.

« Lisez cela, » dit-elle enfin. Je m'avanç..
et lui tendis la main. « Lisez cela, lisez cela..
répéta-t-elle d'un ton glacé.

tenais les lettres. Je me sentis en ce
moment si persuadé de son innocence, et je
me trouvais si injuste, que j'étais pénétré de
repentir. « Vous me rappelez, me dit-elle,
que je vous dois l'histoire de ma vie ; asseyez-
vous, et vous la saurez. Vous ouvrirez ensuite ces tiroirs, et vous lirez tout ce qu'il y
a ici écrit de ma main ou de mains étran-
gères. »

Elle s'assit et me montra un fauteuil. Je vis
l'effort qu'elle faisait pour parler. Elle était
pâle comme la mort; sa voix altérée sortait
avec peine, et sa gorge se contractait.

« Brigitte ! Brigitte ! m'écriai-je, au nom
du ciel, ne parlez pas ! Dieu m'est témoin
que je ne suis pas né tel que vous me croyez ;
je n'ai jamais été de ma vie ni soupçonneux
ni défiant. On m'a perdu, on m'a faussé le
cœur. Une expérience déplorable m'a conduit
dans un précipice, et je n'ai vu, depuis un
an, que ce qu'il y a de mal ici-bas. Dieu
m'est témoin que jusqu'à ce jour je ne me
croyais pas moi-même capable de ce rôle
ignoble, le dernier de tous, celui d'un jaloux.
Dieu m'est témoin que je vous aime, et qu'il
n'y a que vous en ce monde qui puissiez me

guérir du passé. Je n'ai eu affaire jusqu'p
qu'à des femmes qui m'ont trompé ou qu
étaient indignes d'amour. J'ai mené la v
d'un libertin ; j'ai dans le cœur des souven
qui ne s'en effaceront jamais. Est-ce n
faute si une calomnie, si l'accusation la pl
vague, la plus insoutenable, rencontre aujou
d'hui dans ce cœur des fibres encore sou
frantes, prêtes à accueillir tout ce qui re
semble à la douleur ? On m'a parlé ce so
d'un homme que je ne connais pas, do
j'ignorais l'existence ; on m'a fait entendi
qu'il y avait eu, sur vous et sur lui, des propo
tenus qui ne prouvent rien ; je ne veux rie
vous en demander ; j'en ai souffert, je vous l'
avoué, et c'est un tort irréparable. Mais, plut
que d'accepter ce que vous me proposez, j
vais tout jeter dans le feu. Ah ! mon amie, n
me dégradez pas ; n'en venez pas à vous just
fier, ne me punissez pas de souffrir. Commei
pourrais-je, au fond du cœur, vous soupçonne
de me tromper ? Non, vous êtes belle et vou
êtes sincère ; un seul de vos regards, Brigitt
m'en dit plus long que je n'en demande pou
vous aimer. Si vous saviez quelles horreur
quelles perfidies monstrueuses a vues l'en

qui est devant vous ! Si vous saviez comme on l'a traité, comme on s'est raillé de tout ce qu'il a de bon, comme on a pris soin de lui apprendre tout ce qui peut mener au doute, à la jalousie, au désespoir ! Hélas ! Hélas ! ma chère maîtresse, si vous saviez comme vous aimez ! Ne me faites point de reproches ; ayez le courage de me plaindre ; j'ai besoin d'oublier qu'il existe d'autres êtres que vous. Qui sait par quelles épreuves, par quels affreux moments de douleur il ne va pas falloir que je passe ! Je ne me doutais pas qu'il en pût être ainsi, je ne croyais pas avoir à combattre. Depuis que vous êtes à moi, je m'aperçois de ce que j'ai fait ; j'ai senti en vous embrassant combien mes lèvres étaient souillées. Au nom du ciel, aidez-moi à vivre ! Dieu m'a fait meilleur que cela. »

Brigitte me tendit les bras, me fit les plus tendres caresses. Elle me pria de lui conter tout ce qui avait donné lieu à cette triste scène. Je ne lui parlai que de ce que m'avait dit Larive, et n'osai lui avouer que j'avais interrogé Mercanson. Elle voulut absolument que j'écoutasse ses explications. M. de Dalens l'avait aimée ; mais c'était un homme léger,

très-dissipé et très-inconstant; elle lui avi
fait comprendre que, ne voulant pas se
marier, elle ne pouvait que le prier de chang
de langage, et il s'était résigné de bon
grâce; mais ses visites, depuis ce tems
avaient toujours été plus rares, et aujou
d'hui il ne venait plus. Elle tira de la liasse
une lettre qu'elle me montra, et dont la d
était récente; je ne pus m'empêcher de r
gir en y trouvant la confirmation de
qu'elle venait de me dire; elle m'assu
qu'elle me pardonnait, et exigea de moi, p
tout châtiment, la promesse que dorér
vant je lui ferais part à l'instant même
ce qui pourrait éveiller en moi quelq
soupçon sur elle. Notre traité fut scellé d'
baiser, et lorsque je partis, au jour, no
avions oublié tous deux que M. Dale
existât.

CHAPITRE II

Une espèce d'inertie stagnante, color
d'une joie amère, est ordinaire aux débau
chés. C'est une suite d'une vie de caprice,

n'est réglé sur les besoins du corps, mais
su les fantaisies de l'esprit, et où l'un doit
toujours être prêt à obéir à l'autre. La jeunesse et la volonté peuvent résister aux excès;
mais la nature se venge en silence, et le jour
qu'elle décide qu'elle va réparer sa force, la
volonté meurt pour l'attendre et en abuser
à nouveau.

Retrouvant alors autour de lui tous les
objets qui le tentaient la veille, l'homme qui
n'a plus la force de s'en saisir ne peut rendre
ce qui l'entoure que le sourire du dégoût.
Ajoutez que ces objets mêmes, qui excitaient
par son désir, ne sont jamais abordés de
sang-froid; tout ce qu'aime le débauché, il
s'en empare avec violence; sa vie est une
fièvre; ses organes, pour chercher la jouissance, sont obligés de se mettre au pair avec
les liqueurs fermentées, des courtisanes et
des nuits sans sommeil; dans ses jours d'ennui et de paresse, il sent donc une bien plus
grande distance qu'un autre homme entre
son impuissance et ses tentations, et, pour
résister à celles-ci, il faut que l'orgueil vienne
à son secours et lui fasse croire qu'il les dé-
daigne. C'est ainsi qu'il crache sans cesse sur

tous les festins de sa vie, et qu'entre une s
ardente et une profonde satiété la vanité tr
quille le conduit à la mort.

Quoique je ne fusse plus un débauché
m'arriva tout à coup que mon corps se s
vint de l'avoir été. Il est tout simple que j
que-là je ne m'en fusse pas aperçu. Devant
douleur que j'avais ressentie à la mort
mon père, tout d'abord avait fait silence.
amour violent était venu ; tant que j'étais d
la solitude, l'ennui n'avait pas à lutter. Tri
ou gai, comme vient le temps, qu'import
celui qui est seul ?

Comme le zinc, ce demi-métal, tiré de
veine bleuâtre où il dort dans la calamin
fait jaillir de lui-même un rayon du soleil
approchant du cuivre vierge, ainsi les b
sers de Brigitte réveillèrent peu à peu da
mon cœur ce que j'y portais enfoui. Dès q
je me trouvai vis-à-vis d'elle, je m'aperçus
ce que j'étais.

Il y avait de certains jours où je me senta
dès le matin, une disposition d'esprit si
zarre, qu'il est impossible de la qualifier.
me réveillais sans motif, comme un homm
qui a fait la veille un excès de table qui

…sé. Toutes les sensations du dehors me
…aient une fatigue insupportable, tous les
…ts connus et habituels me rebutaient et
…nnuyaient; si je parlais, c'était pour tour-
…en ridicule ce que disaient les autres ou
…que je pensais moi-même. Alors, étendu
…un canapé, et comme incapable de mou-
…ment, je faisais manquer de propos déli-
…bé toutes les parties de promenade que
…us avions concertées la veille; j'imaginais
…rechercher dans ma mémoire ce que, du-
…it mes bons moments, j'avais pu dire de
…eux senti et de plus sincèrement tendre à
…chère maîtresse, et je n'étais satisfait que
…sque mes plaisanteries ironiques avaient
…té et empoisonné ces souvenirs des jours
…ureux. « Ne pourriez-vous me laisser cela?
…demandait tristement Brigitte. S'il y a en
…us deux hommes si différents, ne pourriez-
…us, quand le mauvais se lève, vous conten-
…r d'oublier le bon? »

…La patience que Brigitte opposait à ces
…arements ne faisait cependant qu'exciter ma
…ieté sinistre. Étrange chose, que l'homme
…ui souffre veuille faire souffrir ce qu'il aime!
…u'on ait si peu d'empire sur soi, n'est-ce pas

la pire des maladies ? Qu'y a-t-il de plus c
pour une femme que de voir un homme
sort de ses bras tourner en dérision, par
bizarrerie sans excuse, ce que les nuits h
reuses ont de plus sacré et de plus mystérie
Elle ne me fuyait pourtant pas ; elle res
auprès de moi, courbée sur sa tapisserie, t
dis que, dans mon humeur féroce, j'insul
ainsi à l'amour, et laissais grommeler ma
mence sur une bouche humide de ses bais

Ces jours-là, contre l'ordinaire, je me b
tais en train de parler de Paris et de rep
senter ma vie débauchée comme la meillé
chose du monde. « Vous n'êtes qu'une dévé
disais-je en riant à Brigitte ; vous ne sa
pas ce que c'est. Il n'y a rien de tel que
gens sans souci et qui font l'amour san
croire.» N'était-ce pas dire que je n'y croy
pas ?

« Eh bien, me répondait Brigitte, enseig
moi à vous plaire toujours. Je suis peut-ê
aussi jolie que les maîtresses que vous regn
tez ; si je n'ai pas l'esprit qu'elles avaient po
vous divertir à leur manière, je ne deman
qu'à apprendre. Faites comme si vous
m'aimiez pas, et laissez-moi vous aimer sa

rien dire. Si je suis dévote à l'église, je le
suis aussi en amour. Que faut-il faire pour
que vous le croyiez? »

Et la voilà devant son miroir, s'habillant au
milieu du jour comme pour un bal ou pour
une fête, affectant une coquetterie qu'elle
ne pouvait cependant souffrir, cherchant à
prendre le même ton que moi, riant et sautant par la chambre. « Suis-je à votre goût?
disait-elle. A laquelle de vos maîtresses trou-
vez-vous que je ressemble? Suis-je assez
belle pour vous faire oublier qu'on peut
croire encore à l'amour? Ai-je l'air d'une
sans-souci? » Puis, au milieu de cette joie
factice, je la voyais qui me tournait le dos,
et un frisson involontaire faisait trembler
sur ses cheveux les tristes fleurs qu'elle y
plaçait. Je m'élançais alors à ses pieds.
Cesse, lui disais-je, tu ressembles trop bien
à ce que tu veux imiter et à ce que ma bouche est assez vile pour oser rappeler devant
toi. Ote ces fleurs, ôte cette robe. Lavons
cette gaieté avec une larme sincère; ne me
fais pas souvenir que je ne suis que l'enfant
prodigue; je ne sais que trop le passé. »

Mais ce repentir même était cruel : il lui

prouvait que les fantômes que j'avais d...
le cœur étaient pleins de réalité. En céd...
à un mouvement d'horreur, je ne fai...
que lui dire clairement que sa résignatio...
son désir de me plaire ne m'offraient qu...
image impure.

Et c'était vrai. J'arrivais chez Brigitte tr...
porté de joie, jurant d'oublier dans ses...
mes douleurs et ma vie passée ; je protes...
à deux genoux de mon respect pour elle...
qu'au pied de son lit ; j'y entrais comme...
un sanctuaire ; je lui tendais les bras en...
pandant des larmes ; puis elle faisait un...
tain geste, elle quittait sa robe d'une cer...
façon, elle disait un certain mot en s'ap...
chant de moi ; et je me souvenais tout à...
de telle fille qui, en quittant sa robe un...
et en approchant de mon lit, avait fai...
geste, avait dit ce mot.

Pauvre âme dévouée ! que souffrais-tu...
en me voyant pâlir devant toi, lorsque...
bras, prêts à te recevoir, tombaient co...
privés de vie sur ton épaule douce et frale...
lorsque le baiser se fermait sur ma lèvre...
que le plein regard de l'amour, ce pur ra...
de la lumière de Dieu, reculait dans...

comme une flèche que le vent détourne!
Brigitte, quels diamants coulaient de tes
pières! dans quels trésors de charité su-
tu puisais, d'une main patiente, ton
e amour plein de pitié!
endant longtemps les bons et les mauvais
se succédèrent presque régulièrement;
e montrais alternativement dur et rail-
, tendre et dévoué, sec et orgueilleux,
ntant et soumis. La figure de Desgenais,
la première m'avait apparu comme pour
vertir de ce que j'allais faire, était sans
e présente à ma pensée. Durant mes
s de doute et de froideur, je m'entrete-
, pour ainsi dire, avec lui, souvent, au
ent même où je venais d'offenser Bri-
e par quelque raillerie cruelle, je me di-
« S'il était à ma place, il en ferait bien
atres que moi! »
quelquefois aussi, en mettant mon cha-
pour aller chez Brigitte, je me regar-
dans la glace et je me disais : « Quel
nd mal y a-t-il? J'ai, après tout, une jolie
tresse; elle s'est donnée à un libertin,
elle me prenne tel que je suis. » J'arrivais
ourire sur les lèvres, je me jetais dans

un fauteuil d'un air indolent et délibéré;
puis je voyais approcher Brigitte avec ses
grands yeux doux et inquiets : je prenais dans
mes mains ses petites mains blanches, et je
me perdais dans un rêve infini.

Comment donner un nom à une chose sans
nom ? Étais-je bon ou étais-je méchant,
étais-je défiant ou étais-je fou ? Il ne faut pas
y réfléchir, il faut aller ; cela était ainsi. Je

Nous avions pour voisine une jeune femme
qui s'appelait madame Daniel ; elle ne manquait pas de beauté, encore moins de coquetterie ; elle était pauvre, et voulait passer
pour riche ; elle venait nous voir après dîner
et jouait toujours gros jeu contre nous,
quoique ses pertes la missent mal à l'aise;
elle chantait, et n'avait point de voix. Au
fond de ce village ignoré, où sa mauvaise
destinée la forçait à s'ensevelir, elle se sentait dévorée d'une soif inouïe de plaisir. Elle
ne parlait que de Paris, où elle mettait les
pieds deux ou trois jours par an ; elle pré-
tendait suivre les modes ; ma chère Brigitte
l'y aidait de son mieux, tout en souriant de
pitié. Son mari était employé au cadastre,
il la menait, les jours de fête, au chef-lieu.

département, et, affublée de tous ses
atours, la petite femme dansait là de tout
son cœur avec la garnison, dans les salons
de la préfecture. Elle en revenait les yeux
brûlants et le corps brisé ; elle arrivait alors
chez nous afin d'avoir à conter ses prouesses
et les petits chagrins qu'elle avait causés. Le
reste du temps, elle lisait des romans,
n'ayant jamais rien vu que son ménage, qui,
du reste, n'était pas ragoûtant.

Toutes les fois que je la voyais, je ne manquais pas de me moquer d'elle, ne trouvant
rien de si ridicule que cette vie qu'elle
voulait mener ; j'interrompais ses récits de
fête pour lui demander des nouvelles de son
mari et de son beau-père, qu'elle détestait
par-dessus tout, l'un parce qu'il était son mari,
et l'autre parce qu'il n'était qu'un paysan ;
enfin nous n'étions guère ensemble sans nous
disputer sur quelque sujet.

Je m'avisai, dans mes mauvais jours, de
faire la cour à cette femme, uniquement
pour chagriner Brigitte. « Voyez, disais-je,
comme madame Daniel entend parfaitement
la vie ! De l'humeur enjouée dont elle est,
peut-on souhaiter une plus charmante maî-

tresse? » J'entreprenais alors son éloge: sc
babillage insignifiant devenait un laisser alle
plein de finesse, ses prétentions exagéréœ
une envie de plaire toute naturelle ; était-c
sa faute si elle était pauvre? du moins el
ne pensait qu'au plaisir et le confessait frar
chement; elle ne faisait pas de sermons l
n'écoutait pas ceux des autres. J'allais ju
qu'à dire à Brigitte qu'elle devait la prend
pour modèle, et que c'était là tout à fait
genre de femme qui me plaisait.

La pauvre madame Daniel surprit dans k
yeux de Brigitte quelques signes de mélan
colie. C'était une étrange créature, aum
bonne et aussi sincère, quand on la tirait d
ses chiffons, qu'elle était sotte quand elle k
avait en tête. Elle fit, à cette occasion, m
action toute semblable à elle, c'est-à-dire J
la fois bonne et sotte. Un beau jour, à la pa
menade, comme elles étaient toutes dæ
seules, elle se jeta dans les bras de Brigitte
lui dit qu'elle s'apercevait que je commeŋ
çais à lui faire la cour, et que je lui adre
sais des propos dont l'intention n'était pa
douteuse; mais qu'elle savait que j'étais l'a-
mant d'une autre, et que, pour elle, quoi

qu'il pût arriver, elle mourrait plutôt que de détruire le bonheur d'une amie. Brigitte la remercia, et madame Daniel, ayant mis sa conscience en repos, ne se fit plus faute d'œillades pour me désoler de son mieux.

Lorsque, le soir, elle fut partie, Brigitte me dit d'un ton sévère ce qui s'était passé dans le bois; elle me pria de lui épargner de pareils affronts à l'avenir. « Non pas, dit-elle, que j'en fasse cas, ni que je croie à ces plaisanteries; mais, si vous avez quelque amour pour moi, il me semble qu'il est inutile d'apprendre à un tiers que vous ne l'avez pas tous les jours.

— Est-il possible, répondis-je en riant, que cela ait quelque importance? Vous voyez bien que je me moque et que c'est pour passer le temps.

— Ah! mon ami, mon ami, dit Brigitte, c'est un malheur qu'il faille passer le temps.»

Quelques jours après, je lui proposai d'aller nous-mêmes à la préfecture et de voir danser madame Daniel; elle y consentit à regret. Tandis qu'elle achevait sa toilette, j'étais auprès de la cheminée, et je lui fis quelque reproche sur ce qu'elle perdait son

ancienne gaieté. « Qu'avez-vous donc? lu
demandai-je (je le savais aussi bien qu'elle)
pourquoi cet air morose qui maintenant n
vous quitte plus? En vérité, vous nous fere
vivre dans un tête-à-tête un peu triste. J.
vous ai connu autrefois un caractère plu
joyeux, plus libre et plus ouvert; il n'es
guère flatteur pour moi de voir que je l'a
fait changer. Mais vous avez l'esprit claustral
vous étiez née pour vivre au couvent. »

C'était un dimanche; quand nous passâme
sur la promenade, Brigitte fit arrêter la voi
ture pour dire bonsoir à quelques bonnes
amies, fraîches et braves filles de campagne
qui s'en allaient danser aux Tilleuls. Après
qu'elle les eut quittées, elle eut longtemps la
tête à la portière; son petit bal lui était cher;
elle porta son mouchoir à ses yeux.

Nous trouvâmes à la préfecture madame
Daniel dans toute sa joie. Je commençai à la
faire danser assez souvent pour qu'on le re-
marquât; je lui fis mille compliments, et
elle y répondit de son mieux.

Brigitte était en face de nous; son regard
ne nous quittait pas. Ce que j'éprouvais est
difficile à dire: c'était du plaisir et de la

...le. Je la voyais clairement jalouse ; mais,
...eu d'en être touché, je fis tout ce qu'il
...ait pour l'inquiéter davantage.

...m'attendais, en revenant, à des repro-
...s de sa part ; non-seulement elle ne m'en
...as, mais elle resta sombre et muette le
...lemain et le jour suivant. Quand j'arri-
...chez elle, elle venait à moi et m'embras-
...; après quoi nous nous asseyions l'un en
...de l'autre, préoccupés tous deux et
...angeant à peine quelques paroles insigni-
...tes. Le troisième jour, elle parla, éclata
...reproches amers, me dit que ma conduite
...t inexplicable, qu'elle ne savait qu'en
...ser, sinon que je ne l'aimais plus, mais
...elle ne pouvait supporter cette vie, et
...elle était résolue à tout plutôt que de
...ffrir mes bizarreries et mes froideurs.
...avait les yeux pleins de larmes, et j'étais
...t à lui demander pardon, lorsqu'il lui
...appa tout à coup quelques mots tellement
...ers, que mon orgueil se révolta. Je lui ré-
...quai sur le même ton, et notre querelle
...t un caractère de violence. Je lui dis qu'il
...it ridicule que je ne pusse inspirer à ma
...tresse assez de confiance pour qu'elle s'en

rapportât à moi sur les actions les plus q
dinaires ; que madame Daniel n'était q i
prétexte ; qu'elle savait fort bien que jes
pensais pas sérieusement à cette femme ; s
sa prétendue jalousie n'était qu'un de
tisme très-réel, et que, du reste, si cette
la fatiguait, il ne tenait qu'à elle de la re
pre.

« Soit, me répondit-elle. Aussi bien, de
que je suis à vous, je ne vous reconnais p
vous avez sans doute joué une comédie p
me persuader que vous m'aimiez ; elle v
lasse, et vous n'avez plus que du mal à
rendre. Vous me soupçonnez de vous tro
sur le premier mot qu'on vous dit, et je
pas le droit de souffrir une insulte que
me faites. Vous n'êtes plus l'homme que
aimé.

— Je sais, lui dis-je, ce que c'est que
souffrances. A quoi tient-il qu'elles ne se
nouvellent à chaque pas que je ferai
n'aurai bientôt plus la permission d'adre
la parole à une autre que vous. Vous fei
d'être maltraitée afin de pouvoir insu
vous-même ; vous m'accusez de tyran
pour que je devienne un esclave. Puisque

trouble votre repos, vivez en paix ; vous ne
me verrez plus. »

Nous nous quittâmes avec colère, et je passai un jour sans la voir. Le lendemain soir,
vers minuit, je me sentis une telle tristesse,
que je ne pus y résister. Je versai un torrent
de larmes ; je m'accablai moi-même d'injures
que je méritais bien Je me dis que je n'étais
qu'un fou, et qu'une méchante espèce de fou,
de faire souffrir la plus noble, la meilleure
des créatures Je courus chez elle pour me
jeter à ses pieds

En entrant dans le jardin, je vis sa chambre éclairée, et une pensée douteuse me traversa l'esprit. « Elle ne m'attend pas à cette
heure, me dis-je ; qui sait ce qu'elle fait ? Je
l'ai laissée en larmes hier ; je vais peut-être
la retrouver en train de chanter, et ne se sou-
vient pas plus de moi que si je n'existais pas.
Elle est peut-être à sa toilette, comme l'*autre*.
Il faut que j'entre doucement et que je sache
à quoi m'en tenir. »

Je m'avançai sur la pointe du pied, et, la
porte se trouvant par hasard entr'ouverte, je
pus voir Brigitte sans en être vu.

Elle était assise devant sa table et écrivait

dans ce même livre qui avait causé mes p
miers doutes sur son compte. Elle ter
dans sa main gauche une petite boîte de b
blanc qu'elle regardait de temps en ten
avec une sorte de tremblement nerveux
ne sais ce qu'il y avait de sinistre dans l'
parence de tranquillité qui régnait dans
chambre. Son secrétaire était ouvert, et p
sieurs liasses de papier y étaient rangé
comme venant d'y être mises en ordre.

Je fis quelque bruit en poussant la por
Elle se leva, alla au secrétaire, qu'elle ferm
puis vint à moi avec un sourire : « Octa
me dit-elle, nous sommes deux enfants, m
ami. Notre querelle n'a pas le sens commu
et, si tu n'étais revenu ce soir, j'aurais
chez toi cette nuit. Pardonne-moi, c'est n
qui ai tort. Madame Daniel vient dîner
main ; fais-moi repentir, si tu veux, de ce q
tu appelles mon despotisme. Pourvu que
m'aimes, je suis heureuse; oublions ce q
s'est passé, et ne gâtons pas notre bonheur

CHAPITRE III

Notre querelle avait été, pour ainsi dire, moins triste que notre réconciliation; elle fut accompagnée, de la part de Brigitte, d'un mystère qui m'effraya d'abord, puis qui me laissa dans l'âme une inquiétude continuelle. Plus j'allais, plus se développaient en moi, malgré tous mes efforts, les deux éléments de malheur que le passé m'avait légués . tantôt une jalousie furieuse, pleine de reproches et d'injures; tantôt une gaieté cruelle, une légèreté affectée qui outrageait en plaisantant ce que j'avais de plus cher. Ainsi me poursuivaient sans relâche des souvenirs déxorables; ainsi Brigitte, se voyant traitée alternativement ou comme une maîtresse infidèle ou comme une fille entretenue, tombait peu à peu dans une tristesse qui dévastait notre vie entière; et le pire de tout, c'est que cette tristesse même, quoique j'en susse le motif et que je me sentisse coupable, ne m'en était pas moins à charge. J'étais jeune et j'aimais le plaisir ; ce tête-à-tête de tous[os] jours avec une femme plus âgée que n[ou] qui souffrait et languissait, ce visage de p[lub] en plus sérieux que j'avais toujours dev[u] moi, tout cela révoltait ma jeunesse et m'i[u] pirait des regrets amers pour ma libe[rt] d'autrefois.

Lorsque, par un beau clair de lune, n[e] traversions lentement la forêt, nous n[o] sentions pris tous les deux d'une mélanc[ou] profonde. Brigitte me regardait avec pi[t] Nous allions nous asseoir sur une roche [q]i dominait une gorge déserte ; nous y passi[on] des heures entières ; ses yeux à demi vo[i] plongeaient dans mon cœur à travers [les] miens ; puis elle les reportait sur la natu[re] sur le ciel et sur la vallée. « Ah ! mon ch[er] enfant, disait-elle, que je te plains ! tu[ne] m'aimes pas. »

Pour gagner cette roche, il fallait fa[ire] deux lieues dans les bois ; autant pour re[ve]nir, cela faisait quatre. Brigitte n'avait p[eur] ni de la fatigue ni de la nuit. Nous parti[on]s à onze heures du soir pour ne rentrer qu[el]quefois qu'au matin. Quand il s'agissait [de] ces grandes courses, elle prenait une blou[se]d

...e et des habits d'homme, disant avec
...té que son costume habituel n'était pas
...pour les broussailles. Elle marchait de-
...moi dans le sable, d'un pas déterminé
...vec un mélange si charmant de délica-
...e féminine et de témérité enfantine, que
...n'arrêtais pour la regarder à chaque
...ant. Il semblait, une fois lancée, qu'elle
...à accomplir une tâche difficile, mais sa-
...; elle allait devant comme un soldat, les
...s ballants et chantant à tue-tête; tout
...à coup elle se retournait, venait à moi et
...mbrassait. C'était pour aller; au retour,
...s'appuyait sur mon bras : alors plus de
...nson; c'étaient des confidences, de ten-
...s propos à voix basse, quoique nous fus-
...ns tous deux seuls à plus de deux lieues à
...ronde. Je ne me souviens pas d'un seul
...t échangé durant le retour qui ne fût pas
...mour ou d'amitié.

...Un soir nous avions pris, pour gagner la ro-
...te, un chemin de notre invention, c'est-à-dire
...e nous avions été à travers les bois sans
...ivre le chemin. Brigitte y allait de si bon
...ur et sa petite casquette de velours sur
...s grands cheveux blonds lui donnait si

bien l'air d'un gamin résolu, que j'oubl
qu'elle était femme lorsqu'il y avait quel
pas difficile à franchir. Plus d'une fois
avait été obligée de me rappeler pour l'ai
à grimper aux rochers, tandis que, sans
ger à elle, je m'étais déjà élancé plus ha
Je ne puis dire l'effet que produisait alo
dans cette nuit claire et magnifique, au
lieu des forêts, cette voix de femme à de
joyeuse et à demi plaintive, sortant de ce
tit corps d'écolier accroché aux genêts et
troncs d'arbres, et ne pouvant plus avanc
Je la prenais dans mes bras. « Allons,
dame, lui disais-je en riant, vous êtes un
petit montagnard brave et alerte; mais vo
écorchez vos mains blanches, et, malgré
gros souliers ferrés, votre bâton et votre
martial, je vois qu'il faut vous emporter.

Nous arrivâmes tout essoufflés; j'avais
tour du corps une courroie, et je portais
quoi boire dans une bouteille d'osier. Lor
que nous fûmes sur la roche, ma chère B
gitte me demanda ma bouteille; je l'avas
perdue, aussi bien qu'un briquet qui nous se
vait à un autre usage : c'était à lire les no
des routes écrits sur les poteaux quand no

us étions égarés, ce qui arrivait continuel-
ment. Je grimpais alors aux poteaux, et il
agissait d'allumer le briquet assez à propos
ur saisir au passage les lettres à demi ef-
ées; tout cela follement, comme deux en-
ts que nous étions. Il fallait nous voir
us un carrefour, lorsqu'il y avait à déchif-
ir, non pas un poteau, mais cinq ou six,
qu'à ce que le bon se trouvât. Mais ce soir-
out notre bagage était resté dans l'herbe.
h bien, me dit Brigitte, nous passerons la
it ici; aussi bien je suis fatiguée. Ce rocher
un lit un peu dur; nous en ferons un avec
feuilles sèches. Asseyons-nous, et n'en
rlons plus. »

La soirée était superbe : la lune se levait
rrière nous; je la vois encore à ma gau-
e. Brigitte la regarda longtemps sortir
acement des dentelures noires que les col-
es boisées dessinaient à l'horizon. A me-
re que la clarté de l'astre se dégageait des
llis épais et se répandait dans le ciel, la
anson de Brigitte devenait plus lente et
us mélancolique Elle s'inclina bientôt, et,
jetant ses bras autour du cou : « Ne crois
s, me dit-elle, que je ne comprenne pas

ton cœur, et que je te fasse des reproches
ce que tu me fais souffrir. Ce n'est pas
faute, mon ami, si tu manques de force po
oublier ta vie passée; c'est de bonne foi q
tu m'as aimée, et je ne regretterai jama
quand je devrais mourir de ton amour,
jour où je me suis donnée. Tu as cru ren
tre à la vie et que tu oublierais dans n
bras le souvenir des femmes qui t'ont perc
Hélas! Octave, j'ai souri autrefois de ce
précoce expérience que tu disais avoir a
quise, et dont je t'entendais te vanter comn
les enfants qui ne savent rien. Je croyais q
je n'avais qu'à vouloir, et que tout ce qu'i
avait de bon dans ton cœur allait te venir s
les lèvres à mon premier baiser. Tu le croya
toi-même, et nous nous sommes trompés to
deux. O enfant! tu portes au cœur une pla
qui ne veut pas guérir; cette femme qui t
trompé, il faut que tu l'aies bien aimée! ou
plus que moi, bien plus, hélas! puisqu'av
tout mon pauvre amour je ne puis effacer s
image; il faut aussi qu'elle t'ait cruelleme
trompé, puisque c'est en vain que je te su
fidèle! Et les autres, ces misérables, qu'or
elles donc fait pour empoisonner ta jeuness

les plaisirs qu'elles t'ont vendus étaient donc bien vifs et bien terribles, puisque tu me demandes de leur ressembler! Tu te souviens d'elles près de moi! Ah! mon enfant, c'est là le plus cruel. J'aime mieux te voir, injuste et furieux, me reprocher des crimes imaginaires et te venger sur moi du mal que t'a fait ta première maîtresse, que de trouver sur ton visage cette affreuse gaieté, cet air de libertin railleur qui vient tout à coup se poser comme un masque de plâtre entre tes lèvres et les miennes. Dis-moi, Octave, pourquoi cela? pourquoi ces jours où tu parles de l'amour avec mépris, et où tu railles si tristement jusqu'à nos épanchements les plus doux? Quel empire avait donc pris sur tes nerfs irritables cette vie affreuse que tu as menée, pour que de pareilles injures flottent encore malgré toi sur tes lèvres? Oui, malgré toi, car ton cœur est noble; tu rougis toi-même de ce que tu fais; tu m'aimes trop pour n'en pas souffrir, parce que tu vois que j'en souffre. Ah! je te connais maintenant. La première fois que je t'ai vu ainsi, j'ai été prise d'une terreur dont rien ne peut te donner l'idée. J'ai cru que tu n'étais qu'un roué, que

tu m'avais trompée à dessein par l'appare..
d'un amour que tu n'éprouvais pas, et que
te voyais tel que tu étais véritablemen..
mon ami! j'ai pensé à la mort; quelle n..
j'ai passée! Tu ne connais pas ma vie; tu..
sais pas que, moi qui te parle, je n'ai pas..
du monde une expérience plus douce que..
tienne. Hélas! elle est douce, la vie, n
c'est à ceux qui ne la connaissent pas.

« Vous n'êtes pas, mon cher Octave..
premier homme que j'aie aimé. Il y a au fo..
de mon cœur une histoire fatale que je ..
sire que vous sachiez. Mon père m'avait di..
tinée, jeune encore, au fils unique d'un vi..
ami. Ils étaient voisins de campagne et po..
sédaient deux petits domaines à peu p..
d'égale valeur. Les deux familles se voyai..
tous les jours et vivaient pour ainsi dire ..
semble. Mon père mourut; il y avait lo..
temps que nous avions perdu ma mère..
demeurai sous la garde de ma tante, c..
vous connaissez. Un voyage qu'elle fut ob..
gée de faire quelque temps après la força..
me confier à son tour à mon futur beau-pè..
Il ne m'appelait jamais autrement que..
fille, et il était si bien connu dans le pa..

que je devais épouser son fils, qu'on nous laissait tous deux ensemble avec la plus grande liberté.

« Ce jeune homme, dont il est inutile de vous dire le nom, avait toujours paru m'aimer. Ce qui était depuis des années une amitié d'enfance devint de l'amour avec le temps. Il commençait, quand nous étions seuls, à me parler du bonheur qui nous attendait; il me peignait son impatience. J'étais plus jeune que lui d'un an seulement; mais il avait fait dans le voisinage la connaissance d'un homme de mauvaise vie, espèce de chevalier d'industrie dont il avait écouté les conseils. Tandis que je me livrais à ses caresses avec la confiance d'un enfant, il résolut de tromper mon père, de nous manquer à tous de parole et de m'abandonner après m'avoir perdue.

« Son père nous avait fait venir le matin dans sa chambre, et là, en présence de toute la famille, nous avait annoncé que le jour de notre mariage était fixé. Le soir même de ce jour, il me rencontra au jardin, me parla de son amour avec plus de force que jamais, me dit que, puisque l'époque était décidée, il me regardait comme mon mari, et qu'il l'était

devant Dieu depuis sa naissance. Je n'e
d'autre excuse à alléguer que ma jeunes
mon ignorance et la confiance que j'ava
Je me donnai à lui avant d'être sa femn
et huit jours après il quitta la maison de s
père; il prit la fuite avec une femme q
son nouvel ami lui avait fait connaître;
nous écrivit qu'il partait pour l'Allemag
et nous ne l'avons jamais revu.

« Voilà en un mot l'histoire de ma vie; m
mari l'a sue comme vous le savez maintena
J'ai beaucoup d'orgueil, mon enfant, et j'
vais juré dans ma solitude que jamais
homme ne me ferait souffrir une secon
fois ce que j'ai souffert alors. Je vous ai v
et j'ai oublié mon serment, mais non pas n
douleur. Il faut me traiter doucement;
vous êtes malade, je le suis aussi; il fa
avoir soin l'un de l'autre. Vous le voyez, O
tave, je sais aussi ce que c'est que le souven
du passé. Il m'inspire aussi près de vous d
moments de terreur cruelle; j'aurai plus (
courage que vous, car peut-être ai-je pl
souffert. Ce sera à moi de commencer; m
cœur est bien peu sûr de lui, je suis enco
bien faible; ma vie, dans ce village, était

tranquille avant que tu n'y fusses venu! je
m'étais tant promis de n'y rien changer! Tout
cela me rend exigeante. Eh bien, n'importe,
je suis à toi. Tu m'as dit, dans tes bons moments, que la Providence m'a chargée de
veiller sur toi comme une mère. C'est la vérité, mon ami; je ne suis pas votre maîtresse
tous les jours; il y en a beaucoup où je suis,
où je veux être votre mère. Oui, lorsque vous
me faites souffrir, je ne vois plus en vous
mon amant; vous n'êtes plus qu'un enfant
malade, défiant ou mutin, que je veux soigner
et guérir pour retrouver celui que j'aime et
que je veux toujours aimer. Que Dieu me
donne cette force! ajouta-t-elle en regardant
le ciel. Que Dieu qui nous voit, qui m'entend,
que le Dieu des mères et des amantes me
laisse accomplir cette tâche! Quand je devrais
y succomber, quand mon orgueil qui se ré-
volte, mon pauvre cœur qui se brise malgré
moi, quand toute ma vie... »

Elle n'acheva pas; ses larmes l'arrêtèrent.
Ô Dieu! je l'ai vue là sur ses genoux, les
mains jointes, inclinée sur la pierre; le vent
la faisait vaciller devant moi comme les
bruyères qui nous environnaient. Frêle et

sublime créature ! elle priait pour son amou:
Je la soulevai dans mes bras. « O mon uniqu
amie ! m'écriai-je, ô ma maîtresse, ma mè:
et ma sœur ! demande aussi pour moi que ;
puisse t'aimer comme tu le mérites. Deman(
que je puisse vivre; que mon cœur se la\
dans tes larmes; qu'il devienne une hosti
sans tache, et que nous la partagions deva:
Dieu ! »

Nous nous renversâmes sur la pierre. Tor
se taisait autour de nous; au-dessus de n(
têtes se déployait le ciel resplendissant d'(
toiles. « Le reconnais-tu ? dis-je à Brigitte; t
souviens-tu du premier jour ? »

Dieu merci, depuis cette soirée, nous n
sommes jamais retournés à cette roche. C'es
un autel qui est resté pur; c'est un des seul
spectres de ma vie qui soit encore vêtu d
blanc lorsqu'il passe devant mes yeux.

CHAPITRE IV

Comme je traversais la place, je vis u:
soir deux hommes arrêtés, dont l'un disai
assez haut : « Il paraît qu'il l'a maltraitée.—

st sa faute, répondit l'autre; pourquoi
oisir un homme pareil? Il n'a eu affaire
à des filles; elle porte la peine de sa
ie. »

Je m'avançai dans l'obscurité pour recon-
itre ceux qui parlaient ainsi et tâcher d'en
ndre davantage; mais ils s'éloignèrent
ine voyant.

Je trouvai Brigitte inquiète; sa tante était
vement malade; elle n'eut que le temps
me dire quelques mots. Je ne pus la voir
une semaine entière; je sus qu'elle avait
it venir un médecin de Paris; enfin un jour
le m'envoya demander.

« Ma tante est morte, me dit-elle; je perds
seul être qui me restât sur la terre. Je
is maintenant seule au monde, et je vais
nitter le pays.

— Ne suis-je donc vraiment rien pour
ous?

— Si, mon ami; vous savez que je vous
me, et je crois souvent que vous m'aimez.
lais comment pourrais-je compter sur vous?
e suis votre maîtresse, hélas! sans que
ous soyez mon amant. C'est pour vous que
hakspeare a dit ce triste mot : « Fais-toi

« faire un habit de taffetas changeant, c
« ton cœur est semblable à l'opale aux mi
« couleurs. » Et moi, Octave, ajouta-t-e
en me montrant sa robe de deuil, je su
vouée à une seule couleur, et pour lon
temps, je n'en changerai plus.

— Quittez le pays si vous voulez ; ou je r
tuerai, ou je vous suivrai. Ah ! Brigitte, co
tinuai-je en me jetant à genoux devant ell
vous avez pensé que vous étiez seule en voya
mourir votre tante ! C'est la plus cruelle p
nition que vous puissiez m'infliger ; jama
je n'ai senti avec plus de douleur la misè
de mon amour pour vous. Il faut que vo
rétractiez cette pensée horrible ; je la mérit
mais elle me tue. O Dieu ! serait-il vrai qu
je compte pour rien dans votre vie, ou qu
je n'y suis quelque chose que par le m
que je vous fais ?

— Je ne sais, dit-elle, qui s'occupe (
nous ; il s'est répandu depuis quelque temp
dans ce village et dans les environs, des di
cours singuliers. Les uns disent que je m
perds ; on m'accuse d'imprudence et de foli
les autres vous représentent comme u
homme cruel et dangereux. On a fouillé, j

sais comment, jusque dans nos plus secrètes pensées; ce que je croyais savoir seule,
mes inégalités dans votre conduite et les tristes
scènes auxquelles elles ont donné lieu, tout
cela est connu; ma pauvre tante m'en a
parlé, et il y a longtemps qu'elle le savait
sans en rien dire. Qui sait si tout cela ne l'a
pas fait descendre plus vite, plus cruellement, dans le tombeau? Lorsque je rencontre
à la promenade mes anciennes amies, elles
m'abordent froidement ou s'éloignent à mon
approche; mes chères paysannes elles-
mêmes, ces bonnes filles qui m'aimaient
tant, lèvent les épaules le dimanche lorsqu'elles voient ma place vide sous l'orchestre
de leur petit bal. Pourquoi, comment cela
se fait-il? je l'ignore, vous aussi sans doute;
mais il faut que je parte, je ne puis supporter cela. Et cette mort, cette maladie subite et affreuse, par-dessus tout, cette solitude! cette chambre vide! Le courage me
manque; mon ami, mon ami, ne m'abandonnez pas! »

Elle pleurait; j'aperçus dans la chambre
voisine des hardes en désordre, une malle à
terre, et tout ce qui annonce des préparatifs

de départ. Il était clair qu'au moment d
mort de sa tante Brigitte avait voulu p
sans moi, et qu'elle n'en avait pas eu la f
Elle était en effet si abattue, qu'elle ne
lait qu'avec peine ; sa situation était horr
et c'était moi qui l'avais faite. Non-seule
elle était malheureuse, mais on l'outra
en public, et l'homme en qui elle aura
trouver à la fois un soutien et un consola
n'était pour elle qu'une source plus féc
encore d'inquiétude et de tourments.

Je sentis si vivement mes torts, que je
fis honte à moi-même. Après tant de
messes, tant d'exaltation inutile, tant de
jets et tant d'espérances, voilà, en somme
que j'avais fait, et dans l'espace de
mois ! Je me croyais dans le cœur un tré
et il n'en était sorti qu'un fiel amer, l'
bre d'un rêve, et le malheur d'une fem
que j'adorais. Pour la première fois je
trouvais réellement en face de moi-même
gitte ne me reprochait rien ; elle voulait pa
et ne le pouvait pas ; elle était prête à sou
encore. Je me demandai tout à coup si je
devais pas la quitter, si ce n'était pas à m
de la fuir et de la délivrer d'un fléau

me levai, et, passant dans la chambre
ne, j'allai m'asseoir sur la malle de Bri-
. Là, j'appuyai mon front dans mes
ns, et demeurai comme anéanti. Je re-
dais autour de moi tous ces paquets à
tié faits, ces hardes étalées sur les meu-
; hélas! je les connaissais toutes; il y
t un peu de mon cœur après tout ce qui
t touchée. Je commençai à calculer
le mal que j'avais causé; je revis passer
chère Brigitte sous l'allée des tilleuls,
chevreau blanc courant après elle.

O homme! m'écriai-je, et de quel droit?
te rend si osé que de venir ici et de
tre la main sur cette femme? Qui a per-
qu'on souffre pour toi? Tu te peignes
ant ton miroir, et t'en vas, fat, en bonne
une chez ta maîtresse désolée; tu te jettes
les coussins où elle vient de prier pour
et pour elle, et tu frappes doucement,
air dégagé, sur ces mains fluettes qui
mblent encore. Tu ne t'entends pas trop
à exalter une pauvre tête, et tu pérores
chaudement dans tes délires amoureux,
eu près comme les avocats qui sortent les
x rouges d'un méchant procès qu'ils ont

perdu. Tu fais le petit enfant prodigue,
badines avec la souffrance; tu trouves
laisser-aller à accomplir à coups d'épin
un meurtre de boudoir. Que diras-tu
Dieu vivant lorsque ton œuvre sera achev
Où s'en va la femme qui t'aime? Où gliss
tu, où tombes-tu, pendant qu'elle s'app
sur toi? De quel visage enseveliras-tu
jour ta pâle et misérable amante, com
elle vient d'ensevelir le dernier être qui
protégeait? Oui, oui, sans aucun doute,
l'enseveliras, car ton amour la tue et la c
sume; tu l'as vouée à tes furies, et c'est
qui les apaise. Si tu suis cette femme,
mourra par toi. Prends garde! son bon a
hésite; il est venu frapper ce coup da
cette maison pour en chasser une pass
fatale et honteuse; il a inspiré à Brig
cette pensée de son départ; il lui donne pe
être en ce moment à l'oreille son dern
avertissement. O assassin! ô bourrea
prends garde! il s'agit de vie et de mort

Ainsi je me parlais à moi-même; puis
vis sur un coin du sofa une petite robe
guingan rayé, déjà pliée pour entrer dans
malle. Elle avait été le témoin de l'un d

s de nos jours heureux. Je la touchai et
ulevai.

Moi te quitter! lui dis-je; moi te per-
O petite robe! tu veux partir sans moi?
Non, je ne puis abandonner Brigitte;
ce moment ce serait une lâcheté. Elle
t de perdre sa tante, la voilà seule : elle
en butte aux propos de je ne sais quel
mi. Ce ne peut être que Mercanson; il
sans doute raconté son entretien avec
sur Dalens, et, me voyant jaloux un
, il en aura conclu et deviné le reste.
urément c'est une couleuvre qui vient
er sur ma fleur bien-aimée. Il faut d'abord
je l'en punisse, il faut ensuite que je
are le mal que j'ai fait à Brigitte. Insensé
je suis! je pense à la quitter lorsqu'il
lui consacrer ma vie, expier mes torts,
rendre, en bonheur, en soins et en amour,
que j'ai fait couler de larmes de ses yeux!
que je suis son seul appui au monde, son
l ami, sa seule épée! lorsque je dois la
re au bout de l'univers, lui faire un abri
mon corps, la consoler de m'avoir aimé et
s'être donnée à moi! »

Brigitte! m'écriai-je en entrant dans la

chambre où elle était restée, attendez
une heure, et je reviens.

— Où allez-vous? demanda-t-elle.

— Attendez-moi, lui dis-je, ne partez
sans moi. Souvenez-vous des parole
Ruth : « En quelque lieu que vous a
« votre peuple sera mon peuple, et votre
« sera mon Dieu; la terre où vous mo
« me verra mourir, et je serai ensevel
« vous le serez. »

Je la quittai précipitamment et je co
chez Mercanson; on me dit qu'il était
et j'entrai chez lui pour l'attendre.

Je m'étais assis dans un coin, sur la
de cuir du prêtre, devant sa table no
sale. Je commençais à trouver le temps
lorsque je vins à me rappeler mon du
sujet de ma première maîtresse.

« J'y ai reçu, me dis-je, un bon coup d
tolet, et j'en suis resté un fou rid
Qu'est-ce que je viens faire ici? Ce prê
se battra pas; si je vais lui chercher que
il me répondra que la forme de son ha
dispense de m'écouter, et il en jasera un
davantage quand je serai parti. Quels
d'ailleurs ces propos que l'on tient? De

inquiète Brigitte? On dit qu'elle se perd de
réputation, que je la maltraite et qu'elle a
tort de le souffrir. Quelle sottise! cela ne regarde personne; il n'y a rien de mieux que
de laisser dire; en pareil cas, s'occuper de
ces misères, c'est leur donner de l'importance. Peut-on empêcher des gens de province de s'occuper de leurs voisins? Peut-on
empêcher des bégueules de médire d'une
femme qui prend un amant? Quel moyen
pourrait-on trouver de faire cesser un bruit
public? Si on dit que je la maltraite, c'est
à moi à prouver le contraire par ma conduite avec elle, et non par de la violence. Il
serait aussi ridicule de chercher querelle à
Vercanson que de quitter un pays parce
qu'on y jase. Non, il ne faut pas quitter le
pays: c'est une maladresse; ce serait faire
voir à tout le monde qu'on avait raison
entre nous et donner gain de cause aux ba-
vards. Il ne faut ni partir ni se soucier des
propos.

Je retournai chez Brigitte. Une demi-heure
était à peine passée, et j'avais changé trois
fois de sentiment. Je la dissuadai de son projet; je lui racontai ce que je venais de faire

et pourquoi je m'étais abstenu. Elle m'écou
avec résignation ; cependant elle voulait p
tir ; cette maison où sa tante était morte
était odieuse ; il fallut bien des efforts de
part pour la faire consentir à rester ; j'y p
vins enfin. Nous nous répétâmes que no
méprisions les propos du monde, qu'il
fallait leur céder en rien ni rien change
notre vie habituelle. Je lui jurai que m
amour la consolerait de tous ses chagrins
elle feignit de l'espérer. Je lui dis que ce
circonstance m'avait si bien éclairé sur m
torts, que ma conduite lui prouverait m
repentir, que je voulais chasser de m
comme un fantôme tout le mauvais leva
qui restait dans mon cœur, qu'elle n'aur
désormais à souffrir ni de mon orgueil ni
mes caprices ; et ainsi, triste et patiente, to
jours suspendue à mon cou, elle obéit à
pur caprice que je prenais moi-même po
un éclair de ma raison.

CHAPITRE V

1 jour, en rentrant au logis, je vis ou-
 une petite chambre qu'elle appelait son
 oire; il n'y avait en effet pour tout
ble qu'un prie-Dieu et un petit autel,
 une croix et quelques vases de fleurs.
este, les murs et les rideaux, tout était
c comme la neige. Elle s'y enfermait
quefois, mais rarement, depuis que je
is chez elle.

 me penchai contre la porte, et je vis
itte assise à terre au milieu de fleurs
le venait de jeter. Elle tenait une petite
onne qui me parut être d'herbes sèches,
le la brisait entre ses mains.

Que faites-vous donc? » lui demandai-je.
tressaillit et se leva. « Ce n'est rien, dit-
 un jouet d'enfant; c'est une vieille cou-
e de roses qui s'est fanée dans cet ora-
; il y a longtemps que je l'y avais mise;
is venue pour changer mes fleurs. »

Elle parlait d'une voix tremblante et
raissait prête à défaillir. Je me souvins d
nom de Brigitte la Rose, que je lui avais
tendu donner. Je lui demandai si par has
ce n'était pas sa couronne de rosière qu
venait de briser ainsi.

« Non, répondit-elle en pâlissant.

— Oui! m'écriai-je, oui; sur ma vie!
nez-m'en les morceaux! »

Je les ramassai et les posai sur l'autel,
je restai muet, les yeux fixés sur ce débri

« N'aurais-je pas raison, dit-elle, si c'é
ma couronne, de l'avoir ôtée de ce mu
elle était depuis si longtemps? A quoi
ruines sont-elles bonnes? Brigitte la
n'est plus de ce monde, pas plus que les r
qui l'ont baptisée. »

Elle sortit; j'entendis un sanglot,
porte se ferma sur moi; je tombai à gen
sur la pierre et je pleurai amèrement.

Lorsque je remontai chez elle, je la tro
assise à table; le dîner était prêt, et
m'attendait. Je pris ma place en silenc
il ne fut pas question de ce que nous av
dans le cœur.

CHAPITRE VI

C'était en effet Mercanson qui avait raconté dans le village et dans les châteaux environnants mon entretien avec lui sur Dalens et les soupçons que, malgré moi, je lui avais laissé voir clairement. On sait comment dans les provinces les propos médisants se répètent, volent de bouche en bouche et s'exagèrent; ce fut alors ce qui arriva.

Brigitte et moi nous nous trouvions l'un à-vis de l'autre dans une position nouvelle. Quelque faiblesse qu'elle eût mise dans sa tentative de départ, elle ne l'en avait pas moins faite. C'était sur ma prière qu'elle était restée; il y avait là une obligation. Je m'étais engagé à ne troubler son repos ni par ma jalousie ni par ma légèreté; chaque parole dure ou railleuse qui m'échappait était une faute, chaque regard triste qu'elle m'adressait était un reproche senti et mérité. Son bon et simple naturel lui fit trouver

d'abord à sa solitude un charme de pl
elle pouvait me voir à toute heure et s
être obligée à aucune précaution. Peut-ê
se livra-t-elle à cette facilité pour me prou
qu'elle préférait son amour à sa réputatio
il semblait qu'elle se repentît de s'ê
montrée sensible aux discours des médisar
Quoi qu'il en soit, au lieu de veiller sur n
et de nous défendre de la curiosité, n
prîmes au contraire un genre de vie p
libre et plus insouciant que jamais.

J'allais chez elle à l'heure du déjeun
n'ayant rien à faire de la journée, je ne se
tais qu'avec elle. Elle me retenait à dîner
soirée s'ensuivait par conséquent, bient
lorsque l'heure de rentrer arrivait, n
imaginâmes mille prétextes, nous prîn
mille précautions illusoires, qui, au fo
n'en étaient point. Enfin je vivais, pour ai
dire, chez elle, et nous faisions semblant
croire que personne ne s'en apercevait.

Je tins parole quelque temps, et pas
nuage ne troubla notre tête-à-tête. Ce fur
d'heureux jours ; ce n'est pas de ceux-là q
faut parler.

On disait partout dans le pays que Brigi

ait publiquement avec un libertin arrivé
Paris; que son amant la maltraitait, que
r temps se passait à se quitter et à se rendre, mais que tout cela finirait mal.
tant on avait donné de louanges à Brigitte
ur sa conduite passée, autant on la blâmait
intenant. Il n'était rien dans cette conte même autrefois digne de tous les
ges, qu'on n'allât rechercher pour y trou-
r une mauvaise interprétation. Ses courses
litaires dans les montagnes, dont la charité
it le but et qui n'avaient jamais fait naître
soupçon, devinrent tout à coup le sujet
es quolibets et des railleries. On parlait
lle comme d'une femme qui avait perdu
ut respect humain et qui devait s'attirer
stement d'inévitables et affreux malheurs.
J'avais dit à Brigitte que mon avis était de
sser jaser, et je ne voulais pas paraître me
cier de ces propos; mais la vérité est
ils me devenaient insupportables. Je sor-
s quelquefois exprès, et j'allais faire des
ites dans les environs pour tâcher d'endre un mot positif que j'eusse pu regarder
mme une insulte, afin d'en demander rai-
n. J'écoutais avec attention tout ce qui se

disait à voix basse dans un salon où je m
trouvais; mais je ne pouvais rien saisi
pour me déchirer à son aise, on attend
que je fusse parti. Je rentrais alors au log
et je disais à Brigitte que tous ces con
n'étaient que des misères, qu'il fallait êt
fou pour s'en occuper; qu'on parlerait
nous tant qu'on voudrait, et que je n'en vo
lais rien savoir.

N'étais-je point coupable au delà de tou
expression? Si Brigitte était imprudent
n'était-ce pas à moi de réfléchir et de l'aver
du danger? Tout au contraire, je pris, po
ainsi dire, le parti du monde contre elle.

J'avais commencé par me montrer inso
ciant; j'en vins bientôt à me montrer m
chant. « Vraiment, disais-je à Brigitte,
dit du mal de vos excursions nocturne
Êtes-vous bien sûre qu'on a tort? Ne s'est
rien passé dans les allées et dans les grott
de cette forêt romantique? N'avez-vous jama
accepté, pour rentrer à la brune, le bras d'u
inconnu, comme vous avez accepté le mie
Était-ce bien la charité seule qui vous serva
de divinité dans ce beau temple de verdu
que vous traversiez si courageusement? »

Le premier regard de Brigitte, lorsque je
commençai à prendre ce ton, ne sortira
jmais de ma mémoire; j'en frissonnai moi-
ême. « Mais, bah! pensai-je, elle ferait
comme ma première maîtresse, si je prenais
tt et cause pour elle; elle me montrerait
doigt comme un sot ridicule, et je payerais
ur tous aux yeux du public. »
De l'homme qui doute à celui qui renie il
v a guère de distance. Tout philosophe est
sin d'un athée. Après avoir dit à Brigitte
e je doutais de sa conduite passée, j'en
utai véritablement; et, dès que j'en doutai,
jn'y crus pas.
J'en venais à me figurer que Brigitte me
mpait, elle que je ne quittais pas une
ure par jour; je faisais quelquefois à des-
n des absences assez longues, et je connais avec moi-même que c'était pour l'é-
ouver; mais, au fond, ce n'était que pour
donner, comme à mon insu, sujet de
uter et de railler. Alors j'étais content
sque je lui faisais remarquer que, bien
n d'être encore jaloux, je ne me souciais
as de ces folles craintes qui me traversaient
trefois l'esprit; bien entendu que cela vou-

lait dire que je ne l'estimais pas assez p
être jaloux.

J'avais d'abord gardé pour moi-même
remarques que je faisais; je trouvai bier
du plaisir à les faire tout haut devant
gitte. Sortions-nous pour une promena
« Cette robe est jolie, lui disais-je; telle
de mes amies en a, je crois, une pareill
Étions-nous à table : « Allons, ma ch
mon ancienne maîtresse chantait sa chan
au dessert, il convient que vous l'imitie
Se mettait-elle au piano : « Ah! de gr
jouez-moi donc la valse qui était de m
l'hiver passé; cela me rappelle le
temps. »

Lecteur, cela dura six mois : pendant
mois entiers, Brigitte, calomniée, expo
aux insultes du monde, eut à essuyer de
part tous les dédains et toutes les inju
qu'un libertin colère et cruel peut prodig
à la fille qu'il paye,

Au sortir de ces scènes affreuses où b
esprit s'épuisait en tortures et déchirait n
propre cœur, tour à tour accusant et raillé
mais toujours avide de souffrir et de reve
au passé; au sortir de là, un amour étran

ne exaltation poussée jusqu'à l'excès, me
isaient traiter ma maîtresse comme une
iole, comme une divinité. Un quart d'heure
près l'avoir insultée, j'étais à genoux;
ès que je n'accusais plus, je demandais
ardon; dès que je ne raillais plus, je pleu-
ais. Alors un délire inouï, une fièvre de
onheur, s'emparaient de moi; je me mon-
ais navré de joie, je perdais presque la
aison par la violence de mes transports; je
e savais que dire, que faire, qu'imaginer,
our réparer le mal que j'avais fait. Je pre-
ais Brigitte dans mes bras, et je lui faisais
épéter cent fois, mille fois, qu'elle m'aimait
t qu'elle me pardonnait. Je parlais d'expier
mes torts et de me brûler la cervelle si je re-
ommençais à la maltraiter. Ces élans du
cœur duraient des nuits entières, pendant
esquelles je ne cessais de parler, de pleurer,
de me rouler aux pieds de Brigitte, de m'en-
vrer d'un amour sans bornes, énervant,
insensé. Puis le matin venait, le jour paraissait; je tombais sans force, je m'endormais,
et je me réveillais le sourire sur les lèvres,
me moquant de tout et ne croyant à rien.

Durant ces nuits de volupté terrible, Bri-

gitte ne paraissait pas se souvenir qu'il y
en moi un autre homme que celui qu'e
avait devant les yeux. Lorsque je lui dem
dais pardon, elle haussait les épaul
comme pour me dire : « Ne sais-tu pas
je te pardonne ? » Elle se sentait gagnée
ma fièvre. Que de fois je l'ai vue, pâle
plaisir et d'amour, me dire qu'elle me v
lait ainsi, que c'était sa vie que ces orag
que les souffrances qu'elle endurait
étaient chères, ainsi payées, qu'elle ne
plaindrait jamais tant qu'il resterait da
mon cœur une étincelle de notre amou
qu'elle savait qu'elle en mourrait, ma
qu'elle espérait que j'en mourrais moi-même
enfin, que tout lui était bon, lui était dou
venant de moi, les insultes comme les la
mes, et que ces délices étaient son tombea

Cependant les jours s'écoulaient, et mon m
empirait sans cesse ; mes accès de méchai
ceté et d'ironie prenaient un caractère som
bre et intraitable. J'avais, au milieu de m
folies, de véritables accès de fièvre qui n
frappaient comme des coups de foudre;
m'éveillais tremblant de tous mes membr
et couvert d'une sueur froide. Un mouve

 de surprise, une impression inattendue,
aisaient tressaillir jusqu'à effrayer ceux
me voyaient. Brigitte, de son côté, quoi-
lle ne se plaignît pas, portait sur le vides marques d'une altération profonde.
nd je commençais à la maltraiter, elle
ait sans mot dire et s'enfermait. Dieu
ci, je n'ai jamais porté la main sur elle :
 mes plus grands accès de violence, je
s plutôt mort que de la toucher.

n soir, la pluie fouettait les vitres; nous
ons seuls, les rideaux fermés. « Je me
 d'humeur joyeuse, dis-je à Brigitte, et
endant ce temps horrible m'attriste
gré moi. Il ne faut pas nous laisser
e, et si vous êtes de mon avis, nous nous
ertirons en dépit de l'orage. »

e me levai et j'allumai toutes les bougies
 se trouvaient dans les flambeaux. La
mbre, assez petite, en fut tout à coup
irée comme d'une illumination En même
ps, un feu ardent (nous étions à l'hiver)
pandait une chaleur étouffante « Allons,
je, qu'allons-nous faire en attendant qu'il
 temps de souper ? »

e pensai qu'alors, à Paris, c'était le temps

du carnaval. Il me sembla voir passer devant
moi les voitures de masques qui se croisent
aux boulevards. J'entendais la foule joyeuse
se renvoyer à l'entrée des théâtres mille
propos étourdissants; je voyais les danses
lascives, les costumes bariolés, le vin et la
folie; toute ma jeunesse me fit bondir le cœur.

« Déguisons-nous, dis-je à Brigitte. Ce
sera pour nous seuls; qu'importe? Si nous
n'avons pas de costume, nous avons de quoi
nous en faire, et nous en passerons le temps
plus agréablement. »

Nous prîmes dans une armoire des robes,
des châles, des manteaux, des écharpes, des
fleurs artificielles; Brigitte comme toujours
montrait une gaieté patiente. Nous nous
travestîmes tous deux; elle voulut me coiffer
elle-même; nous avions mis du rouge et
nous nous étions poudrés; tout ce qu'il nous
fallait pour cela s'était trouvé dans une vieille
cassette qui venait, je crois, de la tante. Enfin
au bout d'une heure, nous ne nous recon-
naissions plus l'un l'autre. La soirée se
passa à chanter, à imaginer mille folies; et
vers une heure du matin, il fut temps de
souper.

...s avions fouillé dans toutes les armoi-
...il y en avait une près de moi qui était
... entr'ouverte. En m'asseyant pour me
...e à table, j'y aperçus sur un rayon le
...dont j'ai déjà parlé, où Brigitte écri-
...souvent.

...N'est-ce pas le recueil de vos pensées?
...andai-je en étendant le bras et en le
...ant. Si ce n'est pas une indiscrétion,
...ez-moi y jeter les yeux. »

...ouvris le livre, quoique Brigitte fît un
...e pour m'en empêcher; à la première
...e, je tombai sur ces mots : *Ceci est mon*
...*ament!*

...out était écrit d'une main tranquille; j'y
...uvai d'abord un récit fidèle, sans amer-
...e et sans colère, de tout ce que Brigitte
...t souffert par moi depuis qu'elle était ma
...tresse. Elle annonçait une ferme déter-
...ation de tout supporter tant que je l'ai-
...als et de mourir quand je la quitterais.
...dispositions étaient faites; elle rendait
...pte, jour par jour, du sacrifice de sa vie.
...u'elle avait perdu, ce qu'elle avait espéré,
...lement affreux où elle se trouvait jusque
...ns mes bras, la barrière toujours crois-

sante qui s'interposait entre nous, les cru
tés dont je payais son amour et sa résignati
tout cela était raconté sans une plainte; e
prenait à tâche, au contraire, de me justifi
Enfin elle arrivait au détail de ses affai
personnelles et réglait ce qui regardait
héritiers. C'était par le poison, disait-e
qu'elle en finirait avec la vie. Elle mour
de sa propre volonté, et défendait express
ment que sa mémoire servît jamais de p
texte à quelque démarche contre moi. « Pr
pour lui! » telle était sa dernière paro

Je trouvai dans l'armoire, sur le mê
rayon, une petite boîte que j'avais déjà v
pleine d'une poudre fine et bleuâtre, se
blable à du sel

« Qu'est-ce que c'est que cela? » demandai
à Brigitte en portant la boîte à mes lèvr
Elle poussa un cri terrible et se jeta sur m

« Brigitte, lui-dis-je, dites-moi adieu. J'e
porte cette boîte; vous m'oublierez et vo
vivrez, si vous voulez m'épargner un meu
tre. Je partirai cette nuit même, et ne vo
demande point de pardon; vous me l'acco
deriez que Dieu n'en voudrait pas. Donne
moi un dernier baiser. »

Je me penchai sur elle et la baisai au front.
« Pas encore ! » s'écria-t-elle avec angoisse.
Mais je la repoussai sur le sofa et m'élançai hors de la chambre.

Trois heures après, j'étais prêt à partir, et les chevaux de poste étaient arrivés. La pluie tombait toujours, et je montai à tâtons dans la voiture. Au même instant le postillon partit; je sentis deux bras qui me serraient le corps et un sanglot qui se collait sur ma bouche.

C'était Brigitte. Je fis tout au monde pour la décider à rester; je criai qu'on arrêtât; je lui dis tout ce que je pus imaginer pour lui persuader de descendre; j'allai même jusqu'à lui promettre que je reviendrais un jour à elle, lorsque le temps et les voyages auraient effacé le souvenir du mal que je lui avais fait. Je m'efforçai de lui prouver que ce qui avait été hier serait encore demain; je lui répétai que je ne pouvais que la rendre malheureuse, que s'attacher à moi c'était faire de moi un assassin. J'employai la prière, les serments, la menace même; elle ne me répondit qu'un mot : « Tu pars, emmène-moi; quittons le pays, quittons le passé. Nous

ne pouvons plus vivre ici. Allons ailleurs, où
tu voudras; allons mourir dans un coin de
la terre. Il faut que nous soyons heureux,
moi par toi, toi par moi. »

Je l'embrassai avec un tel transport, que
je crus sentir mon cœur se briser. « Pars
donc! » criai-je au postillon. Nous nous
jetâmes dans les bras l'un de l'autre et les
chevaux partirent au galop.

CINQUIÈME PARTIE

CHAPITRE PREMIER

Décidés à un long voyage, nous étions ve-
nus à Paris ; les préparatifs nécessaires et
les affaires à régler demandaient du temps,
il fallut prendre pour un mois un appartement à l'hôtel garni.

La résolution de quitter la France avait
tout fait changer de face : la joie, l'espoir, la
confiance, tout était revenu à la fois ; plus de
chagrin, plus de querelles devant la pensée du
départ prochain. Il ne s'agissait plus que de
rêves de bonheur, de serments d'aimer à jamais ; je voulais enfin pour tout de bon faire
oublier à ma chère maîtresse tous les maux
qu'elle avait soufferts. Comment aurais-je pu
résister à tant de preuves d'une affection si

tendre et à une résignation si courageus
Non-seulement Brigitte me pardonnait, ma
elle s'apprêtait à me faire le plus grand sacri
fice et à tout quitter pour me suivre. Autau
je me sentais indigne du dévouement qu'e
me témoignait, autant je voulais à l'avenir qu
mon amour la récompensât ; enfin mon b'
ange avait triomphé, et l'admiration et l'
mour prenaient le dessus dans mon cœur

Inclinée près de moi, Brigitte cherchait si
la carte le lieu où nous allions nous ensevel
nous ne l'avions pas décidé encore, et no
trouvions à cette incertitude un plaisir si a
et si nouveau, que nous feignions, pour ais
dire, de ne pouvoir nous fixer sur rien. I
rant ces recherches, nos fronts se touchaie
mon bras entourait la taille de Brigitte. « (
irons-nous? que ferons-nous? où comme
cera la vie nouvelle ? » Comment dirai-je
que j'éprouvais lorsqu'au milieu de tant d'
pérances je relevais la tête par moment
Quel repentir me pénétrait à la vue de
beau et tranquille visage qui souriait à l
venir, pâle encore des douleurs du pas
Lorsque je la tenais ainsi et que son do
errait sur la carte, tandis qu'elle parlai

prix bassè de ses affaires qu'elle disposait, à ses désirs, de notre retraite future, j'aurais donné mon sang pour elle. Projets de bonheur, vous êtes peut-être le seul bonheur véritable ici-bas !

Il y avait huit jours environ que notre temps se passait en courses et en emplettes, lorsqu'un jeune homme se présenta chez nous ; il apportait des lettres à Brigitte. Après l'entretien qu'il eut avec elle, je la trouvai triste et abattue ; mais je n'en pus savoir autre chose, sinon que les lettres étaient de N***, cette même ville où, pour la première fois, j'avais parlé de mon amour, et où demeuraient les seuls parents que Brigitte eût encore.

Cependant nos préparatifs se faisaient rapidement, et il n'y avait place dans mon cœur que pour l'impatience du départ ; en même temps la joie que j'éprouvais me laissait à peine un instant de repos. Quand je me levais le matin et que le soleil éclairait nos croisées, je me sentais de tels transports, que j'en étais comme enivré ; j'entrais alors sur la pointe du pied dans la chambre où dormait Brigitte. Elle me trouva plus d'une

fois, en s'éveillant, à genoux au pied de se
lit, la regardant dormir et ne pouvant rete
nir mes larmes ; je ne savais par quel moye
la convaincre de la sincérité de mon repentir
Si mon amour pour ma première maîtres
m'avait fait faire autrefois des folies, j'en fa
sais maintenant cent fois plus : tout ce qu
la passion portée à l'excès peut inspirer d'é
trange ou de violent, je le recherchais ave
fureur. C'était un culte que j'avais pour Bri
gitte, et, quoique son amant depuis plus d
six mois, il me semblait, quand je m'appro
chais d'elle, que je la voyais pour la premièr
fois ; j'osais à peine baiser le bas de la rob
de cette femme que j'avais si longtemps ma
traitée. Ses moindres mots me faisaient tres
saillir comme si sa voix m'eût été nouvelle
tantôt je me jetais dans ses bras en sanglo
tant, et tantôt j'éclatais de rire sans motif
je ne parlais de ma conduite passée qu'ave
horreur et avec dégoût, et j'aurais voulu qu'
eût existé quelque part un temple consacré
l'amour, pour m'y laver dans un baptême
m'y couvrir d'un vêtement distinct que rie
désormais n'eût pu m'arracher.

J'ai vu le saint Thomas du Titien poser so

doigt sur la plaie du Christ, et j'ai souvent pensé à lui : si j'osais comparer l'amour à la foi d'un homme en son Dieu, je pourrais dire que je lui ressemblais. Quel nom porte le sentiment qu'exprime cette tête inquiète, presque doutant encore et adorant déjà ? Il touche la plaie ; le blasphème étonné s'arrête sur ses lèvres ouvertes, où la prière se pose doucement. Est-ce un apôtre ? est-ce un impie ? se repent-il autant qu'il a offensé ? Ni lui, ni le peintre, ni toi qui le regardes, vous n'en savez rien ; le Sauveur sourit, et tout s'absorbe comme une goutte de rosée dans un rayon de l'immense bonté.

C'est ainsi que, devant Brigitte, j'étais muet et comme surpris sans cesse ; je tremblais qu'elle ne conservât des craintes et que tant de changements qu'elle avait vus en moi ne la rendissent défiante. Mais au bout de quinze jours elle avait lu clairement dans mon cœur ; elle comprit qu'en la voyant sincère je l'étais devenu à mon tour, et, comme mon amour venait de son courage, elle ne douta pas plus de l'un que de l'autre.

Notre chambre était pleine de hardes en désordre, d'albums, de crayons, de livres, de

paquets, et sur tout cela, toujours étalée, la
chère carte que nous aimions tant. Nous allions et venions ; je m'arrêtais à tout moment
pour me jeter aux genoux de Brigitte, qui
me traitait de paresseux, disant en riant
qu'il lui fallait tout faire et que je n'étais bon
à rien ; et, tout en préparant les malles, les
projets allaient comme on pense. C'était bien
loin de gagner la Sicile ; mais l'hiver y est si
agréable ; c'est le climat le plus heureux.
Gênes est bien belle avec ses maisons peintes,
ses jardins verts en espalier, et les Apennins
derrière elle ! Mais que de bruit ! quelle mul-
titude ! Sur trois hommes qui passent dans
les rues, il y a un moine et un soldat. Florence
est triste, c'est le moyen âge encore vivant
au milieu de nous. Comment souffrir ces fenêtres grillées et cette affreuse couleur brune
dont les maisons sont toutes salies ? Qu'irions-
nous faire à Rome ? nous ne voyageons pas
pour nous éblouir, et encore moins pour rien
apprendre. Si nous allions sur les bords du
Rhin ? mais la saison y sera passée, et quoiqu'on ne cherche pas le monde, il est toujours
triste d'aller où il va, quand il n'y est plus.
Mais l'Espagne ? trop d'embarras nous y at-

...teraient : il faut y marcher comme en
...erre et s'attendre à tout, hormis au repos.
...lons en Suisse ! si tant de gens y voyagent,
...issons les sots en faire fi ; c'est là qu'écla-
...nt dans toute leur splendeur les trois cou-
...urs les plus chères à Dieu : l'azur du ciel,
...la verdure des plaines, et la blancheur des
...eiges au sommet des glaciers. « Partons,
...partons, disait Brigitte, envolons-nous comme
...deux oiseaux. Figurons-nous, mon cher Oc-
...tave, que c'est d'hier que nous nous connais-
...sons, vous m'avez rencontrée au bal, je vous
...i plu, et je vous aime ; vous me contez
...qu'à quelques lieues d'ici, dans je ne sais
...quelle petite ville, vous avez aimé une ma-
...ame Pierson ; ce qui s'est passé entre vous
...et elle, je ne le veux seulement pas croire.
...N'iriez-vous pas me faire confidence de vos
...amours avec une femme que vous avez quittée
...pour moi ? Je vous dis tout bas à mon tour
...qu'il n'y a pas bien longtemps encore j'ai
...aimé un mauvais sujet qui m'a rendue assez
...malheureuse ; vous me plaignez, vous m'im-
...posez silence, et il est convenu entre nous
...qu'il n'en sera jamais question. »

...Lorsque Brigitte parlait ainsi, ce que j'é-

prouvais ressemblait à de l'avarice; je la se
rais avec des bras tremblants. « O Dieu! m
criais-je, je ne sais si c'est de joie ou
crainte que je frissonne. Je vais t'emport
mon trésor. Devant cet horizon immense,
es à moi; nous allons partir. Meure ma je
nesse, meurent les souvenirs, meurent
soucis et les regrets! O ma bonne et bra
maîtresse! tu as fait un homme d'un enfan
si je te perdais maintenant, jamais je
pourrais aimer. Peut-être avant de te co
naître une autre femme aurait pu me gu
rir; mais maintenant toi seule au monde
peux me tuer ou me sauver, car je porte
cœur la blessure de tout le mal que je t'
fait. J'ai été ingrat, aveugle et cruel. Di
soit béni! tu m'aimes encore. Si jamais
retournes au village où je t'ai vue sous l
tilleuls, regarde cette maison déserte; il d
y avoir là un fantôme, car l'homme qui
sort avec toi n'est pas celui qui y était e
tré.

— Est-ce bien vrai? disait Brigitte; et s
beau front, tout radieux d'amour, se leva
alors vers le ciel; est-ce bien vrai que je su
à toi? Oui, loin de ce monde odieux qui vou

et vieilli avant l'âge, oui, enfant, vous al-
aimer. Je vous aurai tel que vous êtes, et,
il que soit le coin de la terre où nous al-
trouver la vie, vous m'y pourrez oublier
remords le jour où vous n'aimerez plus.
mission sera remplie, et il me restera tou-
là-haut un Dieu pour l'en remercier. »
De quel poignant et affreux souvenir me
mplissent encore ces paroles ! Enfin il était
idé que nous irions d'abord à Genève, et
nous choisirions au pied des Alpes un
tranquille pour le printemps. Déjà Brigitte parlait du beau lac ; déjà j'aspirais
dans mon cœur le souffle du vent qui l'agite
la vivace odeur de la verte vallée ; déjà
usanne, Vevay, l'Oberland, et par delà les
nmets du mont Rose la plaine immense de
Lombardie ; déjà l'oubli, le repos, la fuite,
ns les esprits des solitudes heureuses, nous
nviaient et nous invitaient ; déjà, quand,
soir, les mains jointes, nous nous regar-
ons l'un l'autre en silence, nous sentions
lever en nous ce sentiment plein d'une
andeur étrange qui s'empare du cœur à la
ille des longs voyages, vertige secret et
xplicable qui tient à la fois des terreurs

de l'exil et des espérances du pèlerinage
Dieu ! c'est ta voix elle-même qui app
alors, et qui avertit l'homme qu'il va ve
à toi. N'y a-t-il pas dans la pensée huma
des ailes qui frémissent et des cordes sono
qui se tendent? Que vous dirai-je? n'y a-
pas un monde dans ces seuls mots : « T
était prêt, nous allions partir ? »

Tout à coup Brigitte languit ; elle baisse
tête, elle garde le silence. Quand je lui
mande si elle souffre, elle me dit que r
d'une voix éteinte ; quand je lui parle du jo
du départ, elle se lève, froide et résignée
continue ses préparatifs ; quand je lui j
qu'elle va être heureuse et que je veux
consacrer ma vie, elle s'enferme pour pleur
quand je l'embrasse, elle devient pâle et
tourne les yeux en me tendant les lèvr
quand je lui dis que rien n'est encore f
qu'elle peut renoncer à nos projets, elle fro
le sourcil d'un air dur et farouche ; qu
je la supplie de m'ouvrir son cœur, qu
je lui répète que, dussé-je en mourir, je
crifierai mon bonheur s'il doit jamais
coûter un regret, elle se jette à mon c
puis s'arrête et me repousse comme invol

rement. Enfin j'entre un jour dans sa
ambre, tenant à la main un billet où nos
ces sont marquées pour la voiture de Be-
nçon. Je m'approche d'elle, je le pose sur
es genoux, elle étend les bras, pousse un
i et tombe sans connaissance à mes pieds.

CHAPITRE II

Tous mes efforts pour deviner la cause
d'un changement aussi inattendu étaient
restés sans résultat comme les questions que
j'avais pu faire. Brigitte était malade et gardait opiniâtrément le silence. Après une
journée entière passée tantôt à la supplier
de s'expliquer, tantôt à m'épuiser en conjec-
tures, j'étais sorti sans savoir où j'allais. En
passant près de l'Opéra, un commissionnaire
m'offrit un billet, et machinalement j'y entrai, comme c'était mon habitude.

Je ne pouvais faire attention à ce qui se
passait ni sur le théâtre ni dans la salle:
j'étais navré d'une telle douleur et en même
temps si stupéfait, que je ne vivais, pour

ainsi dire, qu'en moi, et que les objets exté
rieurs ne semblaient plus frapper mes sen
Toutes mes forces concentrées se portaient
sur une pensée, et plus je la remuais dan
ma tête, moins j'y pouvais voir nettemen
Quel obstacle affreux, survenu tout à coup
renversait ainsi, à la veille du départ, tan
de projets et d'espérances ? S'il s'agissait d'u
événement ordinaire ou même d'un malheu
véritable, comme d'un accident de fortun
ou de la perte de quelque ami, pourquoi ce
silence obstiné ? Après tout ce qu'avait fai
Brigitte, dans un moment où nos rêves les
plus chers paraissaient près de se réaliser
de quelle nature pouvait être un secret qu
détruisait notre bonheur et qu'elle refusai
de me confier ? Quoi ! c'est de moi qu'elle se
cache ! Que ses chagrins, que ses affaires, la
crainte même de l'avenir, je ne sais quel
motif de tristesse, d'incertitude ou de colère
la retiennent ici quelque temps ou la fassen
renoncer pour toujours à ce voyage si désiré
par quelle raison ne pas s'ouvrir à moi ?
Dans l'état où se trouvait mon cœur, je ne
pouvais cependant supposer qu'il y eût là
rien de blâmable. L'apparence seule d'une

...pçon me révoltait et me faisait horreur. ...mment, d'autre part, croire à de l'incon- ...nce ou à du caprice seulement dans cette ...mme telle que je la connaissais? Je me ...rdais dans un abîme, et ne voyais pas même ... plus faible lueur, le moindre point qui pût ...e fixer.

...Il y avait en face de moi, à la galerie, un ...une homme dont les traits ne m'étaient pas ...connus. Comme il arrive souvent quand on ... l'esprit préoccupé, je le regardais sans ...'en rendre compte et je cherchais à mettre ...n nom sur son visage. Tout à coup je le ...connus: c'était lui qui, comme je l'ai dit ...us haut, avait apporté à Brigitte des let- ...es de N***. Je me levai précipitamment pour ...ller lui parler, sans songer à ce que je fai- ...ais. Il occupait une place à laquelle je ne ...ouvais arriver sans déranger un grand ...ombre de spectateurs, et je fus contraint ...'attendre l'entr'acte.

...Mon premier mouvement avait été de pen- ...er que, si quelqu'un pouvait m'éclairer sur ...'unique souci qui m'inquiétait, c'était ce ...une homme plus que tout autre. Il avait ...u avec madame Pierson plusieurs entre-

tiens depuis quelques jours, et je me souv
que, lorsqu'il l'avait quittée, je l'avais tro
vée constamment triste, non-seulement
premier jour, mais toutes les fois qu'il ét
venu. Il l'avait vue la veille, le matin mêm
du jour où elle était tombée malade. L
lettres qu'il apportait, Brigitte ne me l
avait point montrées; il était possible qu
connût la véritable raison qui retardait no
départ. Peut-être n'était-il pas entièrem
dans la confidence, mais il ne pouvait m
quer de m'apprendre au moins quel étai
contenu de ces lettres, et je devais le sup
ser assez au fait de nos affaires pour ne
craindre de l'interroger. J'étais ravi de l
voir trouvé, et, dès que la toile fut bais
je courus le joindre dans le corridor. Je
sais s'il me vit venir, mais il s'éloigna et
tra dans une loge. Je résolus d'attendre q
en sortît, et demeurai un quart d'heure à
promener, regardant toujours la porte d
loge. Elle s'ouvrit enfin, il sortit; je le sa
aussitôt de loin en m'avançant à sa rencon
Il fit quelques pas d'un air irrésolu; pu
tournant tout à coup, il descendit l'esca
et disparut.

Mon intention de l'aborder avait été trop
ardente pour qu'il pût m'échapper ainsi sans
dessein formel de m'éviter. Il devait connaître mon visage, et d'ailleurs même sans
qu'il le connût, un homme qui en voit un autre venir à lui doit au moins l'attendre. Nous
étions seuls dans le corridor quand je m'é-
tais avancé vers lui, ainsi il était hors de
doute qu'il n'avait pas voulu me parler. Je
ne songeai pas à y voir une impertinence :
un homme qui venait tous les jours dans un
appartement où je demeurais, à qui j'avais
toujours fait bon accueil quand je m'étais
rencontré avec lui, dont les manières étaient
simples et modestes, comment penser qu'il
voulût m'insulter? Il n'avait voulu que me
fuir et se dispenser d'en entretien fâcheux.
Pourquoi encore? Ce second mystère me troubla presque autant que le premier. Quoi que
je fisse pour écarter cette idée, la disparition
de ce jeune homme se liait invinciblement
dans ma tête avec le silence obstiné de Brigitte.

L'incertitude est de tous les tourments le
plus difficile à supporter, et dans plusieurs
circonstances de ma vie je me suis exposé à

de grands malheurs, faute de pouvoir atte:
dre patiemment. Lorsque je rentrai à la ma:
son, je trouvai Brigitte lisant préciséme:
ces fatales lettres de N***. Je lui dis qu:
m'était impossible de rester plus longtem|:
dans la situation d'esprit où je me trouvai:
et qu'à tout prix j'en voulais sortir; que |
voulais savoir, quel qu'il fût, le motif d:
changement subit qui s'était opéré en ell:
et que, si elle refusait de répondre, je rega:
derais son silence comme un refus positif d:
partir avec moi, et même comme un ord:
de m'éloigner d'elle pour toujours.

Elle me montra avec répugnance une d|
lettres qu'elle tenait. Ses parents lui écr:
vaient que son départ la déshonorait à j:
mais, que personne n'en ignorait la caus:
et qu'ils se croyaient obligés de lui déclar:
par avance quels en seraient les résultats:
qu'elle vivait publiquement comme ma ma:
tresse, et que, bien qu'elle fût libre et veuv:
elle ayait encore à répondre du nom qu'el:
portait; que ni eux ni aucun de ses ancie:
amis ne la reverraient si elle persistait; e:
fin, par toutes sortes de menaces et de co:
seils, ils l'engageaient à revenir au pays.

Le ton de cette lettre m'indigna, et je n'y
vis d'abord qu'une injure. « Et ce jeune homme
qui vous apporte ces remontrances, m'é-
criai-je, sans doute il s'est chargé de vous en
faire de vive voix, et il n'y manque pas, n'est-
ce pas vrai? »

La profonde tristesse de Brigitte me fit
fléchir et calma ma colère. « Vous ferez,
me dit-elle, ce que vous voudrez, et vous
achèverez de me perdre. Aussi bien mon
sort est entre vos mains, et il y a longtemps
que vous en êtes le maître. Tirez telle vengeance qu'il vous plaira du dernier effort
que mes vieux amis font pour me rappeler à
la raison, au monde, que je respectais jadis,
et à l'honneur, que j'ai perdu. Je n'ai pas un
mot à vous dire, et, si vous voulez même
me dicter ma réponse, je la ferai telle que
vous le souhaiterez.

— Je ne souhaite rien, répondis-je, que de
connaître vos intentions; c'est à moi au
contraire de m'y conformer, et, je vous le
jure, j'y suis prêt. Dites-moi si vous restez,
si vous partez, ou s'il faut que je parte seul.

— Pourquoi cette question? demanda Brigitte; vous ai-je dit que j'eusse changé

d'avis? Je souffre et ne puis partir àins
mais, dès que je serai guérie ou seuleme
en état de me lever, nous irons à Genèv
comme il est convenu. »

Nous nous séparâmes sur ces mots, et
mortelle froideur dont elle les avait pr
noncés m'attrista plus qu'un refus ne l'a
rait fait. Ce n'était pas la première fois qu
par des avis de ce genre, on tentait
rompre notre liaison; mais jusqu'ici, quelq
impression que de pareilles lettres eusse
faite sur Brigitte, elle s'en était bientôt di
traite. Comment croire que ce seul motif e
aujourd'hui sur elle tant de force, lorsqu
n'avait rien pu dans des temps moins he
reux? Je cherchais si, dans ma conduite d
puis que nous étions à Paris, je n'avais ri
à me reprocher. « Serait-ce seulement, r
disais-je, la faiblesse d'une femme qui
voulu faire un coup de tête et qui, au m
ment de l'exécution, recule devant sa prop
volonté? Serait-ce ce que les libertins pou
raient nommer un dernier scrupule? Me
cette gaieté qu'il y a huit jours Brigitte mo
trait du matin au soir, ces projets si dou
quittés, repris sans cesse, ces promess

protestations, tout cela pourtant était
...nc, réel, sans aucune contrainte. C'était
...lgré moi qu'elle voulait partir. Non, il y
...à quelque mystère; et comment le savoir,
...maintenant, quand je la questionne, elle
...paye d'une raison qui ne peut être la
...itable? Je ne puis lui dire qu'elle ment ni
...forcer à répondre autre chose. Elle me dit
...elle veut toujours partir; mais, si elle le
... de ce ton, ne dois-je pas refuser absolu-
...nt? Puis-je accepter un sacrifice pareil,
...and il s'accomplit comme une tâche,
...mme une condamnation? quand ce que je
...yais m'être offert par l'amour, j'en viens
...ur ainsi dire à l'exiger de la parole donnée?
...Dieu! serait-ce donc cette pâle et languis-
...nte créature que j'emporterais dans mes
...as? N'emmènerais-je si loin de la patrie,
...ur si longtemps, pour la vie peut-être
...une victime résignée? Je ferai, dit-elle, ce
...te plaira! Non certes, il ne me plaira
...nt de rien demander à la patience, et,
...tôt que de voir ce visage souffrant seule-
...nt encore une semaine, si elle se tait, je
...tirai seul. »

...nsensé que j'étais, en avais-je la force?

J'avais été trop heureux depuis quinze jou[rs]
pour oser vraiment regarder en arrière, [et]
loin de me sentir ce courage, je ne songea[is]
qu'aux moyens d'emmener Brigitte. Je pass[ai]
la nuit sans fermer l'œil, et le lendemain, [de]
grand matin, je résolus, à tout hasar[d],
d'aller chez ce jeune homme que j'avais [vu]
à l'Opéra. Je ne sais si c'était la colère ou [la]
curiosité qui m'y poussait, ni ce qu'au fo[nd]
je voulais de lui; mais je pensais que [de]
cette manière il ne pourrait du moins m'[é]
viter, et c'était tout ce que je désirais.

Comme je ne savais pas son adresse, j'e[n]
trai chez Brigitte pour la demander, p[ré]
textant une politesse que je lui devais ap[rès]
toutes les visites qu'il nous avait faites, [et]
je n'avais pas dit un mot de ma rencontre [au]
spectacle Brigitte était au lit, et ses ye[ux]
fatigués montraient qu'elle avait pleu[ré].
Lorsque j'entrai, elle me tendit la main [et]
me dit : « Que me voulez-vous? » Sa v[oix]
était triste, mais tendre. Nous échangeâm[es]
quelques paroles amicales, et je sorti[s le]
cœur moins désolé.

Le jeune homme que j'allais voir se no[m]
mait Smith; il demeurait à peu de distan[ce]

frappant à sa porte, je ne sais quelle inquiétude me saisit; je m'avançai lentement
comme frappé tout à coup d'une lumière
inattendue. A son premier geste, mon sang
se glaça. Il était couché, et, avec le même
accent que tout à l'heure Brigitte, avec un
visage aussi pâle et aussi défait, il me tendit
la main en me voyant et me dit la même
parole : « Que me voulez-vous? »

Qu'on en pense ce qu'on voudra; il y a de
ces hasards dans la vie que la raison de
l'homme ne saurait s'expliquer. Je m'assis
sans pouvoir répondre, et, comme si je me
fusse éveillé d'un rêve, je me répétai à moi-
même la question qu'il m'adressait. Que
venais-je faire en effet chez lui? comment
lui dire ce qui m'amenait? En supposant
qu'il pût m'être utile de l'interroger, comment savoir s'il voudrait parler? Il avait apporté des lettres et connaissait ceux qui les
avaient écrites, mais n'en savais-je pas aussi
long que lui après ce que Brigitte venait de
me montrer? Il m'en coûtait de lui faire des
questions, et je craignais qu'il ne soupçonnât
ce qui se passait dans mon cœur. Les premiers
mots que nous échangeâmes furent polis et

insignifiants. Je le remerciai de s'être chargé
des commissions de la famille de madame
Pierson; je lui dis qu'en quittant la France
nous le prierions à notre tour de nous rendre
quelques services; après quoi nous demeurâmes en silence, étonnés de nous trouver
vis-à-vis l'un de l'autre.

Je regardais autour de moi, comme le
gens embarrassés. La chambre qu'occupai
ce jeune homme était au quatrième étage,
tout y annonçait une pauvreté honnête e
laborieuse. Quelques livres, des instrument
de musique, des cadres de bois blanc, de
papiers en ordre sur une table couverte d'un
tapis, un vieux fauteuil et quelques chaises
c'était tout; mais tout se ressentait d'un air
de propreté et de soin qui en faisait un ensemble agréable. Quant à lui, sa physionomie
ouverte et animée prévenait d'abord en sa
faveur. J'aperçus à la cheminée le portrai
d'une femme âgée; je m'en approchai tout
en rêvant, et il me dit que c'était sa mère.

Je me souvins alors que Brigitte m'avai
souvent parlé de lui, et mille détails que
j'avais oubliés me revinrent à la mémoire.
Brigitte le connaissait depuis son enfance.

avant que je vinsse au pays, elle le voyait quelquefois à N***; mais, depuis mon arrivée, elle n'y était allée qu'une fois, et il n'y était point à ce moment. Ce n'était donc que par hasard que j'avais appris sur son compte quelques particularités, qui cependant m'avaient frappé. Il avait pour tout bien un modique emploi qui lui servait à entretenir une mère et une sœur. Sa conduite envers ces deux femmes méritait les plus grands éloges; il se privait de tout pour elles, et, quoiqu'il possédât comme musicien des talents précieux qui pouvaient mener à la fortune, une probité et une réserve extrêmes lui avaient toujours fait préférer le repos aux chances de succès qui s'étaient présentées. En un mot, il était de ce petit nombre d'êtres qui vivent sans bruit et savent gré aux autres de ne pas s'apercevoir de ce qu'ils valent.

On m'avait cité de lui certains traits qui suffisent pour peindre un homme : il avait été très-amoureux d'une belle fille de son voisinage, et, après plus d'un an d'assiduités, on consentait à la lui donner pour femme. Elle était aussi pauvre que lui. Le contrat allait être signé et tout était prêt pour la

noce, lorsque sa mère lui dit : « Et ta sœur
qui la mariera ?» Cette seule parole lui fit comprendre que, s'il prenait femme, il dépenser[ait]
pour son ménage ce qu'il gagnerait de son travail, et que par conséquent sa sœur n'aur[ait]
point de dot. Il rompit aussitôt tout ce q[ui]
était commencé et renonça courageuseme[nt]
à son mariage et à son amour ; ce fut al[ors]
qu'il vint à Paris et obtint la place qu'il ava[it].

Je n'avais jamais entendu cette histoi[re]
dont on parlait dans le pays, sans désir[er]
d'en connaître le héros. Ce dévouement tra[n]-
quille et obscur m'avait semblé plus admirable que toutes les gloires des champs [de]
bataille. En voyant le portrait de sa mère, [je]
m'en souvins aussitôt, et, reportant mes regards sur lui, je fus étonné de le trouver [si]
jeune. Je ne pus m'empêcher de lui demand[er]
son âge ; c'était le mien. Huit heures son-
nèrent, et il se leva.

Aux premiers pas qu'il fit, je le vis chanceler ; il secoua la tête. « Qu'avez-vous ? »
lui dis-je. Il me répondit que c'était l'heu[re]
d'aller au bureau, et qu'il ne se sentait p[as]
la force de marcher.

« Êtes-vous malade ?

J'ai la fièvre, et je souffre cruellement. Vous vous portiez mieux hier soir; je al vu, je pense, à l'Opéra.

Pardonnez-moi de ne pas vous avoir nnu. J'ai mes entrées à ce théâtre, et père vous y retrouver. »

us j'examinais ce jeune homme, cette mbre, cette maison, moins je me sentais orce d'aborder le véritable sujet de ma té. L'idée que j'avais eue la veille, qu'il it pu me nuire dans l'esprit de Brigitte, anouissait malgré moi; je lui trouvais un de franchise et en même temps de sévé- s qui m'arrêtait et m'imposait. Peu à peu e pensées prenaient un autre cours; je le rdais attentivement, et il me sembla que son côté il m'observait aussi avec curio-

Nous avions vingt et un ans tous deux, et elle différence entre nous! Lui, habitué à existence dont le son réglé d'une horloge rminait les mouvements; n'ayant jamais de la vie que le chemin d'une chambre lée à un bureau enfoui dans un ministère; oyant à une mère l'épargne même, ce ier de la joie humaine que serre avec tant

d'avarice toute main qui travaille ; se plai
gnant d'une nuit de souffrance parce qu'elle
le privait d'un jour de fatigue ; n'ayant qu'une
pensée, qu'un bien, veiller au bien d'un au
tre, et cela depuis son enfance, depuis qu'il
avait des bras ? Et moi, de ce temps précieux,
rapide, inexorable de ce temps buveur de
sueurs, qu'en avais-je fait ? étais-je un homme ?
Lequel de nous avait vécu ?

Ce que je dis là en une page, il nous fallut
un regard pour le sentir. Nos yeux venaient
de se rencontrer et ne se quittaient pas. Il
me parla de mon voyage et du pays que nous
allions visiter.

« Quand partez-vous ? me demanda-t-il.

— Je ne sais ; madame Pierson est souf
frante et garde le lit depuis trois jours.

— Depuis trois jours ! répéta-t-il avec un
mouvement involontaire.

— Oui ; qu'y a-t-il qui vous étonne ? »

Il se leva et se jeta sur moi, les bras étendus et les yeux fixes. Un frisson terrible le
fit tressaillir.

« Souffrez-vous ? » lui dis-je en lui prenant la main. Mais, au même instant, il la
porta à son visage, et, ne pouvant étouffer

es larmes, il se traîna lentement à son lit.
Je le regardais avec surprise; le transport
violent de sa fièvre l'avait abattu tout à coup.
J'hésitais à le laisser en cet état, et je m'approchai de lui de nouveau. Il me repoussa
avec force et comme avec une terreur étrange.
Lorsqu'il fut enfin revenu à lui :

« Excusez-moi, dit-il d'une voix faible; je
suis hors d'état de vous recevoir. Soyez assez bon pour me laisser; dès que mes forces
me le permettront, j'irai vous remercier de
votre visite. »

CHAPITRE III

Brigitte se portait mieux. Comme elle me
l'avait dit, elle avait voulu partir aussitôt
guérie; mais je m'y étais opposé, et nous de-
vions attendre encore une quinzaine qu'elle
fût en état de supporter le voyage.

Toujours triste et silencieuse, elle était
pourtant bienveillante. Quoi que je fisse pour
la déterminer à me parler à cœur ouvert, la
lettre qu'elle m'avait montrée était, disait-

elle, le seul motif de sa mélancolie, et ell
me priait qu'il n'en fût plus question. Ains
réduit moi-même à me taire comme elle, j
cherchais vainement à deviner ce qui se pa
sait dans son cœur. Le tête-à-tête nous pesa
à tous deux, et nous allions au spectacle tou
les soirs. Là, assis l'un près de l'autre, dar
le fond d'une loge, nous nous serrions que
quefois la main ; de temps en temps, un bea
morceau de musique, un mot qui nous frap
pait, nous faisaient échanger des regar
amis ; mais, pour aller comme pour reveni
nous restions muets, plongés dans nos pen
sées. Vingt fois par jour je me sentais prêt
me jeter à ses pieds et à lui demander comn
une grâce de me donner le coup de la mo
ou de me rendre le bonheur que j'avais en
trevu ; vingt fois, au moment de le faire,
voyais ses traits s'altérer ; elle se levait
me quittait, ou, par une parole glacée, arr
tait mon cœur sur mes lèvres.

Smith venait presque tous les jours. Que
que sa présence dans la maison eût été
cause de tout le mal et que la visite que
lui avais faite m'eût laissé dans l'esprit
singuliers soupçons, la manière dont il p

it de notre voyage, sa bonne foi et sa sim-
icité me rassuraient sur lui. Je lui avais
arlé des lettres qu'il avait apportées, et il
'en avait paru non pas aussi offensé, mais
us triste que moi. Il en ignorait le contenu,
l'amitié de vieille date qu'il avait pour Bri-
tte les lui faisait blâmer hautement. Il ne
en serait pas chargé, disait-il, s'il avait su
qu'elles renfermaient. Au ton réservé que
adame Pierson gardait avec lui, je ne pou-
ais le croire dans sa confidence. Je le voyais
onc avec plaisir, quoiqu'il y eût toujours
ntre nous une sorte de gêne et de cérémo-
ie. Il s'était chargé d'être, après notre dé-
art, l'intermédiaire entre Brigitte et sa faille et d'empêcher une rupture éclatante.
l'estime qu'on avait pour lui dans le pays
e devait pas être de peu d'importance dans
ette négociation; et je ne pouvais m'empê-
her de lui en savoir gré. C'était le plus no-
le caractère. Quand nous étions tous trois
nsemble, s'il apercevait quelque froideur
u quelque contrainte, je le voyais faire tous
es efforts pour ramener la gaieté entre nous;
'il semblait inquiet de ce qui se passait,
'était toujours sans indiscrétion et de ma-

nière à faire comprendre qu'il eût souhaité
de nous voir heureux; s'il parlait de notre
liaison, c'était pour ainsi dire avec respect,
et comme un homme pour qui l'amour est un
lien sacré devant Dieu; enfin c'était un
sorte d'ami, et il m'inspirait une entière
confiance.

Mais, malgré tout et en dépit de ses efforts
mêmes, il était triste, et je ne pouvais vaincre
d'étranges pensées qui me saisissaient. Les
larmes que j'avais vu répandre à ce jeune
homme, sa maladie arrivée précisément en
même temps que celle de ma maîtresse, je
ne sais quelle sympathie mélancolique que
je croyais découvrir entre eux, me trou-
blaient et m'inquiétaient. Il n'y avait pas un
mois que, sur de moindres soupçons, j'aurais eu des transports de jalousie; mais
maintenant de quoi soupçonner Brigitte?
Quel que fût le secret qu'elle me cachait,
n'allait-elle pas partir avec moi? Quand bien
même il eût été possible que Smith fût dans
la confidence de quelque mystère que j'ignorais, de quelle nature pouvait être ce mystère? Que pouvait-il y avoir de blâmable
dans leur tristesse et dans leur amitié? Elle

l'avait connu enfant; elle le revoyait après de longues années, au moment de quitter la France; elle se trouvait dans une situation malheureuse, et le hasard voulait qu'il en fût instruit, qu'il eût servi même en quelque sorte d'instrument à sa mauvaise destinée. N'était-il pas tout naturel qu'ils échangeassent quelques tristes regards, que la vue de ce jeune homme rappelât à Brigitte le passé, quelques souvenirs et quelques regrets? Pourait-il, à son tour, la voir partir sans crainte, sans songer malgré lui aux chances d'un long voyage, aux risques d'une vie désormais errante, presque proscrite et abandonnée? Sans doute cela devait être, et je sentais, quand j'y pensais, que c'était à moi à me lever, à me mettre entre eux deux, à les rassurer, à les faire croire en moi, à dire à l'une que mon bras la soutiendrait tant qu'elle voudrait s'y appuyer, à l'autre que je lui étais reconnaissant de l'affection qu'il nous témoignait et des services qu'il allait nous rendre. Je le sentais, et ne pouvais le faire. Un froid mortel me serrait le cœur, et je restais sur mon fauteuil.

Smith parti le soir, où nous nous taisions,

ou nous parlions de lui. Je ne sais quel
trait bizarre me faisait demander tous
jours à Brigitte de nouveaux détails sur
compte. Elle n'avait cependant à m'en di
que ce que j'en ai dit au lecteur; sa vie n
vait jamais été autre chose que ce qu'e
était, pauvre, obscure et honnête Pour
raconter tout entière, il suffisait de peu
mots; mais je me les faisais répéter sa
cesse, et sans savoir pourquoi j'y pren
intérêt.

En y réfléchissant, il y avait au fond
mon cœur une souffrance secrète que je
m'avouais pas Si ce jeune homme fût arri
au moment de notre joie, qu'il eût apporté
Brigitte une lettre insignifiante, qu'il lui e
serré la main en montant en voiture, y a
rais-je fait la moindre attention? Qu'il m'e
reconnu ou non à l'Opéra, qu'il lui f
échappé devant moi des larmes dont j'ign
rais la cause, que m'importait, si j'étais heu
reux? Mais, tout en ne pouvant deviner
motif de la tristesse de Brigitte, je voy
bien que ma conduite passée, quoi qu'ell
pût dire, n'était pas maintenant étrangè
ses chagrins Si j'eusse été ce que j'avais

...re depuis six mois que nous vivions en-
...mble, rien au monde, je le savais, n'aurait
...u troubler notre amour. Smith n'était qu'un
homme ordinaire, mais il était bon et dévoué; ses qualités simples et modestes ressemblaient à de grandes lignes pures que
l'œil saisit sans peine et tout d'abord; en un
quart d'heure on le connaissait, et il inspirait la confiance, sinon l'admiration. Je ne
pouvais m'empêcher de me dire que, s'il eût
été l'amant de Brigitte, elle serait partie
joyeuse avec lui.

C'était de ma propre volonté que j'avais
retardé notre départ, et déjà je m'en repen-
tais. Brigitte aussi, quelquefois, me pressait:
« Qui nous arrête? disait-elle; me voilà
guérie, tout est prêt. » Qui m'arrêtait en effet?
Je ne sais.

Assis près de la cheminée, je fixais mes
yeux alternativement sur Smith et sur ma
maîtresse. Je les voyais tous deux pâles, sérieux, muets J'ignorais pourquoi ils étaient
ainsi, et malgré moi je me répétais que ce
pouvait bien être la même cause et qu'il n'y
avait pas là deux secrets à apprendre. Mais
ce n'était pas un de ces soupçons vagues et

maladifs qui m'avaient tourmenté autrefoi
c'était un instinct invincible, fatal. Quell
étrange chose que nous ! je me plaisais à le
laisser seuls et à les quitter au coin du fe
pour aller rêver sur le quai, m'appuyer su
le parapet et regarder l'eau comme un ois
des rues.

Lorsqu'ils parlaient de leur séjour à N***
que Brigitte, presque enjouée, prenait u
petit ton de mère pour lui rappeler les jou
passés ensemble, il me semblait que je sou
frais, et cependant j'y prenais plaisir Je le
faisais des questions ; je parlais à Smith d
sa mère, de ses occupations, de ses proje
Je lui donnais occasion de se montrer dar
un jour favorable et je forçais sa modestie
nous révéler son mérite. « Vous aimez bea
coup votre sœur, n'est-il pas vrai ? lui d
mandai-je. Quand comptez-vous la marier?
Il nous disait alors en rougissant que le m
nage coûtait beaucoup, que ce serait f
peut-être dans deux ans, peut-être plus t
si sa santé lui permettait quelques trava
extraordinaires qui lui valaient des gratifi
tions ; qu'il y avait dans le pays une fami
assez à l'aise dont le fils aîné était son am

qu'ils étaient presque d'accord ensemble, et
que le bonheur pouvait venir un jour, comme
le repos, sans y songer; qu'il avait renoncé
pour sa sœur à la petite part de l'héritage
que le père leur avait laissé ; que la mère s'y
opposait, mais qu'il tiendrait bon malgré
elle ; qu'un jeune homme devait vivre de ses
mains, tandis que l'existence d'une fille se
décidait le jour de son mariage. Ainsi peu à
peu il nous déroulait toute sa vie et toute
son âme, et je regardais Brigitte l'écouter.
Puis, quand il se levait pour se retirer, je
l'accompagnais à la porte, et j'y restais pen-
sif, immobile, jusqu'à ce que le bruit de ses
pas se fût perdu dans l'escalier.

Je rentrais alors dans la chambre et je
trouvais Brigitte se disposant à se désha-
biller. Je contemplais avidement ce corps
charmant, ces trésors de beauté, que tant de
fois j'avais possédés. Je la regardais peigner
ses longs cheveux, nouer son mouchoir, et
se détourner lorsque sa robe glissait à terre,
comme une Diane qui entre au bain. Elle se
mettait au lit, je courais au mien; il ne pouvait me venir à l'esprit que Brigitte me
trompât ni que Smith fût amoureux d'elle;

je ne pensais ni à les observer ni à les su[r]
prendre. Je ne me rendais compte de rie[n]
Je me disais . « Elle est bien belle, et [c]
pauvre Smith est un honnête garçon ; ils o[nt]
tous deux un grand chagrin, et moi aussi. [»]
Cela me brisait le cœur et en même temp[s]
me soulageait.

Nous avions trouvé en rouvrant nos malle[s]
qu'il y manquait encore quelques bagatelle[s]
Smith s'était chargé d'y pourvoir. Il avai[t]
une activité infatigable, et on l'obligeait[,]
disait-il, quand on lui confiait le soin d[e]
quelques commissions Comme je revenai[s]
un jour au logis, je le vis à terre, fermant u[n]
porte-manteau. Brigitte était devant un pian[o]
que nous avions loué à la semaine pour notr[e]
séjour à Paris Elle jouait un de ces ancien[s]
airs où elle mettait tant d'expression et qu[i]
m'avaient été si chers. Je m'arrêtai dan[s]
l'antichambre près de la porte, qui étai[t]
ouverte ; chaque note m'entrait dans l'âme[,]
jamais elle n'avait chanté si tristement et s[i]
saintement.

Smith l'écoutait avec délices, il était à ge[-]
noux, tenant la boucle du porte-manteau. I[l]
la froissa, puis la laissa tomber et regard[a]

hardes qu'il venait de plier lui-même et couvrir d'un linge blanc. L'air terminé, il resta ainsi; Brigitte, les mains sur le clavier, regardait au loin l'horizon. Je vis pour la seconde fois tomber des larmes des yeux du jeune homme; j'étais près d'en verser moi-même, et, ne sachant ce qui se passait en moi, j'entrai et lui tendis la main.

« Étiez-vous là? » demanda Brigitte. Elle tressaillit et parut surprise.

« Oui, j'étais là. lui répondis-je. Chantez, ma chère, je vous en supplie. Que j'entende encore votre voix! »

Elle recommença sans répondre; c'était aussi pour elle un souvenir. Elle voyait mon émotion, celle de Smith; sa voix s'altéra. Les derniers sons, à peine articulés, semblèrent se perdre dans les cieux; elle se leva et me donna un baiser. Smith tenait encore ma main; je le sentis me la serrer avec force et convulsivement; il était pâle comme la mort.

Un autre jour, j'avais apporté un album lithographié qui représentait plusieurs vues de Suisse. Nous le regardions tous les trois, et de temps en temps, lorsque Brigitte trou-

vait un site qui lui plaisait, elle s'y arrêtait
pour l'observer. Il y en eut un qui lui parut
surpasser de beaucoup tous les autres, c'était
un paysage du canton de Vaud, à quelque
distance de la route de Brigues : une vallée
verte plantée de pommiers où des bestiaux
paissaient à l'ombre ; dans l'éloignement, un
village consistant en une douzaine de maisons de bois semées en désordre dans la
prairie et étagées sur les collines environ-
nantes. Sur le premier plan, une jeune fille
coiffée d'un large chapeau de paille, était
assise au pied d'un arbre, et un garçon de
ferme, debout devant elle, semblait lui montrer, un bâton ferré à la main, la route qu'il
avait parcourue ; il indiquait un sentier tor-
tueux qui se perdait dans la montagne. Au-
dessus d'eux paraissaient les Alpes, et le tableau était couronné par trois sommets couverts de neige, teints des nuances du soleil
couchant Rien n'était plus simple et en
même temps rien n'était plus beau que ce
paysage. La vallée ressemblait à un lac de
verdure, et l'œil en suivait les contours avec
la plus parfaite tranquillité.

« Irons-nous là ? » dis-je à Brigitte. Je pris

un crayon et traçai quelques traits sur l'estampe.

« Que faites-vous? demanda-t-elle.

— Je cherche, lui dis-je, si avec un peu
d'adresse il faudrait changer beaucoup cette
figure pour qu'elle vous ressemblât. La jolie
coiffure de cette jeune fille vous irait, je
crois, à merveille; et ne pourrais-je pas, si
je réussissais, donner à ce brave montagnard
quelque ressemblance avec moi? »

Ce caprice parut lui plaire; et, s'emparant
aussitôt d'un grattoir, elle eut bientôt effacé
sur la feuille le visage du garçon et celui de
la fille. Me voilà faisant son portrait, et elle
voulut essayer le mien. Les figures étaient très-
petites, en sorte que nous ne fûmes pas
difficiles; il fut convenu que les portraits
étaient frappants, et il suffisait en effet qu'on
cherchât nos traits pour les y retrouver.
Lorsque nous en eûmes ri, le livre resta
ouvert, et, le domestique m'ayant appelé
pour quelque affaire, je sortis quelques instants après.

Lorsque je rentrai, Smith était appuyé sur
la table et regardait l'estampe avec tant d'attention, qu'il ne s'aperçut pas que je fusse re-

venu. Il était absorbé dans une rêverie pro
fonde; je repris ma place auprès du feu, et ε
ne fut qu'à la première parole que j'adress
à Brigitte qu'il releva la tête. Il nous regar
tous deux un moment; puis il prit congé ϲ
nous à la hâte, et, comme il traversait la sal
à manger, je le vis se frapper le front.

Quand je surprenais ces signes de douleu
je me levais et courais m'enfermer. « Eh
qu'est-ce donc? qu'est-ce donc? » répétais-j
Puis je joignais les mains pour supplier.
qui? je l'ignore; peut-être mon bon ang
peut-être mon mauvais destin.

CHAPITRE IV

Mon cœur me criait de partir, et cepeɪ
dant je tardais toujours; une volupté secrèt
et amère me clouait le soir à ma place. Quan
Smith devait venir, je n'avais point de repu
que je n'eusse entendu le bruit de la sonnett
Comment se fait-il qu'il y ait ainsi en nou
je ne sais quoi qui aime le malheur?

Chaque jour un mot, un éclair rapide, u

egard, me faisaient frémir; chaque jour un
autre mot, un autre regard, par une impres-
ion contraire, me rejetaient dans l'incerti-
lde. Par quel mystère inexplicable les
oyais-je si tristes tous deux? Par quel autre
mystère restais-je immobile comme une sta-
ue, à les regarder, lorsque dans plus d'une
ccasion semblable je m'étais montré violent
usqu'à la fureur? Je n'avais pas la force de
ouger, moi qui m'étais senti en amour de
es jalousies presque féroces, comme on en
oit en Orient. Je passais mes journées à at-
endre, et je n'aurais pu dire ce que j'atten-
ais. Je m'asseyais le soir sur mon lit et me
isais : « Voyons, pensons à cela. » Je mettais
aa tête dans mes mains, puis je m'écriais :
C'est impossible! » et je recommençais le
our suivant.

En présence de Smith, Brigitte me témoi-
nait plus d'amitié que quand nous étions
euls. Il arriva, un soir, comme nous venions
d'échanger quelques mots assez durs, quand
lle entendit sa voix dans l'antichambre,
lle vint s'asseoir sur mes genoux Pour lui,
oujours tranquille et triste, il semblait qu'il
it sur lui-même un effort continuel. Ses

moindres gestes étaient mesurés; il parle
peu et lentement; mais les mouvement
brusques qui lui échappaient n'en étaient qu
plus frappants par leur contraste avec a
contenance habituelle.

Dans la circonstance où je me trouvai
puis-je appeler curiosité l'impatience qui m
dévorait? Qu'aurais-je répondu si quelqu'un
fût venu me dire : « Que vous importe? vo
êtes bien curieux. » Peut-être cependan
n'était-ce pas autre chose.

Je me souviens qu'un jour, au pont Roya
je vis un homme se noyer. Je faisais avec d
amis ce qu'on appelle une pleine eau à l'é
cole de natation, et nous étions suivis par u
bateau où se tenaient deux maîtres nageurs
C'était au plus fort de l'été; notre bateau e
avait rencontré un autre, en sorte que nou
nous trouvions plus de trente sous la grand
arche du pont. Tout à coup, au milieu u
nous, un jeune homme est pris d'un cou
de sang. J'entends un cri et je me retourn
Je vis deux mains qui s'agitaient à la su
face de l'eau, puis tout disparut. Nous plon
geâmes aussitôt; ce fut en vain, et un
heure après seulement on parvint à ret

r le cadavre engagé sous un train de bois.
L'impression que j'éprouvai tandis que je
longeais dans la rivière ne sortira jamais
e ma mémoire. Je regardais de tous côtés
ans les couches d'eau obscures et profondes
ui m'enveloppaient avec un sourd mur-
ure. Tant que je pouvais retenir mon haine, je m'enfonçais toujours plus avant;
uis je revenais à la surface, j'échangeais
ne question avec quelque autre nageur aussi
nquiet que moi : puis je retournais à cette
êche humaine. J'étais plein d'horreur et
'espérance; l'idée que j'allais peut-être me
entir saisi par deux bras convulsifs me cau-
ait une joie et une terreur indicibles; et ce
e fut qu'exténué de fatigue que je remontai
ans le bateau.

Quand la débauche n'abrutit pas l'homme,
ne de ses suites nécessaires est une étrange
uriosité. J'ai dit plus haut celle que j'avais
essentie à ma première visite à Desgenais.
e m'expliquerai davantage.

La vérité, squelette des apparences, veut
ue tout homme, quel qu'il soit, vienne à son
our et à son heure toucher ses ossements
ternels au fond de quelque plaie passagère.

Cela s'appelle connaître le monde, et l'ex
rience est à ce prix.

Or il arrive que devant cette épreuve
uns reculent épouvantés, les autres, faib
et effrayés, en restent vacillants comme
ombres. Quelques créatures, les meilleu
peut-être, en meurent aussitôt. Le plus gra
nombre oublie, et ainsi tout flotte à la mo

Mais certains hommes, à coup sûr malhe
reux, ne reculent ni ne chancellent, ne me
rent ni n'oublient : quand leur tour vient
toucher au malheur, autrement dit à la v
rité, ils s'en approchent d'un pas ferme, éte
dent la main, et, chose horrible ! se prenne
d'amour pour le noyé livide qu'ils ont ser
au fond des eaux. Ils le saisissent, le palpen
l'étreignent, les voilà ivres du désir de cor
naître ; ils ne regardent plus les choses q
pour voir à travers, ils ne font plus que do
ter et tenter ; ils fouillent le monde comm
des espions de Dieu ; leurs pensées s'aigu
sent en flèches, et il leur naît un lynx dans le
entrailles.

Les débauchés, plus que tous les autres
sont exposés à cette fureur, et la raison en e
toute simple : en comparant la vie ordinair

une surface plane et transparente, les débauchés, dans les courants rapides, à tout
moment touchent le fond. Au sortir d'un bal,
par exemple, ils s'en vont dans un mauvais
lieu. Après avoir serré dans la valse la main
pudique d'une vierge, et peut-être l'avoir fait
trembler, ils partent, ils courent, jettent leur
manteau, et s'attablent en se frottant les
mains. La dernière phrase qu'ils viennent
d'adresser à une belle et honnête femme est
encore sur leurs lèvres; ils la répètent en
éclatant de rire. Que dis-je? ne soulèvent-ils
pas, pour quelques pièces d'argent, ce vêtement qui fait la pudeur, la robe, ce voile
plein de mystère, qui semble respecter lui-
même l'être qu'il embellit, et l'entoure sans
le toucher? Quelle idée doivent-ils donc se
faire du monde? ils s'y trouvent à chaque instant comme des comédiens dans une cou-
lisse. Qui, plus qu'eux, est habitué à cette
recherche du fond des choses, et, si l'on peut
ainsi parler, à ces tâtements profonds et intimes? Voyez comme ils parlent de tout . toujours les termes les plus crus, les plus gros-
siers, les plus abjects; ceux-là seulement leur
paraissent vrais; tout le reste n'est que pa-

rade, convention et préjugés. Qu'ils raconte
une anecdote, qu'ils rendent compte de
qu'ils ont éprouvé : toujours le mot sale
physique, toujours la lettre, toujours la mor
Ils ne disent pas : « Cette femme m'a aimé
ils disent : « J'ai eu cette femme; » ils ne d
sent pas : « J'aime; » ils disent : « J'ai envie
ils ne disent jamais : « Dieu le veuille! ils d
sent partout : « Si je voulais! » Je ne sais
qu'ils pensent d'eux-mêmes et quels monol
gues ils font.

De là, inévitablement, ou la paresse ou
curiosité; car, pendant qu'ils s'exercent ain
à voir en tout ce qu'il y a de pire, ils n'en e
tendent pas moins les autres continuer d
croire au bien. Il faut donc qu'ils soient no
chalants jusqu'à se boucher les oreilles, ou qu
ce bruit du reste du monde les vienne éveille
en sursaut. Le père laisse aller son fils d
vont tant d'autres, où allait Caton lui-même
il dit que jeunesse se passe. Mais, en rentran
le fils regarde sa sœur; et voyez ce qu'a pr
duit en lui une heure passée en tête-à-tê
avec la brute réalité! il faut qu'il se dise : «M
sœur n'a rien de semblable à la créature qu
je quitte; » et, de ce jour, le voilà inquiet.

La curiosité du mal est une maladie infâme qui naît de tout contact impur. C'est l'instinct rôdeur des fantômes qui lève la pierre des tombeaux; c'est une torture inexplicable dont Dieu punit ceux qui ont failli; ils voudraient croire que tout peut faillir, et ils en seraient peut-être désolés. Mais ils s'enquièrent, ils cherchent, disputent; ils penchent la tête de côté comme un architecte qui ajuste une équerre, et travaillent ainsi à voir ce qu'ils désirent. Du mal prouvé, ils en souffrent; du mal douteux, ils en jureraient; le bien, ils veulent voir derrière. Qui sait? voilà la grande formule, le premier mot que Satan a dit quand il a vu le ciel se fermer. Hélas! combien de malheureux a faits cette seule parole! combien de désastres et de morts, combien de coups de faux terribles dans des moissons prêtes à pousser! combien de cœurs, combien de familles où il n'y a plus que des ruines depuis que ce mot s'y est fait entendre! Qui sait? qui sait? qui sait? parole infâme! Plutôt que de la prononcer, on devrait faire comme les moutons, qui ne savent où est l'abattoir et qui y vont en broutant de l'herbe. Cela vaut mieux que

d'être un esprit fort et de lire la Roch
foucauld.

Quel meilleur exemple en puis-je donn
que ce que je raconte en ce moment? Ma m
tresse voulait partir et je n'avais qu'à di
un mot. Je la voyais triste, et pourquoi r
tais-je? qu'en serait-il arrivé si j'étais part
Ce n'eût été qu'un moment de crainte; no
n'aurions pas voyagé trois jours que tout
serait oublié. Seul auprès d'elle, elle n'e
pensé qu'à moi; que m'importait d'apprend
un mystère qui n'attaquait pas mon bonheu
Elle consentait, tout finissait là. Il ne fall
qu'un baiser sur les lèvres; au lieu de ce
voyez ce que je fais.

Un soir que Smith avait dîné avec nous,
m'étais retiré de bonne heure et les av
laissés ensemble. Comme je fermais ma por
j'entendis Brigitte demander du thé. Le le
demain, en entrant dans sa chambre,
m'approchai par hasard de la table, et à c
de la théière je ne vis qu'une seule tas
Personne n'était entré avant moi, et par c
séquent le domestique n'avait rien empo
de ce dont on s'était servi la veille. Je che
chai autour de moi sur les meubles si

oyais une seconde tasse, et m'assurai qu'il
y en avait point.

« Est-ce que Smith est resté tard? deman-
ai-je à Brigitte.

— Il est resté jusqu'à minuit.

— Vous êtes-vous couchée seule, ou avez-
ous appelé quelqu'un pour vous mettre au
t?

— Je me suis couchée seule; tout le monde
ormait dans la maison. »

Je cherchais toujours, et les mains me
remblaient. Dans quelle comédie burlesque
a-t-il un jaloux assez sot pour aller s'enqué-
ir de ce qu'une tasse est devenue? A propos
e quoi Smith et madame Pierson auraient-
s bu dans la même tasse? La noble pensée
ui me venait là !

Je tenais cependant la tasse et j'allais et
enais par la chambre. Je ne pus m'empê-
her d'éclater de rire, et je la lançai sur le
arreau. Elle s'y brisa en mille pièces, que
écrasai à coups de talon.

Brigitte me vit faire sans me dire un seul
ot. Pendant les deux jours suivants, elle
e traita avec une froideur qui avait l'air de
enir du mépris, et je la vis affecter avec

Smith un ton plus libre et plus bienveillant
qu'à l'ordinaire. Elle l'appelait Henri,
son nom de baptême, et lui souriait familièrement.

« J'ai envie de prendre l'air, dit-elle après
dîner ; venez-vous à l'Opéra, Octave? je suis
d'humeur à y aller à pied.

— Non, je reste ; allez-y sans moi. »

Elle prit le bras de Smith et sortit. Je
restai seul toute la soirée; j'avais du papier
devant moi, et je voulais écrire pour fixer
mes pensées, mais je ne pus en venir à
bout.

Comme un amant, dès qu'il se voit seul,
tire de son sein une lettre de sa maîtresse et
s'ensevelit dans un rêve chéri, ainsi je m'enfonçais à plaisir dans le sentiment d'une profonde solitude et je m'enfermais pour douter. J'avais devant moi les deux siéges vides
que Smith et Brigitte venaient d'occuper; je
les regardais d'un œil avide, comme s'ils
eussent pu m'apprendre quelque chose. Je
repassais mille fois dans ma tête ce que j'a-
vais vu et entendu; de temps en temps j'allais à la porte et je jetais les yeux sur nos
malles, qui étaient rangées contre le mur.

qui attendaient depuis un mois ; je les en-
r'ouvrais doucement, j'examinais les hardes, les livres, rangés en ordre par ces petites
mains soigneuses et délicates ; j'écoutais passer les voitures ; leur bruit me faisait palpi-
ter le cœur. J'étalais sur la table notre carte
l'Europe, témoin naguère de si doux projets ;
et là, en présence même de toutes mes espérances, dans cette chambre où je les avais
conçues et vues si près de se réaliser, je me
livrais à cœur ouvert aux plus affreux pres-
sentiments.

Comment cela était-il possible ? Je ne sentais ni colère ni jalousie, et cependant une
douleur sans bornes. Je ne soupçonnais pas,
et pourtant je doutais. L'esprit de l'homme
est si bizarre, qu'il sait se forger, avec ce
qu'il voit et malgré ce qu'il voit, cent sujets
de souffrance. En vérité, sa cervelle ressemble
à ces cachots de l'inquisition où les murailles
sont couvertes de tant d'instruments de supplice, qu'on n'en comprend ni le but ni la
forme et qu'on se demande en les voyant si
ce sont des tenailles ou des jouets. Dites-moi,
je vous le demande, quelle différence il y a
de dire à sa maîtresse : « Toutes les femmes

trompent, » ou de lui dire : « Vous me trom
pez? »

Ce qui se passait dans ma tête était pour
tant peut-être aussi subtil que le plus fin so
phisme; c'était une sorte de dialogue entr
l'esprit et la conscience. « Si je perdais Bri
gitte? disait l'esprit. — Elle part avec toi, di
sait la conscience. — Si elle me trompait ?—
Comment te tromperait-elle, elle qui avai
fait son testament, où elle recommandait d
prier pour toi! — Si Smith l'aimait ? — For
que t'importe, puisque tu sais que c'est to
qu'elle aime? — Si elle m'aime, pourquoi es
elle triste? — C'est son secret, respecte-le. —
Si je l'emmène, sera-t-elle heureuse? —
Aime-la, elle le sera. — Pourquoi, quand ce
homme la regarde, semble-t-elle craindre d
rencontrer ses yeux ? — Parce qu'elle e
femme et qu'il est jeune. — Pourquoi, quan
elle le regarde, cet homme pâlit-il tout
coup? — Parce qu'il est homme et qu'el
est belle. — Pourquoi, quand je l'ai été voi
s'est-il jeté en pleurant dans mes bras? pour
quoi, un jour, s'est-il frappé le front? — N
demande pas ce qu'il faut que tu ignores.—
Pourquoi faut-il que j'ignore ces choses ?—

Parce que tu es misérable et fragile, et que tout mystère est à Dieu. — Mais pourquoi est-ce que je souffre? pourquoi ne puis-je songer à cela sans que mon âme s'épouvante? — Songe à ton père et à faire le bien. — Mais pourquoi ne le puis-je pas? pourquoi le mal m'attire-t-il à lui? — Mets-toi à genoux, confesse-toi; si tu crois au mal, tu l'as fait. — Si je l'ai fait, était-ce ma faute? pourquoi le bien m'a-t-il trahi? — De ce que tu es dans les ténèbres, est-ce une raison pour nier la lumière? s'il y a des traîtres, pourquoi es-tu l'un d'eux?—Parce que j'ai peur d'être dupe. — Pourquoi passes-tu tes nuits à veiller? Les nouveaux-nés dorment à cette heure. Pourquoi es-tu seul maintenant? — Parce que je pense, je doute et je crains. — Quand donc feras-tu ta prière? — Quand je croirai. Pourquoi m'a-t-on menti? — Pourquoi mens-tu, lâche! à ce moment même? Que ne meurs-tu, si tu ne peux souffrir? »

Ainsi parlaient et gémissaient en moi deux voix terribles et contraires, et une troisième criait encore : « Hélas! hélas, mon innocence! hélas! hélas! les jours d'autrefois! »

CHAPITRE V

Effroyable levier que la pensée humaine! c'est notre défense et notre sauvegarde, le plus beau présent que Dieu nous ait fait. Elle est à nous et nous obéit; nous la pouvons lancer dans l'espace, et, une fois hors de ce faible crâne, c'en est fait, nous n'en répondons plus.

Tandis que, du jour au lendemain, je remettais sans cesse ce départ, je perdais la force et le sommeil, et peu à peu, sans que je m'en aperçusse, toute la vie m'abandonnait. Lorsque je m'asseyais à table, je me sentais un mortel dégoût; la nuit, ces deux pâles visages, celui de Smith et de Brigitte, que j'observais tant que durait le jour, me poursuivaient dans des rêves affreux. Lorsqu'ils allaient le soir au spectacle, je refusais d'y aller avec eux; puis je m'y rendais de mon côté, je me cachais dans le parterre, et de là je les regardais. Je feignais d'avoir affaire dans la chambre voisine, et j'y restais une heure à les écouter. Tantôt l'idée de chercher querelle à Smith et de le forcer à se battre avec moi me saisissait avec violence ; je lui tournais le dos pendant qu'il me parlait ; puis je le voyais, d'un air de surprise, venir à moi en me tendant la main. Tantôt, quand j'étais seul la nuit et que tout dormait dans la maison, je me sentais la tentation d'aller au secrétaire de Brigitte et de lui enlever ses papiers. Je fus obligé une fois de sortir pour y résister. Que puis-je dire? Je voulais un jour les menacer, un couteau à la main, de les tuer s'ils ne me disaient par quelle raison ils étaient si tristes; un autre jour c'était contre moi que je voulais tourner ma fureur. Avec quelle honte je l'écris! Et qui m'aurait demandé au fond ce qui me faisait agir ainsi, je n'aurais su que lui répondre.

Voir, savoir, douter, fureter, m'inquiéter et me rendre misérable, passer les jours l'o-reille au guet, et la nuit me noyer de larmes, me répéter que j'en mourrais de douleur et croire que j'en avais sujet, sentir l'isolement et la faiblesse déraciner l'espoir dans mon cœur, m'imaginer que j'épiais, tandis que je n'écoutais dans l'ombre que le battement de

mon pouls fiévreux ; rebattre sans fin ces phrases plates qui courent partout : « La vie est un
songe, il n'y a rien de stable ici-bas ; maudire enfin, blasphémer Dieu en moi, par ma
misère et mon caprice : voilà quelle était ma
jouissance, la chère occupation pour laquelle
je renonçais à l'amour, à l'air du ciel, à la
liberté !

Éternel Dieu, la liberté ! oui, il y avait de
certains moments où, malgré tout, j'y pensais encore. Au milieu de tant de démences
de bizarrerie et de stupidité, il y avait en
moi des bondissements qui m'enlevaient tout
à coup à moi-même. C'était une bouffée d'air
qui me frappait le visage quand je sortais de
mon cachot ; c'était une page d'un livre que
je lisais, quand toutefois il m'arrivait d'en
prendre d'autres que ceux de ces sycophantes
modernes qu'on appelle des pamphlétaires,
et à qui on devrait défendre, par simple mesure de salubrité publique, de dépecer et de
philosophailler. Puisque je parle de ces bons
moments, ils furent si rares, que j'en veux
citer un. Je lisais un soir les Mémoires de
Constant ; j'y trouve les dix lignes suivantes :

« Salsdorf, chirurgien saxon attaché au

prince Christian, eut, à la bataille de Wagram, la jambe cassée par un obus. Il était couché sur la poussière presque sans vie. A quinze pas de lui, Amédée de Kerbourg, aide de camp (j'ai oublié de qui), froissé à la poitrine par un boulet, tombe et vomit le sang. Salsdorf voit que, si ce jeune homme n'est secouru, il va mourir d'une apoplexie ; il recueille ses forces, se traîne en rampant jusqu'à lui, le saigne et lui sauve la vie. Au sortir de là, Salsdorf mourut à Vienne, quatre jours après l'amputation. »

Quand je lus ces mots, je jetai le livre et je fondis en larmes. Je ne regrette pas celles-là, elles me valurent une bonne journée ; car je ne fis que parler de Salsdorf, et ne me souciai de quoi que ce soit. Je ne pensai pas, à coup sûr, à soupçonner personne ce jour-là. Pauvre rêveur ! devais-je alors me souvenir que j'avais été bon ? A quoi cela me servait-il ? à tendre au ciel des bras désolés, à me demander pourquoi j'étais au monde et à chercher autour de moi s'il ne tomberait pas aussi quelque obus qui me délivrât pour l'éternité. Hé as ! ce n'en était que l'éclair qui traversait un instant ma nuit.

Comme ces derviches insensés qui trou
vent l'extase dans le vertige, quand la pensée
tournant sur elle-même, s'est épuisée à s
creuser, lasse d'un travail inutile, elle s'ar
rête épouvantée. Il semble que l'homme soi
vide, et qu'à force de descendre en lui il ar
rive à la dernière marche d'une spirale. Là
comme au sommet des montagnes, comm
au fond des mines, l'air manque, et Dieu dé
fend d'aller plus loin. Alors, frappé d'u
froid mortel, le cœur, comme altéré d'oubli
voudrait s'élancer au dehors pour renaître
il redemande la vie à ce qui l'environne, i
aspire l'air ardemment ; mais il ne trouv
autour de lui que ses propres chimères qu'i
vient d'animer de la force qui lui manque, e
qui, créées par lui, l'entourent comme de
spectres sans pitié.

Il n'était pas possible que les choses cont
nuassent longtemps ainsi. Fatigué de l'ince
titude, je résolus de tenter une épreuve pou
découvrir la vérité.

J'allai demander des chevaux de poste pou
dix heures du soir. Nous avions loué une ca
lèche, et j'ordonnai que tout fût prêt pou
l'heure indiquée. Je défendis en même temp

qu'on en dît rien à madame Pierson. Smith vint dîner ; en me mettant à table, j'affectai plus de gaieté qu'à l'ordinaire, et, sans les avertir de mon dessein, je mis l'entretien sur notre voyage. J'y renoncerais, dis-je à Brigitte, si je pensais qu'elle l'eût moins à cœur ; je me trouvais si bien à Paris, que je ne demandais pas mieux que d'y rester tant qu'elle le trouverait agréable. Je fis l'éloge de tous les plaisirs qu'on ne peut trouver que dans cette ville ; je parlai des bals, des théâtres, de tant d'occasions de se distraire qui s'y rencontrent à chaque pas. Bref, puisque nous étions heureux, je ne voyais pas pourquoi nous changions de place, et je ne songeais pas à partir de sitôt.

Je m'attendais qu'elle allait insister pour notre projet d'aller à Genève, et en effet elle n'y manqua pas. Ce ne fut pourtant qu'assez faiblement ; mais, dès qu'elle en eut dit les premiers mots, je feignis de me rendre à ses instances ; puis, détournant la conversation, je parlai de choses indifférentes, comme si tout eût été convenu.

« Et pourquoi, ajoutai-je, Smith ne viendrait-il pas avec nous? Il est bien vrai qu'il a

ici des occupations qui le retiennent ; mai
ne peut-il obtenir un congé? D'ailleurs, le
talents qu'il possède, et dont il ne veut pa
profiter, ne doivent-ils pas lui assurer partou
une existence libre et honorable? Qu'il vienn
sans façon ; la voiture est grande, et nou
lui offrons une place. Il faut qu'un jeun
homme voie le monde, et il n'y a rien de s
triste à son âge que de s'enfermer dans u
cercle restreint. N'est-il pas vrai? deman
dai-je à Brigitte. Allons, ma chère, que votr
crédit obtienne de lui ce qu'il me refusera
peut-être ; décidez-le à nous sacrifier si
semaines de son temps. Nous voyagerons d
compagnie, et un tour en Suisse avec nou
lui fera retrouver avec plus de plaisir so
cabinet et ses travaux. »

Brigitte se joignit à moi, quoiqu'elle sû
bien que cette invitation n'était qu'une plai
santerie. Smith ne pouvait s'absenter de Pa
ris sans danger de perdre sa place, et il nou
répondit, non sans regret, que cette raiso
l'empêchait d'accepter. Cependant j'avais fai
monter une bouteille de bon vin, et, tout e
continuant de le presser, moitié en riant
moitié sérieusement, nous nous étions ani

més tous trois. Après dîner, je sortis un quart d'heure pour m'assurer que mes ordres étaient suivis; puis je rentrai d'un air joyeux, et, m'asseyant au piano, je proposai de faire de la musique. « Passons ici notre soirée, leur dis-je; si vous m'en croyez, n'allons pas au spectacle; je ne suis pas capable de vous aider, mais je le suis de vous entendre. Nous ferons jouer Smith s'il s'ennuie, et le temps passera plus vite qu'ailleurs. »

Brigitte ne se fit pas prier, elle chanta de bonne grâce; Smith l'accompagnait sur son violoncelle. On avait apporté de quoi faire du punch, et bientôt la flamme du rhum brûlant nous égaya de sa clarté. Le piano fut quitté pour la table; on y revint; nous prîmes des cartes; tout se passa comme je voulais, et il ne fut question que de se divertir.

J'avais les yeux fixés sur la pendule, et j'attendais impatiemment que l'aiguille marquât dix heures. L'inquiétude me dévorait, mais j'eus la force de n'en rien laisser voir. Enfin arriva le moment fixé : j'entendis le fouet du postillon et les chevaux entrer dans la cour. Brigitte était assise près de moi; je lui pris la main et lui demandai si elle était prête à partir. Elle me regarda avec s[urprise], croyant sans doute que je voulais r[ire]. Je lui dis qu'à dîner elle m'avait paru si b[ien] décidée, que je n'avais pas hésité à faire [ve]nir des chevaux, et que c'était pour en [de]mander que j'étais sorti. Au même inst[ant] entra le garçon de l'hôtel, qui venait ann[on]cer que les paquets étaient sur la voiture [et] qu'on n'attendait plus que nous.

« Est-ce sérieux ? demanda Brigitte ; vo[us] voulez partir cette nuit ?

— Pourquoi pas, répondis-je, puisque no[us] sommes d'accord ensemble que nous devo[ns] quitter Paris ?

— Quoi ! maintenant ? à l'instant même[?]

— Sans doute ; n'y a-t-il pas un mois q[ue] tout est prêt ? Vous voyez qu'on n'a eu q[ue] la peine de lier nos malles sur la calèch[e;] du moment qu'il est décidé que nous ne re[s]terons pas ici, le plus tôt fait n'est-il pas [le] meilleur ? Je suis d'avis qu'il faut tout fa[ire] ainsi et ne rien remettre au lendemain. Vo[us] êtes ce soir d'humeur voyageuse, et je [me] hâte d'en profiter. Pourquoi attendre et d[if]férer sans cesse ? Je ne saurais suppor[ter] cette vie. Vous voulez partir, n'est-il p[as] vrai? eh bien, partons, il ne tient plus qu'à vous. »

Il y eut un moment de profond silence. Brigitte alla à la fenêtre et vit qu'en effet on avait attelé. D'ailleurs, au ton dont je parlais, il ne pouvait lui rester aucun doute, et, quelque prompte que dût lui paraître cette résolution, c'était d'elle qu'elle venait. Elle ne pouvait se dédire de ses propres paroles ni prétexter de motif de retard. Sa détermination fut prise aussitôt; elle fit d'abord quelques questions comme pour s'assurer que tout fût en ordre; voyant qu'on n'avait rien omis, elle chercha de côté et d'autre. Elle prit son châle et son chapeau, puis les posa, puis chercha encore. « Je suis prête, dit-elle, me voilà; nous partons donc? nous allons partir? » Elle prit une lumière, visita ma chambre, la sienne, ouvrit les coffres et les armoires. Elle demandait la clef de son secrétaire, qu'elle avait perdue, disait-elle. Où pouvait être cette clef? elle l'avait tenue il y avait une heure. « Allons, allons! je suis prête, répétait-elle avec une agitation extrême; partons, Octave, descendons. » En disant cela, elle chercha toujours et vint enfin se rasseoir près de nou

J'étais resté sur le canapé et regarda
Smith debout devant moi. Ii n'avait .pa
changé de contenance et ne semblait
troublé ni surpris; mais deux gouttes
sueur lui coulaient sur les tempes et j'ente
dis craquer dans ses doigts un jeton d'ivoi
qu'il tenait, et dont les morceaux tombère
à terre. Il nous tendit ses deux mains à
fois. « Un bon voyage, mes amis! » dit-il.

Nouveau silence ; je l'observais toujou
et j'attendais qu'il ajoutât un mot. « S'il y
ici un secret, pensai-je, quand le saurai-je,
ce n'est en ce moment? Ils doivent l'avo
tous deux sur les lèvres. Qu'il en sorte l'on
bre, et je la saisirai. »

« Mon cher Octave, dit Brigitte, où com
tez-vous que nous nous arrêterons? Vou
nous écrirez, n'est-ce pas; Henri? vous n'ou
blierez pas ma famille, et ce que vous pou
rez pour moi, vous le ferez? »

Il répondit d'une voix émue, mais avec
calme apparent, qu'il s'engageait de tout so
cœur à la servir et qu'il y ferait ses effort
« Je ne puis, dit-il, répondre de rien, et su
les lettres que vous avez reçues il y a bie

peu d'espérance. Mais ce ne sera pas de ma faute si, malgré tout, je ne puis bientôt vous envoyer quelque heureuse nouvelle. Comptez sur moi, je vous suis dévoué. »

Après nous avoir adressé encore quelques paroles obligeantes, il se disposait à sortir. Je me levai et le devançai ; je voulus une dernière fois les laisser encore un moment ensemble, et aussitôt que j'eus fermé la porte derrière moi, dans toute la rage de la jalousie déçue, je collai mon front sur la serrure.

« Quand vous reverrai-je ? demanda-t-il.

— Jamais, répondit Brigitte ; adieu, Henri. » Elle lui tendit la main. Il s'inclina, la porta à ses lèvres, et je n'eus que le temps de me jeter en arrière dans l'obscurité. Il passa sans me voir et sortit.

Demeuré seul avec Brigitte, je me sentis le cœur désolé. Elle m'attendait, son manteau sous le bras, et l'émotion qu'elle éprouvait était trop claire pour s'y méprendre. Elle avait trouvé la clef qu'elle cherchait, et son secrétaire était ouvert. Je retournai m'asseoir près de la cheminée.

« Écoutez, lui dis-je sans oser la regarder,

j'ai été si coupable envers vous, que je doi
attendre et souffrir sans avoir le droit de m
plaindre. Le changement qui s'est fait e
vous m'a jeté dans un tel désespoir, que j
n'ai pu m'empêcher de vous en demander l
raison ; mais aujourd'hui je ne vous la de
mande plus. Vous en coûte-t-il de partir
dites-le-moi ; je me résignerai.

— Partons, partons ! répondit-elle.

— Comme vous voudrez ; mais soyez fran
che. Quel que soit le coup que je reçoive, j
ne dois pas même demander d'où il vient ; j
m'y soumettrai sans murmure. Mais, si j
dois vous perdre jamais, ne me rendez pa
l'espérance ; car, Dieu le sait ! je n'y surv
vrais pas. »

Elle se retourna précipitamment. « Parle
moi, dit-elle, de votre amour, ne me parl
pas de votre douleur.

— Eh bien, je t'aime plus que ma vie ! A
près de mon amour ma douleur n'est qu'u
rêve. Viens avec moi au bout du monde, q.
je mourrai, ou je vivrai par toi ! »

En prononçant ces mots, je fis un pas ver
elle et je la vis pâlir et reculer. Elle faisa
un vain effort pour forcer à sourire ses lèvr

contractées; et, se baissant sur le secrétaire :
« Un instant, dit-elle, un instant encore ; j'ai
quelques papiers à brûler. » Elle me montra
les lettres de N***, les déchira et les jeta au
feu; elle en prit d'autres, qu'elle relut et
qu'elle étala sur la table. C'étaient des mémoires de ses marchands, et il y en avait
dans le nombre qui n'étaient pas encore
payés. Tout en les examinant, elle commença
à parler avec volubilité, les joues ardentes
comme dans la fièvre. Elle me demandait
pardon de son silence obstiné et de sa conduite depuis son arrivée. Elle me témoignait
plus de tendresse, plus de confiance que jamais. Elle frappait des mains en riant et se
promettait le plus charmant voyage; enfin
elle était tout amour, ou du moins tout semblant d'amour. Je ne puis dire combien je
souffrais de cette joie factice; il y avait, dans
cette douleur qui se démentait ainsi elle-
même, une tristesse plus affreuse que les
larmes et plus amère que les reproches. Je
l'eusse mieux aimée froide et indifférente que
s'excitant ainsi pour se vaincre; il me semblait voir une parodie de nos moments les
plus heureux. C'étaient les mêmes paroles, la

même femme, les mêmes caresses ; et ce qui,
quinze jours auparavant, m'enivrait d'amour
et de bonheur, répété ainsi, me faisait horreur.

« Brigitte, lui dis-je tout à coup, quel mystère me cachez-vous donc? Si vous m'aimez,
quelle comédie horrible jouez-vous donc ainsi
devant moi?

— Moi! dit-elle presque offensée. Qui vous
fait croire que je la joue?

— Qui me le fait croire? Dites-moi, ma
chère, que vous avez la mort dans l'âme et
que vous souffrez le martyre. Voilà mes bras
prêts à vous recevoir; appuyez-y la tête et
pleurez. Alors je vous emmènerai peut-être;
mais, en vérité, pas ainsi.

— Partons, partons! répéta-t-elle encore.

— Non, sur mon âme! non, pas à présent,
non, tant qu'il y a entre nous un mensonge
ou un masque. J'aime mieux le malheur que
cette gaieté-là. » Elle resta muette, cons-
ternée de voir que je ne me trompais pas à
ses paroles et que je la devinais malgré ses
efforts.

« Pourquoi nous abuser? continuai-je.
Suis-je donc tombé si bas dans votre estime

que vous puissiez feindre devant moi? Ce
malheureux et triste voyage, vous y croyez-
vous donc condamnée? Suis-je un tyran, un
maître absolu? suis-je un bourreau qui vous
traîne au supplice? Que craignez-vous donc
de ma colère, pour en venir à de pareils
détours? quelle terreur vous fait mentir
ainsi?

— Vous avez tort, répondit-elle; je vous
en prie, pas un mot de plus.

— Pourquoi donc si peu de sincérité? Si je
ne suis pas votre confident, ne puis-je du
moins être traité en ami? si je ne puis savoir
d'où viennent vos larmes, ne puis-je du moins
les voir couler? N'avez-vous pas même cette
confiance de croire que je respecte vos chagrins? Qu'ai-je fait pour les ignorer? ne sau-
rait-on y trouver de remède?

— Non, disait-elle, vous avez tort; vous
ferez votre malheur et le mien si vous me
pressez davantage. N'est-ce pas assez que
nous partions?

— Et comment voulez-vous que je parte,
lorsqu'il suffit de vous regarder pour voir
que ce voyage vous répugne, que vous venez
à contre-cœur, que vous vous en repentez

déjà? Qu'est-ce donc, grand Dieu! et que n
cachez-vous? A quoi bon jouer avec les pi
roles, quand la pensée est aussi claire qu
cette glace que voilà? Ne serais-je pas le de
nier des hommes, d'accepter ainsi sans mu
mure ce que vous me donnez avec tant
regret? Comment cependant le refuserais-j
que puis-je faire si vous ne parlez pas?

— Non, je ne vous suis pas à contre-cœu
vous vous trompez ; je vous aime, Octàv
cessez de me tourmenter ainsi. »

Elle mit tant de douceur dans ces parôle
que je me jetai à ses genoux. Qui eût résis
à son regard et au son divin de sa voi
« Mon Dieu! m'écriai-je, vous m'aimez, Bi
gitte? ma chère maîtresse, vous m'aimez?

— Oui, je vous aime, oui, je vous appa
tiens ; faites de moi ce que vous voudrez.
vous suivrai; partons ensemble; venez, O
tave, on nous attend. » Elle serrait ma ma
dans les siennes et me donna un baiser s
le front. « Oui, il le faut, murmura-t-ell
oui, je le veux, jusqu'au dernier soupir.

— *Il le faut?* » me dis-je à moi-même.
me levai. Il ne restait plus sur la table qu'u
seule feuille de papier que Brigitte parco

rait des yeux. Elle la prit, la retourna, puis la laissa tomber à terre. « Est-ce tout? demandai-je.

— Oui, c'est tout. »

Lorsque j'avais fait venir les chevaux, ce n'avait pas été avec la pensée que nous partirions en effet. Je ne voulais que faire une tentative; mais, par la force même des choses, elle était devenue véritable. J'ouvris la porte. « Il le faut! me disais-je; il le faut! répétais-je tout haut. Que veut dire ce mot, Brigitte? qu'y a-t-il donc que j'ignore ici? Expliquez-vous, sinon je reste. Pourquoi faut-il que vous m'aimiez? »

Elle tomba sur le canapé et se tordit les mains de douleur. « Ah! malheureux, malheureux! dit-elle, tu ne sauras jamais aimer!

— Eh bien, peut-être, oui, je le crois; mais, devant Dieu, je sais souffrir. Il faut que vous m'aimiez, n'est-ce pas? eh bien, il faut aussi me répondre. Quand je devrais vous perdre à jamais, quand ces murs devraient crouler sur ma tête, je ne sortirai pas d'ici que je ne sache quel est ce mystère qui me torture depuis un mois. Vous parlerez, ou je vous quitte. Que je sois un fou, un furieux, que je

gâte à plaisir ma vie, que je vous demande
ce que peut-être je devrais feindre de vouloir
ignorer, qu'une explication entre nous doive
détruire notre bonheur et élever désormais
devant moi une barrière insurmontable, que
par là je rende impossible ce départ même
que j'ai tant souhaité; quoi qu'il puisse vous
en coûter à vous et à moi, vous parlerez, ou
je renonce à tout.

— Non, non, je ne parlerai pas !

— Vous parlerez! Croyez-vous, par hasard, que je sois dupe de vos mensonges?
Quand je vous vois du soir au lendemain plus
différente de vous-même que le jour ne l'est
de la nuit, croyez-vous donc que je m'y
trompe? Quand vous me donnez pour raison
je ne sais quelles lettres qui ne valent pas
seulement la peine qu'on les lise, vous ima-
ginez-vous que je me contente du premier
prétexte venu, parce qu'il vous plaît de n'en
pas chercher d'autre? Votre visage est-il de
plâtre, pour qu'il soit si difficile d'y voir ce
qui se passe dans votre cœur? Quelle opinion avez-vous donc de moi? Je ne m'abuse
pas autant qu'on le pense, et prenez garde
qu'à défaut de paroles votre silence ne m'ap-

renne ce que vous cachez si obstinément.

— Que voulez-vous que je vous cache?

— Ce que je veux! vous me le demandez?
st-ce pour me braver en face que vous me
ites cette question? est-ce pour me pous-
r à bout et vous débarrasser de moi? Oui,
coup sûr, l'orgueil offensé est là, qui at-
nd que j'éclate. Si je m'expliquais franche-
ent, vous auriez à votre service toute l'hy-
ocrisie féminine; vous attendez que je vous
cuse, afin de me répondre qu'une femme
mme vous ne descend pas à se justifier.
ans quels regards de fierté dédaigneuse ne
vent pas s'envelopper les plus coupables
les plus perfides! Votre grande arme est le
lence; ce n'est pas d'hier que je le sais.
ous ne voulez qu'être insultée, vous vous
isez jusqu'à ce qu'on y vienne; allez, allez,
ttez avec mon cœur; là où bat le vôtre,
ous le trouverez; mais ne luttez pas avec ma
te, elle est plus dure que le fer et elle en
ait aussi long que vous!

— Pauvre garçon! murmura Brigitte, vous
e voulez donc pas partir?

— Non! je ne pars qu'avec ma maîtresse,
t vous ne l'êtes pas maintenant. J'ai assez

lutté, j'ai assez souffert, je me suis assez dévoré le cœur! Il est temps que le jour se lève;
j'ai assez vécu dans la nuit. Oui ou non,
voulez-vous répondre ?

— Non.

— Comme il vous plaira; j'attendrai. »

J'allai m'asseoir à l'autre bout de la chambre, déterminé à ne pas me lever que je
n'eusse appris ce que je voulais savoir. Elle
paraissait réfléchir et marchait hautement
devant moi.

Je la suivais d'un œil avide, et le silence
qu'elle gardait augmentait par degrés ma colère. Je ne voulais pas qu'elle s'en aperçût,
et ne savais quel parti prendre. J'ouvris la
fenêtre. « Qu'on dételle les chevaux, criai-je,
et qu'on les paye! je ne partirai pas ce soir.

— Pauvre malheureux! » dit Brigitte. Je
refermai tranquillement la fenêtre et me
rassis sans avoir l'air d'entendre; mais je me
sentais une telle rage, que je n'y pouvais résister. Ce froid silence, cette force négative
m'exaspéraient au dernier point. J'aurais été
réellement trompé et sûr de la trahison d'une
femme aimée, que je n'aurais rien éprouvé
de pire. Dès que je me fus condamné moi-

même à rester encore à Paris, je me dis qu'à tout prix il fallait que Brigitte parlât. Je cherchais en vain dans ma tête un moyen de l'y obliger; mais, pour le trouver à l'instant même, j'aurais donné tout ce que je possédais. Que faire? que dire? Elle était là, tranquille, me regardant avec tristesse. J'entendis dételer les chevaux; ils s'en allèrent au petit trot, et le bruit de leurs grelots se perdit bientôt dans les rues. Je n'avais qu'à me retourner pour qu'ils revinssent, et il me semblait cependant que leur départ était irrévocable. Je poussai le verrou de la porte; je ne sais quoi me disait à l'oreille : « Te voilà seul, face à face avec l'être qui doit te donner la vie ou la mort. »

Tandis que, perdu dans mes pensées, je m'efforçais d'inventer un biais qui pût me ramener à la vérité, je me souvins d'un roman de Diderot où une femme, jalouse de son amant, s'avise, pour éclaircir ses doutes, d'un moyen assez singulier. Elle lui dit qu'elle ne l'aime plus et lui annonce qu'elle va le quitter. Le marquis des Arcis (c'est le nom de l'amant) donne dans le piége et avoue que lui-même il est lassé de son amour.

Cette scène bizarre, que j'avais lue tro[p]
jeune, m'avait frappé comme un tour d'a[-]
dresse, et le souvenir que j'en avais gard[é]
me fit sourire en ce moment. « Qui sait ? m[e]
dis-je, si j'en faisais autant, Brigitte s[e]
tromperait peut-être et m'apprendrait que[l]
est son secret. »

D'une colère furieuse je passai tout à cou[p]
à des idées de ruse ou de rouerie. Était-[ce]
donc si difficile de faire parler une femm[e]
malgré elle ? Cette femme était ma maîtresse[,]
j'étais bien faible si je n'y parvenais. Je m[e]
renversai sur le sofa d'un air libre et indif[-]
férent. « Eh bien, ma chère, dis-je gaiemen[t]
nous ne sommes donc pas au jour des con[-]
fidences ? »

Elle me regarda d'un air étonné.

« Eh ! mon Dieu, oui, continuai-je, il fau[t]
pourtant qu'un jour ou l'autre nous e[n]
venions à nos vérités. Tenez, pour vou[s]
donner l'exemple, j'ai quelque envie d[e]
commencer ; cela vous rendra confiante, e[t]
il n'y a rien de tel que de s'entendre entr[e]
amis. »

Sans doute qu'en parlant ainsi mon vi[-]
sage me trahissait ; Brigitte ne semblait pa[s]

m'entendre et continuait de se promener.

« Savez-vous bien, lui dis-je, qu'après tout voilà six mois que nous sommes ensemble? Le genre de vie que nous menons n'a rien qui ressemble à ce dont on peut rire. Vous êtes jeune, je le suis aussi : s'il arrivait que le tête-à-tête cessât d'être de votre goût, seriez-vous femme à me le dire? En vérité, si cela était, je vous l'avouerais franchement. Et pourquoi pas? est-ce un crime d'aimer? ce ne peut donc pas être un crime de moins aimer, ou de n'aimer plus. Qu'y aurait-il d'étonnant qu'à notre âge on eût besoin de changement? »

Elle s'arrêta. « A notre âge! dit-elle. Est-ce que c'est à moi que vous vous adressez? Quelle comédie jouez-vous aussi? »

Le sang me monta au visage. Je lui saisis la main. « Assieds-toi là, lui dis-je, et écoute-moi.

— A quoi bon? ce n'est pas vous qui parlez. »

J'étais honteux de ma propre feinte, et j'y renonçai.

« Écoutez-moi! répétai-je avec force, et venez, je vous en supplie, vous asseoir ici

près de moi. Si vous voulez garder le silence
faites-moi du moins la grâce de m'entendre

— J'écoute; qu'avez-vous à me dire ?

— Si on me disait aujourd'hui : « Vou
êtes un lâche! » j'ai vingt-deux ans, et je m
suis déjà battu; ma vie entière, mon cœur s
révolteraient. N'aurais-je pas en moi l
conscience de ce que je suis? Il faudra
pourtant aller sur le pré, il faudrait que
me misse vis-à-vis du premier venu, il fau
drait jouer ma vie contre la sienne; pour
quoi? pour prouver que je ne suis pas u
lâche; sans quoi le monde le croirait. Cette
seule parole demande cette réponse, toute
les fois qu'on l'a prononcée, et n'importe qu

-- C'est vrai; où voulez-vous en venir ?

— Les femmes ne se battent pas; mai
telle que la société est faite, il n'y a pourtant
aucun être, de tel sexe qu'il soit, qui i
doive, à certains moments de sa vie, fût-ell
réglée comme une horloge, solide comme
fer, voir tout mis en question. Réfléchisse
qui voyez-vous échapper à cette loi? quel
ques personnes peut-être; mais voyez ce q
en arrive: si c'est un homme, le déshon
neur; si c'est une femme, quoi? l'oubli

Tout être qui vit de la vie véritable doit par cela même faire preuve qu'il vit. Il y a donc pour une femme, comme pour un homme, telle occasion où elle est attaquée. Si elle est brave, elle se lève, fait acte de présence et se rassoit. Un coup d'épée ne prouve rien pour elle. Non-seulement il faut qu'elle se défende, mais qu'elle forge elle-même ses armes. On la soupçonne ; qui ? un indifférent ? elle peut et doit le mépriser. Est-ce son amant, l'aime-t-elle cet amant ? si elle l'aime, c'est là sa vie, elle ne peut pas le mépriser.

— Sa seule réponse est le silence.

— Vous vous trompez ; l'amant qui la soupçonne offense par là sa vie entière, je le sais ; ce qui répond pour elle, n'est-ce pas ? ce sont ses larmes, sa conduite passée, son dévouement et sa patience. Qu'arrivera-t-il si elle se tait ? que son amant la perdra par sa faute et que le temps la justifiera. N'est-ce pas là votre pensée ?

— Peut-être, le silence avant tout.

— Peut-être, dites-vous ? assurément je vous perdrai si vous ne me répondez pas ; mon parti est pris : je pars seul.

— Eh bien, Octave...

— Eh bien, m'écriai-je, le temps don[c]
vous justifiera? Achevez; à cela du moin[s]
dites oui ou non.

— Oui, je l'espère.

— Vous l'espérez! voilà ce que je vou[s]
prie de vous demander sincèrement. C'est l[a]
dernière fois sans doute que vous en aure[z]
l'occasion devant moi. Vous me dites qu[e]
vous m'aimez, et je le crois. Je vous soup[-]
çonne; votre intention est-elle que je par[te]
et que le temps vous justifie?

— Et de quoi me soupçonnez-vous?

— Je ne voulais pas vous le dire, car [je]
vois que c'est inutile. Mais, après tou[t,]
misère pour misère, à votre loisir : j'aim[e]
autant celle-là. Vous me trompez; vous e[n]
aimez un autre; voilà votre secret et le mie[n.]

— Qui donc? demanda-t-elle.

— Smith. »

Elle me posa sa main sur les lèvres et se d[é-]
tourna. Je n'en pus dire davantage; nous re[s-]
tâmes tous deux pensifs, les yeux fixés à ter[re.]

« Écoutez-moi, dit-elle avec effort. J[e ai]
beaucoup souffert, et je prends le ciel à t[é-]
moin que je donnerais ma vie pour vo[us.]
Tant qu'il me restera au monde la plus f[aible]

ble lueur d'espérance, je serai prête à souffrir encore ; mais quand je devrais exciter de
nouveau votre colère en vous disant que je
suis femme, je le suis pourtant, mon ami.
Il ne faut pas aller trop avant ni plus loin
que la force humaine. Je ne répondrai jamais
là-dessus. Tout ce que je puis en cet instant,
c'est de me mettre une dernière fois à genoux et de vous supplier encore de partir. »

Elle s'inclina en disant ces mots. Je me
levai.

« Bien insensé, dis-je avec amertume, bien
insensé qui, une fois dans sa vie, veut obtenir la vérité d'une femme ! Il n'obtiendra que
le mépris, et il le mérite en effet ! La vérité !
Celui-là la sait qui corrompt des femmes de
chambre ou qui se glisse à leur chevet à
l'heure où elles parlent en rêve. Celui-là la
sait qui se fait femme lui-même et que sa
bassesse initie à tout ce qui s'agite dans
l'ombre ! Mais l'homme qui la demande franchement, celui qui ouvre une main loyale
pour obtenir cette affreuse aumône, ce n'est
pas lui qui l'obtiendra jamais ! On se tient en
garde avec lui ; pour toute réponse on hausse
les épaules, et, si la patience lui échappe,

on se lève dans sa vertu comme une vestale outragée, et on laisse tomber de ses
lèvres le grand oracle féminin, que le soupçon détruit l'amour et qu'on ne saurait pardonner ce à quoi l'on ne peut répondre.
Ah ! juste Dieu, quelle fatigue ! quand donc
finira tout cela ?

— Quand vous voudrez, dit-elle d'un ton
glacé ; j'en suis aussi lasse que vous.

— A l'instant même ; je vous quitte pour
jamais, et que le temps vous justifie donc !
Le temps ! le temps ! ô froide amante ! souvenez-vous de cet adieu. Le temps ! et ta
beauté, et ton amour, et le bonheur, où se-
ront-ils allés ? Est-ce donc sans regret que tu
me perds ainsi? Ah ! sans doute, le jour où
l'amant jaloux saura qu'il a été injuste, le
jour où il verra les preuves, il comprendra
quel cœur il a blessé, n'est-il pas vrai ? il
pleurera sa honte, il n'aura plus ni joie ni
sommeil ; il ne vivra que pour se souvenir
qu'il eût pu vivre autrefois heureux. Mais
ce jour-là, sa maîtresse orgueilleuse pâlira
peut-être de se voir vengée ; elle se dira :
« Si je l'avais fait plus tôt ! » Et croyez-moi,
si elle a aimé, l'orgueil ne la consolera pas.

J'avais voulu parler avec calme, mais je n'étais plus maître de moi : à mon tour je marchais avec agitation. Il y a de certains regards qui sont de vrais coups d'épée, ils se croisent comme le fer ; c'étaient de ceux-là que Brigitte et moi nous échangions en ce moment. Je la regardais comme un prison-nier regarde la porte d'un cachot. Pour bri ser le sceau qu'elle avait sur les lèvres et pour la forcer à parler, j'aurais exposé ma vie et la sienne.

« Où allez-vous ? demanda-t-elle, que vou-lez-vous que je vous dise ?

— Ce que vous avez dans le cœur ? N'êtes-vous pas assez cruelle de me le faire répéter ainsi ?

— Et vous, et vous, s'écria-t-elle, n'êtes-vous pas plus cruel cent fois ? Ah ! bien in-sensé, dites-vous, qui veut savoir la vérité ! Folle, puis-je dire à mon tour, qui peut espé-rer qu'on la croie ! Vous voulez savoir mon secret, et mon secret, c'est que je vous aime. Folle que je suis ! vous en cherchez un au-tre. Cette pâleur qui me vient de vous, vous l'accusez, vous l'interrogez. Folle ! j'ai voulu souffrir en silence, vous consacrer ma rési-

gnation ; j'ai voulu vous cacher mes larmes ;
vous les épiez comme des témoins d'un crime.
Folle ! j'ai voulu traverser les mers, m'exiler
de France avec vous, aller mourir, loin de
tout ce qui m'a aimée, sur ce cœur qui doute
de moi. Folle ! j'ai cru que la vérité avait un
regard, un accent, qu'on la devinait, qu'on
la respectait ! Ah ! quand j'y pense, les larmes me suffoquent. Pourquoi, s'il en devait
être ainsi, m'avoir entraînée à une démarche
qui troublera à jamais mon repos ? Ma tête
se perd, je ne sais où j'en suis ! »

Elle se pencha en pleurant sur moi. « Folle !
folle ! » répétait-elle avec une voix déchi-
rante.

« Et qu'est-ce donc ? continua t-elle ; jusqu'à quand persévérerez-vous ? Que puis-je
faire à ces soupçons sans cesse renaissants,
sans cesse altérés ? Il faut, dites-vous, que je
me justifie ! De quoi ? de partir, d'aimer, de
mourir, de désespérer ? et, si j'affecte une
gaieté forcée, cette gaieté même vous offense.
Je vous sacrifie tout pour partir, et vous n'aurez pas fait une lieue, que vous regarderez
en arrière. Partout, toujours, quoi que je
fasse, l'injure, la colère ! Ah ! cher enfant, s

vous saviez quel froid mortel, quelle souffrance de voir ainsi la plus simple parole du
cœur accueillie par le doute et le sarcasme !
Vous vous priverez par là du seul bonheur
qu'il y ait au monde : aimer avec abandon.
Vous tuerez dans le cœur de ceux qui vous
aiment tout sentiment délicat et élevé ; vous
en viendrez à ne plus croire qu'à ce qu'il y a
de plus grossier ; il ne vous restera de l'a-
mour que ce qui est visible et se touche du
doigt. Vous êtes jeune, Octave, et vous avez
encore une longue vie à parcourir ; vous aurez d'autres maîtresses. Oui, comme vous dites, l'orgueil est peu de chose, et ce n'est pas
lui qui me consolera ; mais Dieu veuille
qu'une larme de vous me paye un jour de
celles que vous me faites répandre en ce moment ! »

Elle se leva. « Faut-il donc le dire ? faut-il
donc que vous le sachiez, que depuis six mois
je ne me suis pas couchée un soir sans me
répéter que tout était inutile et que vous ne
guéririez jamais ; que je ne me suis pas levée
un matin sans me dire qu'il fallait essayer
encore ; que vous n'avez pas dit une parole
que je ne sentisse que je devais vous quitter,

et que vous ne m'avez pas fait une caresse
que je ne sentisse que j'aimais mieux mourir; que jour par jour, minute par minute,
toujours entre la crainte et l'espoir, j'ai mille
fois tenté de vaincre ou mon amour ou ma
douleur; que, dès que j'ouvrais mon cœur
près de vous, vous jetiez un coup d'œil moqueur jusqu'au fond de mes entrailles, et
que, dès que je le fermais, il me semblait y
sentir un trésor que vous seul pouviez dépenser? Vous raconterai-je ces faiblesses et
tous ces mystères qui semblent puérils à
ceux qui ne les respectent pas? que, lorsque vous me quittiez avec colère, je m'enfermais pour relire vos premières lettres; qu'il
y a une valse chérie que je n'ai jamais jouée
en vain lorsque j'éprouvais trop vivement
l'impatience de vous voir venir? Ah! malheureuse! que toutes ces larmes ignorées,
que toutes ces folies si douces aux faibles, te
coûteront cher! Pleure maintenant; ce supplice même, cette douleur n'a servi de rien. »

Je voulus l'interrompre. « Laissez-moi,
laissez-moi, dit-elle; il faut qu'un jour je vous
parle aussi. Voyons, pourquoi doutez-vous
de moi? Depuis six mois, de pensée, de coups

et d'âme, je n'ai appartenu qu'à vous. De quoi osez-vous me soupçonner? Voulez-vous partir pour la Suisse? Je suis prête, vous le voyez. Est-ce un rival que vous croyez avoir? envoyez-lui une lettre que je signerai et que vous mettrez à la poste. Que faisons-nous, où allons-nous? prenons un parti. Ne sommes-nous pas toujours ensemble? Eh bien, pourquoi me quittes-tu? je ne peux pas être à la fois près et loin de toi. Il faudrait, dis-tu, pouvoir se fier à sa maîtresse, c'est vrai. Ou l'amour est un bien, ou c'est un mal : si c'est un bien, il faut croire en lui; si c'est un mal, il faut s'en guérir. Tout cela, vois-tu, c'est un jeu que nous jouons; mais notre cœur et notre vie servent d'enjeu, et c'est horrible! Veux-tu mourir? ce sera plus tôt fait. Qui suis-je donc pour qu'on doute de moi? »

Elle s'arrêta devant la glace.

« Qui suis-je donc? répétait-elle, qui suis-je donc? Y pensez-vous? regardez donc ce visage que j'ai.

« Douter de toi, s'écria-t-elle en s'adressant à sa propre image; pauvre tête pâle, on te soupçonne! pauvres joues maigres, pauvres yeux fatigués, on doute de vous et de vos

larmes! Eh bien, achevez de souffrir; que
ces baisers qui vous ont desséchés vous fer-
ment les paupières! Descends dans cette terre
humide, pauvre corps vacillant qui ne te sou-
tiens plus! Quand tu y seras, on le croira
peut-être, si le doute croit à la mort. O triste
spectre! sur quelle rive veux-tu donc errer
et gémir? quel est ce feu qui te dévore? Tu
fais des projets de voyage, toi qui as un pied
dans le tombeau! Meurs! Dieu t'en est témoin, tu as voulu aimer! Ah! quelles riches-
ses, quelles puissances d'amour on a éveillées
dans ton cœur! Ah! quel rêve on t'a laissé
faire et de quels poisons on t'a tuée! Quel
mal avais-tu fait pour que l'on mît en toi cette
fièvre ardente qui te brûle? Quelle fureur
l'anime donc, cette créature insensée qui te
pousse du pied dans le cercueil, tandis que
ses lèvres te parlent d'amour? Que devien-
dras-tu donc si tu vis encore? N'est-il pas
temps? n'en est-ce pas assez? Quelle preuve
de ta douleur donneras-tu pour qu'on y croie
quand toi, toi-même, pauvre preuve vivante,
pauvre témoin, on ne te croit pas? A quelle
torture veux-tu te soumettre, que tu n'aies
pas déjà usée? Par quels tourments, quel

sacrifices, apaiseras-tu l'avide, l'insatiable amour? Tu ne seras qu'un objet de risée; tu chercheras en vain une rue déserte où ceux qui passent ne te montrent pas au doigt. Tu perdras toute honte et jusqu'à l'apparence de cette vertu fragile qui t'a été si chère; et l'homme pour qui tu t'aviliras sera le premier à t'en punir. Il te reprochera de vivre pour lui seul, de braver le monde pour lui, et, tandis que tes propres amis murmureront autour de toi, il cherchera dans leurs regards s'il n'aperçoit pas trop de pitié; il t'accusera de le tromper si une main serre encore la tienne, et si, dans le désert de ta vie, tu trouves par hasard quelqu'un qui puisse te plaindre en passant. O Dieu! te souvient-il d'un jour d'été où l'on a posé sur ta tête une couronne de roses blanches? Était-ce ce front qui la portait? Ah! cette main qui l'a suspendue aux murailles de l'oratoire, elle n'est pas tombée en poussière comme elle! O ma vallée! ô ma vieille tante, qui dormez maintenant en paix! ô mes tilleuls, ma petite chèvre blanche, mes braves fermiers qui m'aimiez tant! vous souvient-il de m'avoir vue heureuse, fière, tranquille et respectée?

Qui donc a jeté sur ma route cet étranger qui veut m'en arracher? qui donc lui a donné le droit de passer dans le sentier de mon village? Ah! malheureuse! pourquoi t'es-tu retournée le premier jour qu'il t'y a suivie? pourquoi l'as-tu accueilli comme un frère? pourquoi as-tu ouvert la porte et lui as-tu tendu la main? Octave, Octave, pourquoi m'as-tu aimée, si tout devait finir ainsi! »

Elle était près de défaillir, et je la soutins jusqu'à un fauteuil, où elle tomba la tête sur mon épaule. L'effort terrible qu'elle venait de faire en me parlant si amèrement l'avait brisée. Au lieu d'une maîtresse outragée, je ne trouvai plus tout à coup en elle qu'un enfant plaintif et souffrant. Ses yeux se fermèrent; je l'entourai de mes bras, et elle resta sans mouvement.

Lorsqu'elle reprit connaissance, elle se plaignit d'une extrême langueur et me pria d'une voix tendre de la laisser pour qu'elle se mît au lit. Elle pouvait à peine marcher; je la portai jusqu'à l'alcôve et la posai doucement sur son lit. Il n'y avait en elle aucune marque de souffrance : elle se reposait de sa douleur comme d'une fatigue et ne semblait pas s'en souvenir. Sa nature faible et délicate cédait sans lutter, et, comme elle l'avait dit elle-même, j'avais été plus loin que sa force. Elle tenait ma main dans la sienne; je l'embrassai; nos lèvres encore amantes s'unirent comme à notre insu, et, au sortir d'une scène si cruelle, elle s'endormit sur mon cœur en souriant comme au premier jour.

CHAPITRE VI

Brigitte dormait. Muet, immobile, j'étais assis à son chevet. Comme un laboureur, après un orage, compte les épis d'un champ dévasté, ainsi je commençais à descendre en moi-même et à sonder le mal que j'avais fait.

Je n'y eus pas plutôt pensé que je le jugeai irréparable. Certaines souffrances, par leur excès même, nous avertissent de leur terme, et plus j'éprouvais de honte et de remords, plus je sentis qu'après une telle scène il ne restait qu'à nous dire adieu. Quelque courage que pût avoir Brigitte, elle

avait bu jusqu'à la lie la coupe amère de son
triste amour; si je ne voulais la voir mourir,
il fallait qu'elle s'en reposât. Il était arrivé
souvent qu'elle m'eût fait de cruels reproches, et elle y avait peut-être mis jusqu'alors
plus de colère que cette fois; mais, cette
fois, ce qu'elle m'avait dit, ce n'étaient plus
de vaines paroles dictées par l'orgueil offensé, c'était la vérité qui, refoulée au fond
du cœur, l'avait brisé pour en sortir. La circonstance où nous nous trouvions et mon
refus de partir avec elle rendaient d'ailleurs
tout espoir impossible; elle aurait voulu pardonner, qu'elle n'en eût pas eu la force. Ce
sommeil même, cette mort passagère d'un
être qui ne pouvait plus souffrir, témoignait
assez là-dessus; ce silence venu tout à coup,
cette douceur qu'elle avait montrée en revenant si tristement à la vie, ce pâle visage,
et jusqu'à ce baiser, tout me disait que
c'en était fait, et, quelque lien qui pût nous
unir, que je l'avais rompu pour toujours.
De même qu'elle dormait maintenant, il
était clair qu'à la première souffrance
qui lui viendrait de moi elle s'endormi-
rait du sommeil éternel. L'horloge sonna;

Et je sentis que l'heure écoulée emportait ma vie avec elle.

Ne voulant appeler personne, j'avais allumé la lampe de Brigitte ; je regardais cette faible lueur, et mes pensées semblaient flotter dans l'ombre comme ses rayons incertains.

Quoi que j'eusse pu dire ou faire, jamais l'idée de perdre Brigitte ne s'était encore présentée à moi. J'avais cent fois voulu la quitter ; mais qui a aimé en ce monde et ne sait pas ce qui en est ? Ce n'était que du désespoir ou des mouvements de colère. Tant que je me savais aimé d'elle, j'étais bien sûr de l'aimer aussi ; l'invincible nécessité venait, pour la première fois, de se lever entre nous deux. Je ressentais comme une langueur sourde, où je ne distinguais rien clairement. J'étais courbé près de l'alcôve, et, quoique j'eusse vu dès le premier instant toute l'étendue de mon malheur, je n'en sentais pas la souffrance. Ce que mon esprit comprenait, mon âme, faible et épouvantée, semblait reculer pour n'en rien voir. « Allons, me disais-je, cela est certain ; je l'ai voulu et je l'ai fait ; il n'y a pas le moindre doute que nous ne pouvons plus vivre ensemble; je ne veux pas tuer cette femme, ainsi je n'ai plus qu'à la quitter. Voilà qui est fait, je m'en irai demain. » Et, tout en me parlant ainsi, je ne pensais ni à mes torts, ni au passé, ni à l'avenir, je ne me souvenais ni de Smith ni de quoi que ce soit en ce moment; je n'aurais pu dire qui m'avait amené là ni ce que j'avais fait depuis une heure. Je regardais les murs de la chambre, et je crois que tout ce qui m'occupait était de chercher pour le lendemain par quelle voiture je m'en irais.

Je demeurai assez longtemps dans cet état de calme étrange. Comme un homme frappé d'un coup de poignard ne sent d'abord que le froid du fer; il fait encore quelques pas sur sa route, et, stupéfait, les yeux égarés, il se demande ce qui lui arrive. Mais peu à peu le sang vient goutte à goutte, la plaie s'entr'ouvre et le laisse couler; la terre se teint d'une pourpre noire, la mort arrive; l'homme à son approche, frissonne d'horreur et tombe foudroyé. Ainsi, tranquille en apparence, j'écoutais venir le malheur; je me répétais à voix basse ce que Brigitte m'avait dit, et je disposais autour d'elle tout ce que je savais l'habitude qu'on lui préparait pour la nuit ; puis je la regardais, puis j'allais à la fenêtre et j'y restais le front collé aux vitres devant un grand ciel sombre et lourd ; puis je revenais près du lit. Partir demain, c'était ma seule pensée, et peu à peu ce mot de *partir* me devenait intelligible : « Ah Dieu ! m'écriai-je tout à coup, ma pauvre maîtresse, je vous perds, et je n'ai pas su vous aimer ! »

Je tressaillis à ces paroles, comme si c'eût été un autre que moi qui les eût prononcées ; elles retentirent dans tout mon être, comme dans une harpe tendue un coup de vent qui va la briser. En un instant deux ans de souffrances me traversèrent le cœur, et après elles, comme leur conséquence et leur dernière expression, le présent me saisit. Comment rendrai-je une pareille douleur ? Par un seul mot peut-être, pour ceux qui ont aimé. J'avais pris la main de Brigitte, et, rêvant sans doute dans son sommeil, elle avait prononcé mon nom.

Je me levai et marchai dans la chambre ; un torrent de larmes coulait de mes yeux. J'étendais les bras comme pour ressaisir tout ce passé qui m'échappait. « Est-ce pos-

sible? répétais-je ; quoi! je vous perds? je n
puis aimer que vous. Quoi! vous partez? C'e
est fait pour toujours? Quoi! vous, ma vie
mon adorée maîtresse, vous me fuyez, je n
vous verrai plus? Jamais, jamais! » disais-j
tout haut; et, m'adressant à Brigitte endormi
comme si elle eût pu m'entendre : « Jamais
jamais, n'y comptez pas ; jamais je n'y consen
tirai! Et qu'est-ce donc? pourquoi tant d'or
gueil? N'y a-t-il plus aucun moyen de répare
l'offense que je vous ai faite? Je vous en prie
cherchons ensemble. Ne m'avez-vous pas par
donné mille fois? Mais vous m'aimez, vous n
pourrez partir, et le courage vous manquera
Que voulez-vous que nous fassions ensuite?

Une démence horrible, effrayante, s'em
para de moi subitement : j'allais et venais
parlant au hasard, cherchant sur les meuble
quelque instrument de mort. Je tombai enfin
à genoux et je me frappai la tête sur le li
Brigitte fit un mouvement, et je m'arrêt
aussitôt.

« Si je l'éveillais! me dis-je en frissonnan
Que fais-tu donc, pauvre insensé? Laisse
dormir jusqu'au jour; tu as encore une nu
à la voir. »

Je repris ma place ; j'avais une telle frayeur que Brigitte fût éveillée, que j'osais à peine respirer. Mon cœur semblait s'être arrêté en même temps que mes larmes. Je demeurai glacé d'un froid qui me faisait trembler, et, comme pour me forcer au silence : « Regarde-la, me disais-je, regarde-la, cela t'est permis encore. »

Je parvins enfin à me calmer, et je sentis des larmes plus douces couler lentement sur mes joues. A la fureur que j'avais ressentie succédait l'attendrissement. Il me sembla qu'un cri plaintif déchirait les airs ; je me penchai sur le chevet et je me mis à regarder Brigitte, comme si, pour la première fois, mon bon ange m'eût dit de graver dans mon âme l'empreinte de ses traits chéris !

Qu'elle était pâle ! Ses longues paupières, entourées d'un cercle bleuâtre, brillaient encore, humides de larmes ; sa taille, autrefois si légère, était courbée comme sous un fardeau ; sa joue, amaigrie et plombée, reposait dans sa main fluette, sur son bras faible et chancelant ; son front semblait porter l'empreinte de ce diadème d'épines sanglantes dont se couronne la résignation. Je me sou-

vins de la chaumière. Qu'elle était jeune, il
y avait six mois! qu'elle était gaie, libre, in-
souciante! Qu'avais-je fait de tout cela? Il me
semblait qu'une voix inconnue me répétait
une vieille romance que depuis longtemps
j'avais oubliée :

> Altra volta gieri biele,
> Blanch' e rossa com' un' flore,
> Ma ora nò. Non son più biele,
> Consumatis dal' amore.

C'était l'ancienne romance de ma première
maîtresse, et ce patois mélancolique me paraissait clair pour la première fois. Je le répétais comme si je n'eusse fait jusque-là que
le conserver dans ma mémoire sans le comprendre. Pourquoi l'avais-je appris et pourquoi m'en souvenais-je? Elle était là, ma
fleur fanée, prête à mourir, consumée par
l'amour.

« Regarde-la, me dis-je en sanglotant; regarde-la! Pense à ceux qui se plaignent que
leurs maîtresses ne les aiment pas; la tienne
t'aime, elle t'a appartenu; et tu la perds, e
n'as pas su l'aimer. »

Mais la douleur était trop forte : je me leva

marchai de nouveau. « Oui, continuai-je, garde-la; pense à ceux que l'ennui dévore qui s'en vont traîner au loin une douleur qui n'est point partagée. Les maux que tu souffres, on en a souffert, et rien en toi n'est resté solitaire. Pense à ceux qui vivent sans père, sans parents, sans chien, sans amis; à ceux qui cherchent et ne trouvent pas, à ceux qui pleurent et qu'on en raille, à ceux qui aiment et qu'on méprise, à ceux qui meurent et sont oubliés. Devant toi, là, dans cette alcôve, repose un être que la nature avait peut-être formé pour toi. Depuis les sphères les plus élevées de l'intelligence jusqu'aux mystères les plus impénétrables de la matière et de la forme, cette âme et ce corps sont tes frères; depuis six mois ta bouche n'a pas parlé, ton cœur n'a pas battu une fois, qu'un mot, un battement de cœur ne t'aient répondu; et cette femme que Dieu t'envoyait comme il envoie la rosée à l'herbe, elle n'aura fait que glisser sur ton cœur. Cette créature qui, à la voix du ciel, était venue les bras ouverts pour te donner sa vie et son âme, elle se sera évanouie comme une ombre, et il n'en restera pas seulement le vestige d'une apparence.

Pendant que tes lèvres touchaient les siennes
pendant que tes bras entouraient son cou
pendant que les anges de l'éternel amour vou
enlaçaient comme un seul être des liens d
sang de la volupté, vous étiez plus loin l'u
de l'autre que deux exilés aux deux bouts d
la terre, séparés par le monde entier. Regarde
la, et surtout fais silence. Tu as encore un
nuit à la voir si tes sanglots ne l'éveillen
pas.

Peu à peu ma tête s'exaltait et des idées d
plus en plus sombres me remuaient et m'é
pouvantaient, une puissance irrésistible m'en
traînait à descendre en moi.

Faire le mal! tel était donc le rôle que l
Providence m'avait imposé! Moi, faire l
mal! moi à qui ma conscience, au milieu d
mes fureurs mêmes, disait pourtant que j'é
tais bon! moi qu'une destinée impitoyabl
entraînait sans cesse plus avant dans u
abîme et à qui en même temps une horreu
secrète montrait sans cesse la profondeur d
cet abîme où je tombais! moi qui partout
malgré tout, eussé-je commis un crime e
versé le sang de ces mains que voilà, m
serais encore répété que mon cœur n'étai

pas coupable, que je me trompais, que ce n'était pas moi qui agissais ainsi, mais mon destin, mon mauvais génie, je ne sais quel être qui habitait le mien, mais qui n'y était pas né! moi, faire le mal! Depuis six mois j'avais accompli cette tâche : pas une journée ne s'était passée que je n'eusse travaillé à cette œuvre impie, et j'en avais en ce moment même la preuve devant les yeux. L'homme qui avait aimé Brigitte, qui l'avait offensée, puis insultée, puis délaissée, quittée pour la reprendre, remplie de craintes, assiégée de soupçons, jetée enfin sur ce lit de douleur où je la voyais étendue, c'était moi! Je me frappais le cœur, et en la voyant je n'y pouvais pas croire. Je contemplais Brigitte ; je la touchais comme pour m'assurer que je n'étais pas trompé par un songe. Mon pauvre visage, que j'apercevais dans la glace, me regardait avec étonnement. Qu'était-ce donc que cette créature qui m'apparaissait sous mes traits? qu'était-ce donc que cet homme sans pitié qui blasphémait avec ma bouche et torturait avec mes mains ? Était-ce lui que ma mère appelait Octave? était-ce lui qu'autrefois, à quinze ans, parmi les bois et les prairies,

j'avais vu dans les claires fontaines où je me
penchais avec un cœur pur comme le cristal
de leurs eaux ?

Je fermais les yeux et je pensais aux jours
de mon enfance. Comme un rayon de soleil
qui traverse un nuage, mille souvenirs me
traversaient le cœur. « Non me disais-je,
je n'ai pas fait cela. Tout ce qui m'entoure
dans cette chambre n'est qu'un rêve impossible. » Je me rappelais le temps où
j'ignorais, où je sentais mon cœur s'ouvrir à
mes premiers pas dans la vie. Je me souvenais
d'un vieux mendiant qui s'asseyait sur un
banc de pierre devant la porte d'une ferme,
et à qui on m'envoyait quelquefois porter, le
matin, après le déjeuner, les restes de notre
repas. Je le voyais, tendant ses mains ridées,
faible, courbé, me bénir en souriant. Je
sentais le vent du matin glisser sur mes
tempes, je ne sais quoi de frais comme la
rosée qui tombait du ciel dans mon âme.
Puis tout à coup je rouvrais les yeux, et je
retrouvais, à la lueur de la lampe, la réalité
devant moi.

« Et tu ne te crois pas coupable ? me demandai-je avec horreur. O apprenti cor-

rompu d'hier ! parce que tu pleures, tu te crois innocent ? ce que tu prends pour le témoignage de ta conscience, ce n'est peut-être que du remords ; et quel meurtrier n'en éprouve pas ? Si ta vertu te crie qu'elle souffre, qui te dit que ce n'est pas parce qu'elle se sent mourir ? O misérable ! ces voix loin· taines que tu entends gémir dans ton cœur, tu crois que ce sont des sanglots ; ce n'est peut-être que le cri de la mouette, l'oiseau funèbre des tempêtes, que le naufrage appelle à lui. Qui t'a jamais raconté l'enfance de ceux qui meurent couverts de sang ? Ils ont aussi été bons à leurs jours ; ils posent aussi leurs mains sur leur visage pour s'en souvenir quelquefois. Tu fais le mal et tu te repens ? Néron aussi, quand il tua sa mère. Qui donc t'a dit que les pleurs nous lavaient ?

« Et quand bien même il en serait ainsi, quand il serait vrai qu'une part de ton âme n'appartiendra jamais au mal, que feras-tu de l'autre qui lui appartiendra ? Tu palperas de ta main gauche les plaies qu'ouvrira ta main droite ; tu feras un suaire de ta vertu pour y ensevelir tes crimes ; tu frapperas, et comme Brutus, tu graveras sur ton épée

les bavardages de Platon! A l'être qui t'ouvrira ses bras tu plongeras au fond du cœur
cette arme ampoulée et déjà repentante; tu
conduiras au cimetière les restes de tes
passions, et tu effeuilleras sur leur tombe la
fleur stérile de ta pitié; tu diras à ceux qui
te verront: « Que voulez-vous? on m'a ap-
« pris à tuer, et remarquez que j'en pleure
‹ encore et que Dieu m'avait fait meilleur. »
Tu parleras de ta jeunesse, tu te persuade-
ras toi-même que le ciel doit te pardonner,
que tes malheurs sont involontaires, et tu
harangueras tes nuits d'insomnie pour
qu'elles te laissent un peu de repos.

« Mais qui sait? tu es jeune encore. Plus tu
te fieras à ton cœur, plus ton orgueil t'égarera.
Te voilà aujourd'hui devant la première ruine
que tu vas laisser sur ta route. Que Brigitte
meure demain, tu pleureras sur son cercueil;
où iras-tu en la quittant? Tu partiras pour
trois mois peut-être, et tu feras un voyage en
Italie; tu t'envelopperas dans ton manteau
comme un Anglais travaillé du spleen, et tu
te diras quelque beau matin, au fond d'une
auberge, après boire, que tes remords sont
apaisés et qu'il est temps d'oublier pour re-

vivre. Toi qui commences à pleurer trop tard, prends garde de ne plus pleurer un jour. Qui sait? qu'on vienne à te railler sur ces douleurs que tu crois senties; qu'un jour, au bal, une belle femme sourie de pitié quand on lui contera que tu te souviens d'une maîtresse morte; n'en pourrais-tu pas tirer quelque gloire et t'enorgueillir tout à coup de ce qui te navre aujourd'hui? Quand le présent, qui te fait frissonner et que tu n'oses regarder en face, sera devenu le passé, une vieille histoire, un souvenir confus, ne pourrais-tu par hasard te renverser quelque soir sur ta chaise, dans un souper de débauchés, et raconter, le sourire sur les lèvres, ce que tu as vu les larmes aux yeux? c'est ainsi qu'on boit toute honte, c'est ainsi qu'on marche ici-bas. Tu as commencé par être bon, tu deviens faible, et tu seras méchant.

« Mon pauvre ami, me dis-je du fond du cœur, j'ai un conseil à te donner : c'est que je crois qu'il te faut mourir. Pendant que tu es bon à cette heure, profites-en pour n'être plus méchant ; pendant qu'une femme que tu aimes est là, mourante, sur ce lit, et que tu sens l'horreur de toi-même, étends la main sur

sa poitrine ; elle vit encore, c'est assez ; ferme
les yeux et ne les rouvre plus ; n'assiste pas à
ses funérailles, de peur que demain tu n'en
sois consolé ; donne-toi un coup de poignard
pendant que le cœur que tu portes aime encore le Dieu qui l'a fait. Est-ce ta jeunesse
qui t'arrête ? et ce que tu veux épargner
est-ce la couleur de tes cheveux ? Ne les laisse
jamais blanchir s'ils ne sont pas blancs cette
nuit.

« Et aussi bien, que veux-tu faire au
monde ? Si tu sors, où vas-tu ? Qu'espères-tu
si tu restes ? Ah ! n'est-ce pas qu'en regardant cette femme il te semble avoir dans le
cœur tout un trésor encore enfoui ? N'est-ce
pas que ce que tu perds, c'est moins ce qui
a été que ce qui aurait pu être, et que le pire
des adieux est de sentir qu'on n'a pas tout
dit ? Que ne parlais-tu il y a une heure ?
Quand cette aiguille était à cette place, tu
pouvais encore être heureux. Si tu souffrais,
que n'ouvrais-tu ton âme ? si tu aimais, que
ne le disais-tu ? Te voilà comme l'enfouisseur
mourant de faim sur son trésor ; tu as fermé
ta porte, avare ; tu te débats derrière tes
verrous. Secoue-les donc, ils sont solides ;

c'est ta main qui les a forgés. O insensé !
qui as désiré et qui as possédé ton désir, tu
n'avais pas pensé à Dieu ! Tu jouais avec le
bonheur comme un enfant avec un hochet,
et tu ne réfléchissais pas combien c'était rare
et fragile, ce que tu tenais dans tes mains ;
tu le dédaignais, tu en souriais et tu remettais d'en jouir, et tu ne comptais pas les
prières que ton bon ange faisait pendant ce
temps-là pour te conserver cette ombre d'un
jour ! Ah ! s'il en est un dans les cieux qui
ait jamais veillé sur toi, que devient-il en ce
moment ? Il est assis devant un orgue ; ses
ailes sont à demi ouvertes, ses mains éten-
dues sur le clavier d'ivoire ; il commence un
hymne éternel : l'hymne d'amour et d'immortel oubli. Mais ses genoux chancellent,
ses ailes tombent, sa tête s'incline comme un
roseau brisé ; l'ange de la mort lui a touché
l'épaule, il disparaît dans l'immensité !

« Et toi, c'est à vingt-deux ans que tu restes
seul sur la terre, quand un amour noble et
élevé, quand la force de la jeunesse, allaient
peut-être faire de toi quelque chose ! Lorsque après de si longs ennuis, des chagrins si
cuisants, tant d'irrésolutions, une jeunesse

si dissipée, tu pouvais voir se lever sur toi
un jour tranquille et pur; lorsque ta vie,
consacrée à un être adoré, pouvait se remplir
d'une séve nouvelle, c'est en ce moment que
tout s'abîme et s'évanouit devant toi! Te
voilà, non plus avec des désirs vagues, mais
avec des regrets réels; non plus le cœur vide,
mais dépeuplé! Et tu hésites? Qu'attends-tu?
Puisqu'elle ne veut plus de ta vie, que ta vie
ne compte plus pour rien! Puisqu'elle te
quitte, quitte-toi aussi. Que ceux qui ont
aimé ta jeunesse pleurent sur toi! ils ne sont
pas nombreux. Qui a été muet près de Brigitte doit rester muet pour toujours! Que
celui qui a passé sur son cœur en garde du
moins la trace intacte! Ah! Dieu! si tu veux
vivre encore, ne faudrait-il pas l'effacer?
Quel autre parti te resterait-il, pour conserver ton souffle misérable, que d'achever de
le corrompre? Oui, maintenant ta vie est à
ce prix. Il te faudrait, pour la supporter,
non-seulement oublier l'amour, mais désapprendre qu'il existe; non-seulement renier
ce qui a été bon en toi, mais tuer ce qui peut
l'être encore; car que ferais-tu si tu t'en souvenais? Tu ne ferais pas un pas sur terre, tu

ne rirais pas, tu ne pleurerais pas, tu ne
donnerais pas l'aumône à un pauvre, tu ne
pourrais pas être bon un quart d'heure, sans
que ton sang, reflué au cœur, ne te criât que
Dieu t'avait fait bon pour que Brigitte fût
heureuse. Tes moindres actions retentiraient
en toi, et, comme des échos sonores, y fe-
raient gémir tes malheurs; tout ce qui re-
muerait ton âme y éveillerait un regret, et
l'espérance, ce messager céleste, ce saint
ami qui nous invite à vivre, se changerait
lui-même pour toi en un fantôme inexorable
et deviendrait frère jumeau du passé; tous
tes essais de saisir quelque chose ne seraient
qu'un long repentir. Quand l'homicide marche dans l'ombre, il tient ses mains serrées
sur sa poitrine, de peur de rien toucher et
que les murs ne l'accusent. C'est ainsi qu'il
te faudrait faire; choisis de ton âme ou de
ton corps : il te faut tuer l'un des deux. Le
souvenir du bien t'envoie au mal, fais de toi
un cadavre si tu ne veux être ton propre
spectre. O enfant, enfant! meurs honnête!
qu'on puisse pleurer sur ton tombeau! »

Je me jetai sur le pied du lit, plein d'un
si affreux désespoir, que ma raison m'aban-

donnait-et que je ne savais plus où j'étais n
ce que je faisais. Brigitte poussa un soupir
et, écartant le drap qui la couvrait, comm
oppressée d'un poids importun, découvri
son sein blanc et nu.

A cette vue, tous mes sens s'émurent
Était-ce de douleur ou de désir ? je n'en sai
rien. Une pensée horrible m'avait fait frémir tout à coup. « Eh quoi ! me dis-je, laisser
cela à un autre ! mourir, descendre dans la
terre, tandis que cette blanche poitrine respirera l'air du firmament ? Dieu juste ! une
autre main que la mienne sur cette peau
fine et transparente ! une autre bouche sur
ces lèvres et un autre amour dans ce cœur
un autre homme ici à ce chevet ! Brigitte
heureuse, vivante, adorée, et moi dans le
coin d'un cimetière, tombant en poussière
au fond d'une fosse ! Combien de temps pour
qu'elle m'oublie si je n'existe plus demain ?
combien de larmes ? aucune, peut-être ! Pas
un ami, personne qui l'approche, qui ne lui
dise que ma mort est un bien, qui ne s'em-
presse de l'en consoler, qui ne la conjure de
n'y plus songer ! Si elle pleure, on voudra la
distraire ; si un souvenir la frappe, on l'écar-

era ; si son amour me survit en elle, on l'en
guérira comme d'un empoisonnement ; et
elle-même, qui le premier jour dira peut-être
qu'elle veut me suivre, se détournera dans
un mois pour ne pas voir de loin le saule
pleureur qu'on aura planté sur ma tombe !
Comment en serait-il autrement ? Qui re-
grette-t-on quand on est si belle ? Elle voudrait mourir de chagrin, que ce beau sein
lui dirait qu'il veut vivre et qu'un miroir le
lui persuaderait ; et le jour où les larmes ta-
ries feront place au premier sourire, qui ne
la félicitera pas, convalescente de sa douleur ? Lorsque après huit jours de silence
elle commencera à souffrir qu'on prononce
mon nom devant elle, puis qu'elle en parlera
elle-même en regardant languissamment,
comme pour dire : « Consolez-moi ; » puis
peu à peu qu'elle en sera venue, non plus à
éviter mon souvenir, mais à n'en plus parler, et qu'elle ouvrira ses fenêtres, par les
beaux matins de printemps, quand les oiseaux chantent dans la rosée ; quand elle
deviendra rêveuse et qu'elle dira : « J'ai
aimé !..... » qui sera là, à côté d'elle ? qui
osera lui répondre qu'il faut aimer encore ?

Ah ! alors je n'y serai plus ! Tu l'écouter
infidèle ; tu te pencheras, en rougissa
comme une rose qui va s'épanouir, et
beauté et ta jeunesse te monteront au fro
Tout en disant que ton cœur est fermé,
en laisseras sortir cette fraîche auréole do
chaque rayon appelle un baiser. Qu'ell
veulent bien qu'on les aime, celles qui dise
qu'elles n'aiment plus ! Et quoi d'étonnant
Tu es une femme ; ce corps, cette gorg
d'albâtre, tu sais ce qu'ils valent, on te l
dit ; quand tu les caches sous ta robe, tu n
crois pas, comme les vierges, que tout l
monde te ressemble, et tu sais le prix de t
pudeur. Comment la femme qui a été vanté
peut-elle se résoudre à ne l'être plus ?
croit-elle vivante si elle reste à l'ombre
s'il y a silence autour de sa beauté ? S
beauté même, c'est l'éloge et le regard
son amant. Non, non, il n'en faut pas do
ter, qui a aimé ne vit plus sans amour ; q
apprend une mort se rattache à la vie. B
gitte m'aime, et en mourrait peut-être ;
me tuerai, et un autre l'aura.

« Un autre, un autre ! répétais-je en m'
clinant, appuyé sur le lit, et mon front

fleurait son épaule. N'est-elle pas veuve ? pensai-je ; n'a-t-elle pas déjà vu la mort ? ces petites mains délicates n'ont-elles pas soigné et enseveli ? Ses larmes savent combien elles durent, et les secondes durent moins. Ah! Dieu me préserve! pendant qu'elle dort, à quoi tient-il que je ne la tue ? Si je l'éveillais maintenant et si je lui disais que son heure est venue et que nous allons mourir dans un dernier baiser, elle accepterait. Que m'importe ? est-il donc sûr que tout ne finisse pas là ? »

J'avais trouvé un couteau sur la table et je le tenais dans ma main.

« Peur, lâcheté, superstition ! qu'en savent-ils ceux qui le disent ? C'est pour le peuple et les ignorants qu'on nous parle d'une autre vie, mais qui y croit au fond du cœur ? Quel gardien de nos cimetières a vu un mort quitter son tombeau et aller frapper chez le prêtre ? C'est autrefois qu'on voyait des fantômes; la police les interdit à nos villes civilisées, et il n'y crie plus du sein de la terre que des vivants enterrés à la hâte. Qui eût rendu la mort muette, si elle avait jamais parlé ? Est-ce parce que les processions n'ont plus le

droit d'encombrer nos rues que l'esprit céleste
se laisse oublier ? Mourir, voilà la fin, le but.
Dieu l'a posé, les hommes le discutent, mais
chacun porte écrit au front : « Fais ce que tu
« veux, tu mourras. » Qu'en dirait-on, si je
tuais Brigitte ? ni elle ni moi n'en entendrions
rien. Il y aurait demain dans un journal que
Octave de T*** a tué sa maîtresse, et après-
demain on n'en parlerait plus. Qui nous sui-
vrait au dernier cortége ? Personne qui, en
rentrant chez soi, ne déjeûnât tranquillement;
et nous, étendus côte à côte dans les entrailles de cette fange d'un jour, le monde pourrait marcher sur nous sans que le bruit des
pas nous éveillât. N'est-il pas vrai, ma bien-
aimée, n'est-il pas vrai que nous y serions
bien ? C'est un lit moelleux que la terre ; aucune souffrance ne nous y atteindrait ; on ne
jaserait pas, dans les tombes voisines, de
notre union devant Dieu ; nos ossements
s'embrasseraient en paix et sans orgueil : la
mort est consolatrice, et ce qu'elle noue ne
se délie pas. Pourquoi le néant t'effrayerait-
il, pauvre corps qui lui es promis ? Chaque
heure qui sonne t'y entraîne, chaque pas que
tu fais brise l'échelon où tu viens de t'appuyer.

tu ne te nourris que de morts ; l'air du ciel te pèse et t'écrase, la terre que tu foules te tire à elle par la plante des pieds. Descends, descends ! pourquoi tant d'épouvante ? Est-ce un mot qui te fait horreur ? Dis seulement : « Nous ne vivrons plus. » N'est-ce pas là une grande fatigue dont il est doux de se reposer ? Comment se fait-il qu'on hésite, s'il n'y a que la différence d'un peu plus tôt à un peu plus tard ? La matière est impérissable, et les physiciens, nous dit-on, tourmentent à l'infini le plus petit grain de poussière sans pouvoir jamais l'anéantir. Si la matière est la propriété du hasard, quel mal fait-elle en changeant de torture, puisqu'elle ne peut changer de maître ? Qu'importe à Dieu la forme que j'ai reçue et quelle livrée porte ma douleur : La souffrance vit dans mon crâne ; elle m'appartient, je la tue ; mais l'ossement ne m'appartient pas, et je le rends à qui me l'a prêté : qu'un poëte en fasse une coupe où il boira son vin nouveau ! Quel reproche puis-je encourir, et ce reproche, qui me le ferait ? quel juge inflexible viendra me dire que j'ai mésusé ? Qu'en sait-il, était-il en moi ? Si chaque créature a sa tâche à remplir, et si c'est un crime de la secouer, quels grands coupables sont donc les enfants qui meurent sur le sein de la nourrice? pourquoi ceux-là sont-ils épargnés? Des comptes rendus après la mort, à qui servirait la leçon? Il faudrait bien que le ciel fût désert pour que l'homme fût puni d'avoir vécu, car c'est assez qu'il ait à vivre, et je ne sais qui l'a demandé, sinon Voltaire au lit de mort; digne et dernier cri d'impuissance d'un vieil athée désespéré. A quoi bon? pourquoi tant de luttes? qui donc est là-haut qui regarde et qui se plaît à tant d'agonies? qui donc s'égaye et se désœuvre à ce spectacle d'une création toujours naissante et toujours moribonde? à voir bâtir, et l'herbe pousse; à voir planter, et la foudre tombe; à voir marcher, et la mort crie : « Holà ! » à voir pleurer, et les larmes sèchent; à voir aimer, et le visage se ride; à voir prier, se prosterner, supplier et tendre les bras, et les moissons n'en ont pas un brin de froment de plus! Qui est-ce donc qui a tant fait pour le plaisir de savoir tout seul que ce qu'il a fait ce n'est rien? La terre se meurt; Herschell dit que c'est de froid : qui donc tient dans sa main cette goutte de vapeurs condensées et

la regarde s'y dessécher, comme un pêcheur
un peu d'eau de mer, pour en avoir un grain
de sel? Cette grande loi d'attraction qui suspend le monde à sa place, l'use et le ronge
dans un désir sans fin; chaque planète charrie
ses misères en gémissant sur son essieu; elles
s'appellent d'un bout du ciel à l'autre, et, inquiètes du repos, cherchent qui s'arrêtera la
première. Dieu les retient; elles accomplissent
assidûment et éternellement leur labeur vide
et inutile; elles tournent, elles souffrent, elles
brûlent, elles s'éteignent et s'allument, elles
descendent et remontent, elles se suivent et
s'évitent, elles s'enlacent comme des anneaux;
elles portent à leur surface des milliers d'êtres
renouvelés sans cesse; ces êtres s'agitent, se
croisent aussi, se serrent une heure les uns
contre les autres, puis tombent, et d'autres
se lèvent; là où la vie manque, elle accourt;
là où l'air sent le vide, il se précipite; pas un
désordre, tout est réglé, marqué, écrit en
lignes d'or et en paraboles de feu, tout marche au son de la musique céleste sur des sen-
tiers impitoyables et pour toujours; et tout
cela n'est rien! Et nous, pauvres rêves sans
nom, pâles et douloureuses apparences, im-

perceptibles éphémères, nous qu'on anime
d'un souffle d'une seconde pour que la mort
puisse exister, nous nous épuisons de fatigue
pour nous prouver que nous jouons un rôle
et que je ne sais quoi s'aperçoit de nous. Nous
hésitons à nous tirer sur la poitrine un petit
instrument de fer et à nous faire sauter la
tête avec un haussement d'épaules ; il semble
que si nous nous tuons le chaos va se rétablir ;
nous avons écrit et rédigé les lois divines et
humaines, et nous avons peur de nos caté-
chismes ; nous souffrons trente ans sans murmurer, et nous croyons que nous luttons ;
enfin la souffrance est la plus forte, nous en-
voyons une pincée de poudre dans le sanctuaire de l'intelligence, et il pousse une fleur
sur notre tombeau. »

Comme j'achevais ces paroles, j'avais approché le couteau que je tenais de la poitrine de Brigitte. Je n'étais plus maître de
moi, et je ne sais, dans mon délire, ce qui
en serait arrivé ; je rejetai le drap pour découvrir le cœur, et j'aperçus entre les deux
seins blancs un petit crucifix d'ébène.

Je reculai, frappé de crainte ; ma main
s'ouvrit et l'arme tomba. C'était la tante de

Brigitte qui lui avait, au lit de mort, donné ce petit crucifix. Je ne me souvenais pourtant pas de le lui avoir jamais vu; sans doute, au moment de partir, elle l'avait suspendu à son cou, comme une relique préservatrice des dangers du voyage. Je joignis les mains tout à coup et me sentis fléchir vers la terre. « Seigneur mon Dieu, dis-je en tremblant, Seigneur mon Dieu, vous étiez là ! »

Que ceux qui ne croient pas au Christ lisent cette page; je n'y croyais pas non plus. Ni enfant, ni au collége, ni homme, je n'avais hanté les églises; ma religion, si j'en avais une, n'avait ni rite ni symbole, et je ne croyais qu'à un Dieu sans forme, sans culte et sans révélation. Empoisonné, dès l'adolescence, de tous les écrits du dernier siècle, j'y avais sucé de bonne heure le lait stérile de l'impiété. L'orgueil humain, ce dieu de l'égoïste, fermait ma bouche à la prière, tandis que mon âme effrayée se réfugiait dans l'espoir du néant. J'étais comme ivre et insensé quand je vis le Christ sur le sein de Brigitte; mais, bien que n'y croyant pas moi-même, je reculai, sachant qu'elle y croyait. Ce ne fut

pas une terreur vaine, qui en ce moment
m'arrêta la main. Qui me voyait? J'étais
seul, la nuit. S'agissait-il des préjugés du
monde? qui m'empêchait d'écarter de mes
yeux ce petit morceau de bois noir? Je pouvais le jeter dans les cendres, et ce fut mon
arme que j'y jetai. Ah! que je le sentis
jusqu'à l'âme, et que je le sens maintenant
encore! [quels misérables sont les hommes
qui ont jamais fait une raillerie de ce qui
peut sauver un être! Qu'importent le nom,
la forme, la croyance? tout ce qui est bon
n'est-il pas sacré? Comment ose-t-on toucher
à Dieu?

Comme à un regard du soleil la neige descend des montagnes, et du glacier qui me-
naçait le ciel fait un ruisseau dans la vallée,
ainsi descendait dans mon cœur une source
qui s'épenchait. Le repentir est un pur en-
cens; il s'exhalait de toute ma souffrance.
Quoique j'eusse presque commis un crime,
dès que ma main fut désarmée, je sentis mon
cœur innocent. Un seul instant m'avait rendu
le calme, la force et la raison; je m'avançai
de nouveau vers l'alcôve; je m'inclinai sur
mon idole et je baisai son crucifix.

« Dors en paix, lui dis-je, Dieu veille sur toi! Pendant qu'un rêve te faisait sourire, tu viens d'échapper au plus grand danger que tu aies couru de ta vie. Mais la main qui t'a menacée ne fera de mal à personne; j'en jure par ton Christ lui-même, je ne tuerai ni toi ni moi! Je suis un fou, un insensé, un enfant qui s'est cru un homme. Dieu soit loué! tu es jeune et vivante, et tu es belle, et tu m'oublieras. Tu guériras du mal que je t'ai fait, si tu peux le pardonner. Dors en paix jusqu'au jour, Brigitte, et décide alors de notre destin; quel que soit l'arrêt que tu prononces, je m'y soumettrai sans murmure. Et toi, Jésus, qui l'as sauvée, pardonne-moi, ne le lui dis pas. Je suis né dans un siècle impie, et j'ai beaucoup à expier. Pauvre fils de Dieu qu'on oublie, on ne m'a pas appris à t'aimer. Je ne t'ai jamais cherché dans les temples; mais, grâce au ciel, là où je te trouve, je n'ai pas encore appris à ne pas trembler. Une fois avant de mourir je t'aurai du moins baisé de mes lèvres sur un cœur qui est plein de toi. Protége-le tant qu'il respirera; restes-y, sainte sauvegarde; souviens-toi qu'un infortuné n'a pas osé mourir de sa douleur en te voyant cloué sur ta croix; impie, tu l'as sauvé du mal; s'il avait cru, tu l'aurais consolé. Pardonne à ceux qui l'ont fait incrédule, puisque tu l'as fait repentant; pardonne à tous ceux qui blasphèment! ils ne t'ont jamais vu, sans doute, lorsqu'ils étaient au désespoir! Les joies humaines sont railleuses, elles dédaignent sans pitié; ô Christ! les heureux de ce monde pensent n'avoir jamais besoin de toi! pardonne : quand leur orgueil t'outrage, leurs larmes les baptisent tôt ou tard; plains-les de se croire à l'abri des tempêtes et d'avoir besoin, pour venir à toi, des leçons sévères du malheur. Notre sagesse et notre scepticisme sont dans nos mains de grands hochets d'enfants; pardonne-nous de rêver que nous sommes impies, toi qui souriais au Golgotha. De toutes nos misères d'une heure, la pire est, pour nos vanités, qu'elles essayent de t'oublier. Mais, tu le vois, ce ne sont que des ombres qu'un regard de toi fait tomber. Toi-même, n'as-tu pas été homme? C'est la douleur qui t'a fait Dieu; c'est un instrument de supplice qui t'a servi à monter au ciel et qui t'a porté les bras ouverts au sein de ton père glorieux; et

nous, c'est aussi la douleur qui nous conduit
à toi comme elle t'a amené à ton père ; nous
ne venons que couronnés d'épines nous in-
cliner devant ton image ; nous ne touchons à
tes pieds sanglants qu'avec des mains en-
sanglantées, et tu as souffert le martyre pour
être aimé des malheureux. »

Les premiers rayons de l'aurore commençaient à paraître ; tout s'éveillait peu à peu,
et l'air s'emplissait de bruits lointains et
confus. Faible et épuisé de fatigue, j'allais
quitter Brigitte pour prendre un peu de repos. Comme je sortais, une robe jetée sur un
fauteuil glissa à terre près de moi, et il en
tomba un papier plié. Je le ramassai ; c'était
une lettre, et je reconnus la main de Brigitte.
L'enveloppe n'était pas cachetée, je l'ouvris
et lus ce qui suit :

« 25 décembre 18..

« Lorsque vous recevrez cette lettre, je serai loin de vous, et peut-être ne la recevrez-
vous jamais. Ma destinée est liée à celle d'un
homme à qui j'ai tout sacrifié ; vivre sans
moi lui est impossible, et je vais essayer de

mourir pour lui. Je vous aime; adieu, plaignez-nous. »

Je retournai le papier après l'avoir lu, et
je vis sur l'adresse : « A M. Henri Smith,
à N***, poste restante. »

CHAPITRE VII

Le lendemain, à midi, par un beau soleil
de décembre, un jeune homme et une femme
qui se donnaient le bras traversèrent le jardin du Palais-Royal. Ils entrèrent chez un
bijoutier, où ils choisirent deux bagues pareilles, et, les échangeant avec un sourire,
en mirent chacun une à leur doigt. Après
une courte promenade, ils allèrent déjeuner
aux Frères-Provençaux, dans une de ces petites chambres élevées d'où l'on découvre,
dans tout son ensemble, l'un des plus beaux
lieux qui soient au monde. Là, enfermés en
tête-à-tête, quand le garçon se fut retiré, ils
s'accoudèrent à la fenêtre et se serrèrent
doucement la main. Le jeune homme était en
habit de voyage; à voir la joie qui paraissait

sur son visage, on l'aurait pris pour un nouveau marié montrant pour la première fois
à sa jeune femme la vie et les plaisirs de Paris. Sa gaieté était douce et calme comme
l'est toujours celle du bonheur. Qui'eût eu de
l'expérience y eût reconnu l'enfant qui devient homme et dont le regard plus confiant
commence à raffermir le cœur. De temps en
temps il contemplait le ciel, puis revenait à
son amie, et des larmes brillaient dans ses
yeux; mais il les laissait couler sur ses
joues et souriait sans les essuyer. La femme
était pâle et pensive, elle ne regardait que
son ami. Il y avait dans ses traits comme
une souffrance profonde qui, sans faire d'efforts pour se cacher, n'osait cependant résister à la gaieté qu'elle voyait. Quand son
compagnon souriait, elle souriait aussi, mais
non pas toute seule; quand il parlait, elle lui
répondait, et elle mangeait ce qu'il lui servait; mais il y avait en elle un silence qui
ne semblait vivre que par instants. A sa langueur et à sa nonchalance, on distinguait
clairement cette mollesse de l'âme, ce sommeil du plus faible entre deux êtres qui s'aiment, et dont l'un n'existe que dans l'autre

et ne s'anime que par écho. Le jeune homme
ne s'y trompait pas et en paraissait fier et
reconnaissant; mais on voyait à sa fierté
même que son bonheur lui était nouveau.
Lorsque la femme s'attristait tout à coup et
baissait les yeux vers la terre, il s'efforçait
de prendre, pour la rassurer, un air ouvert
et résolu, mais il n'y pouvait pas toujours
réussir et se troublait lui-même quelquefois.
Ce mélange de force et de faiblesse, de joie
et de chagrin, de trouble et de sérénité, eût
été impossible à comprendre pour un specta-
teur indifférent; on eût pu les croire tour à
tour les deux êtres les plus heureux de la terre
et les plus malheureux; mais en ignorant leur
secret on eût senti qu'ils souffraient ensemble, et, quelle que fût leur peine mystérieuse,
on voyait qu'ils avaient posé sur leurs chagrins un sceau plus puissant que l'amour lui-
même, l'amitié. Tandis qu'ils se serraient la
main, leurs regards restaient chastes; quoiqu'ils fussent seuls, ils parlaient à voix basse.
Comme accablés par leurs pensées, ils posè-
rent leur front l'un contre l'autre, et leurs
lèvres ne se touchèrent pas. Ils se regardaient d'un air tendre et solennel, comme les

faibles qui veulent être bons. Lorsque l'horloge sonna une heure, la femme poussa un profond soupir, et, se détournant à demi :

« Octave, dit-elle, si vous vous trompiez !

— Non, mon amie, répondit le jeune homme, soyez-en sûre, je ne me trompe pas. Il vous faudra souffrir beaucoup, longtemps peut-être, et à moi toujours ; mais nous en guérirons tous deux : vous avec le temps, moi avec Dieu.

— Octave, Octave, répéta la femme, êtes-vous sûre de ne pas vous tromper ?

— Je ne crois pas, ma chère Brigitte, que nous puissions nous oublier ; mais je crois que dans ce moment nous ne pouvons nous pardonner encore, et c'est ce qu'il faut cependant à tout prix, même en ne nous revoyant jamais.

— Pourquoi ne nous reverrions-nous pas ? Pourquoi un jour... Vous êtes si jeune ! »

Elle ajouta avec un sourire :

« A votre premier amour, nous nous reverrons sans danger.

— Non, mon amie ; car, sachez-le bien, je ne vous reverrai jamais sans amour. Puisse celui à qui je vous laisse, à qui je vous

donne, être digne de vous ! Smith est brave,
bon et honnête ; mais, quelque amour que
vous ayez pour lui, vous voyez bien que vous
m'aimez encore ; car si je voulais rester ou
vous emmener, vous y consentiriez.

— C'est vrai, répondit la femme.

— Vrai ? vrai ? répéta le jeune homme en
la regardant de toute son âme ; vrai, si je
voulais, vous viendriez avec moi ?

Puis il continua doucement :

« C'est pour cette raison qu'il ne faut jamais nous revoir. Il y a de certains amours
dans la vie qui bouleversent la tête, les sens,
l'esprit et le cœur ; il y en a parmi tous un
seul qui ne trouble pas, qui pénètre, et celui-là ne meurt qu'avec l'être dans lequel il a
pris racine.

— Mais vous m'écrirez cependant ?

— Oui, d'abord pendant quelque temps,
car ce que j'ai à souffrir est si rude, que
l'absence de toute forme habituelle et aimée
me tuerait maintenant. C'est peu à peu et
avec mesure que, n'étant pas connu de vous,
je me suis approché, non sans crainte, que
je suis devenu plus familier, qu'enfin... Ne
parlons pas du passé. C'est peu à peu que

mes lettres seront plus rares, jusqu'au jour
où elles cesseront. Je redescendrai ainsi la
colline que j'ai gravie depuis un an. Il y
aura là une grande tristesse, et peut-être
aussi quelque charme. Lorsqu'on s'arrête,
au cimetière, devant une tombe fraîche
et verdoyante où sont gravés deux noms
chéris, on éprouve une douleur pleine de
mystère qui fait couler les larmes sans amertume ; c'est ainsi que je veux quelquefois me
souvenir d'avoir été vivant. »

La femme, à ces dernières paroles, se jeta
sur un fauteuil et sanglota. Le jeune homme
fondait en larmes ; mais il resta immobile
et comme ne voulant pas lui-même s'apercevoir de sa douleur. Lorsque les larmes eurent cessé, il s'approcha de son amie, lui
prit la main et la baisa.

« Croyez-moi, dit-il, être aimé de vous,
quel que soit le nom que porte la place qu'on
occupe dans votre cœur, cela donne de la force
et du courage. N'en doutez jamais, ma Brigitte, nul ne vous comprendra mieux que
moi ; un autre vous aimera plus dignement,
nul ne vous aimera plus profondément. Un
autre ménagera en vous des qualités que

j'offense, il vous entourera de son amour :
vous aurez un meilleur amant, vous n'aurez
pas un meilleur frère. Donnez-moi la main,
et laissez rire le monde d'un mot sublime
qu'il ne comprend pas. « Restons amis, et
« adieu pour jamais. » Quand nous nous
sommes serrés pour la première fois dans
les bras l'un de l'autre, il y avait déjà longtemps que quelque chose de nous savait que
nous allions nous unir. Que cette part de
nous-mêmes, qui s'est embrassée devant
Dieu, ne sache pas que nous nous quittons
sur terre ; qu'une misérable querelle d'une
heure ne délie pas notre éternel bonheur ! »

Il tenait la main de la femme ; elle se leva
baignée encore de larmes, et, s'avançant
devant la glace avec un sourire étrange, elle
tira ses ciseaux et coupa sur sa tête une longue tresse de cheveux ; puis elle se regarda
un instant, ainsi défigurée et privée d'une
partie de sa plus belle parure, et la donna à
son amant.

L'horloge sonna de nouveau ; il fut temps
de descendre ; quand ils repassèrent sous les
galeries, ils paraissaient aussi joyeux que
lorsqu'ils y étaient arrivés.

« Voilà un beau soleil, dit le jeune homme.

— Et une belle journée, dit Brigitte, et que rien n'effacera là ! »

Elle frappa sur son cœur avec force ; ils pressèrent le pas et disparurent dans la foule. Une heure après, une chaise de poste passa sur une petite colline, derrière la barrière de Fontainebleau. Le jeune homme y était seul ; il regarda une dernière fois sa ville natale dans l'éloignement et remercia Dieu d'avoir permis que, de trois êtres qui avaient souffert par sa faute, il ne restât qu'un malheureux.

FIN

Impr. E. CAPIOMONT et V. RENAULT, rue des Poitevins, 6.